ミナミの春

遠田潤子

文藝春秋

もくじ

装画　吉實　恵
装丁　大久保明子

ミナミの春

松虫通のファミリア

御堂筋線は通勤で何十年も乗っていたが、昭和町駅で降りるのははじめてだった。

階段を上がって地上に出ると、排ガスの臭いのする湿った風が吹き付けてきた。昼下がりの空には厚い灰鼠《はいねず》色の雲が広がっている。高瀬吾郎《たかせごろう》は今にも降り出しそうな曇り空を見上げて重たい息を吐いた。

まだ四月に入ったばかりだが、今年は酷い年だ。きっと一九九五年は歴史に残る年になるだろう。一月に阪神・淡路大震災があり、三月には地下鉄にサリンが撒かれた。おかげで夜眠るときには地震に怯《おび》え、地下鉄に乗るときにはサリンに怯える。日々の暮らしを嫌な緊張が覆っていた。

地下鉄出口はあびこ筋と松虫通《まつむしどおり》の交わる大きな交差点に面していて、両側にずらりと店やらビルが建ち並んでいる。本町辺りと違って高層のオフィスビルはなく低中層の雑居ビルが多い。

「高瀬さん、お荷物持ちましょか?」

佐藤ヒデヨシが手を差し出した。駅まで迎えに来てくれたのだ。十年前に一度見たきりだがあまり変わっていない。三十は超えているのにまだ大学生でも通りそうだ。垢《あか》抜けないところもそのままで、芸人らしい華やいだ雰囲気はどこにもなかった。

「いや、大丈夫です」

ぶっきらぼうに返事をすると、ヒデヨシがすこし困った顔をしたのがわかった。

吾郎は紙袋を両手に一つずつ提げている。一つは梅田の阪急百貨店で買ったクッキーの詰め合わせだ。もう一つにはファミリアのワンピースが入っている。サイズは110。家にあるものの中で一番サイズが小さいものだ。彩《あや》は五歳だと言うからこれで大丈夫だろう。

ヒデヨシに連れられ、松虫通を西に歩きはじめた。

ここに来る前に調べたところによると、松虫通という風流な名は近くにある松虫塚に拠《よ》る。由来は諸説あるが、後鳥羽上皇の寵愛《ちょうあい》した白拍子《しらびょうし》、松虫・鈴虫がこのあたりに隠れ住んでいたからだという。

今日、ヒデヨシに会いに来た目的は二つある。一つは娘の遺骨を持ち帰るため、もう一つは遺された孫を引き取るためだ。どちらも風流とは程遠い、と思った瞬間ふいに両手の荷物が重くなった。先程、地下鉄駅の階段を昇って地上に出るまでは目的を達する覚悟があった。なのに、今は引き返したいと思っている。

「こっちです」

ヒデヨシの指し示す角を曲がって、南に下る細い通りに入る。途端にマンションやらアパート、一軒家の建ち並ぶ静かな地域になった。見るからに古い家も多い。地震の被害はあまりなかったのか、ブルーシートは見当たらなかった。

「夕方になったら彩ちゃんをお迎えに行かなあきませんねん。高瀬さんも一緒に行きましょか。彩ちゃんもお祖父ちゃんに会《お》うたら喜びますよ」

腕時計を見た。二時を過ぎたところだ。結納の際、美恵《みえ》から贈られた物だ。もう三十年以上手入れをしながら使っている。

ヒデヨシが空を見上げて、ぶるっと大きく震えた。

「曇ってるせいか薄ら寒いですなあ。まだ時間があるし、なんか温かいもんでも飲んでいきませんか？」

コーヒーの美味しい店があるんです、と連れて行かれたのは、昔ながらの喫茶店だった。純喫茶アマリリスと看板が出ている。曇りガラスのはめ込まれた傷だらけの木製ドアは、子供の頃に住んでいた町にあった紳士服店を思い出させた。巻き尺を首に掛けた歳取った店主がいつも暇そうにしていた店だ。

赤いビロード張りの椅子に腰を下ろしブレンドを頼んだ。隣のテーブルでは初老の男二人が煙草を吸いながらなにか商談をしていて、ときどき大きな笑い声を上げる。ふっとまた帰りたくなった。

レモン味のお冷やを一口飲み、改めて頭を下げた。

「春美《はるみ》の骨のことでご厄介をお掛けしました。それに、孫の面倒を見ていただいて本当にありがとうございます」

「いえいえ。お気になさらず。高瀬さんの連絡先がわからんかったんで、一旦、僕が引き取りました。うちの仏壇の前に置いてあります。震災の後、いろいろバタバタしててご連絡が遅なりました。すんません」

「こちらこそ、お忙しいところ申し訳ありません。今日はお仕事よろしいんですか？」

「いや、それがさっぱりで。あちこちでイベントが中止になってもうて営業行く先があらへんのです。劇場はね、震災の次の日から普通に開けたんですけどね。家潰れた先輩もおったんですが、いつも通りに舞台上がってはりました」

ヒデヨシが大仰《おおぎょう》なため息をついた。

劇場とは難波千日前にある「なんばグランド花月」のことだ。前身の「なんば花月」の時代に一度だけ訪れたことがある。「はんだごて」を観るためだ。

娘の春美はヒデヨシと漫才コンビ「はんだごて」として活動していたが、売れないまま六年前に解散した。その後、ヒデヨシは新しい相方と「新はんだごて」を結成し、やはり売れない芸人を続けている。

「高瀬さんが観に来はったんは『ノーブランドデー』のときだけですか？」

ヒデヨシがこちらをじっと見た。鳩尾《みぞおち》のあたりがぎゅうっと締め付けられる。一瞬、返事が遅れた。

「ええ。あのときだけです」

「あれはたしか一九八五年やったから……もう十年前になるんですねえ」

ヒデヨシが一瞬遠い眼をして、情けない顔で笑った。

あの頃、月に一度、なんば花月で「ノーブランドデー」という公演が行われていた。吉本総合芸能学院、通称ＮＳＣを卒業した新人のための舞台で、本公演の終了後に開かれるものだった。

ヒデヨシは肩にトレーナーを掛けてジーンズにスニーカー、ハルミは金ボタンの付いた紺色のブレザーにワンピースという格好だ。二人は勢いよく駆け出してくると、マイクに向かって叫んだ。

「春なのに〜お別れですか〜……って、違う違う。いつまでもお別れしない永遠のアイドル！『はんだごて』ハルミで〜す」

「鳴かぬなら鳴かせてみせよう、ホトトギス！　大阪城を建てた人！　『はんだごて』ヒデヨシでーす」

「あたしね、この前とうとう東京ディズニーランドに行ってきたんですわ」

「とうとうとうー？　なんやそれ」ヒデヨシがボケた。

「とうとうとうー、やない。とうとう東京ディズニーランドに行ってきました、て言うてるんや」


古臭い名乗りは完全にスベっていた。ヒデヨシはひたすらボケまくり、ハルミは早口でツッコむ。古典的な、ある意味王道の言葉遊びのネタだがすこしも面白くない。もうとっくに聞き慣れたはずの大阪弁なのに、やたらと大げさに聞こえる。そっと周囲の客を見回した。皆の顔にあるのは困惑だ。笑おうか、どうしようか、と戸惑っている。

大丈夫だろうか。背筋に虫の這うようなちりちりとした不安を覚えた。明らかに「はんだごて」は空回りしていた。勢いは感じられるが、二人の掛け合いのタイミングが早すぎて言葉が上滑りしている。客が笑いのポイントを見つけられないのに、舞台の上で漫才はどんどん進行していくのだ。

吾郎は客席で震えていた。冷や汗まで出てきた。まるで自分のことのように苦しく、惨めだ。今すぐ席を立って逃げ出したい。何度も腰を浮かしかけ、それでも最後まで観なければと懸命に自分を押しとどめる。その繰り返しだった。

最初はなんとか笑おうとしていた客も、すぐに自分たちが置いて行かれたことに気付いた。すると、あっという間に舞台と客席に取り返しの付かない断絶が生じた。ハルミとヒデヨシが大声を張り上げれば張り上げるほど、大げさな身振り手振りでアピールすればするほど、客席は冷めていった。こうなってはどうしようもない。「はんだごて」は客に見捨てられたのだ。

結局、すこしも盛り上がらないまま「はんだごて」の出番は終わった。これ以上ここに座っていても無駄だ。席を立とうとしたとき、横の初老の夫婦が文句を言いはじめた。

「あれ、あかんな。特に女のほう。なんやあの喋り、チョーコの真似やないか」

「あたしも思た。衣装もまんまチョーコや。まあ、似てへんことはないけど……チョーコほど綺麗やないのが致命的やね」

「そりゃチョーコと比べたらあかんがな。あの子はほんまもんの美人や」

「そうそう、この前雑誌に載ってはったわ。女子大生モデルより綺麗やった」

話題が「はんだごて」ハルミから「カサブランカ」チョーコに移った。吾郎は顔を伏せ、まるで追われるように劇場を出たのだった。

ヒデヨシはおしぼりで顔を拭って、泣き笑いの表情を浮かべた。

「あかん。思い出したらきついわ。……あの後、ハルミはめちゃくちゃ荒れてました。そりゃ、ウケへんかったことで僕も落ち込みました。でも、ハルミは声上げて泣いてたんです。……次、頑張ろ。新しいネタ作って稽古しよ、って僕は励ましたのに子供みたいに泣いて泣いて」

「そうですか」

あのときのいたたまれない気持ちが甦《よみがえ》る。胃がきりきりと痛んだ。

「その後は一回も観に来はらへんかったんですか?」

ヒデヨシが歯切れの悪い声で訊ねる。控えめだが隠しきれない非難の色が漏れ出していた。

「あの後、東京へ転勤になったんです。だから……」

本当は週末には大阪へ戻っていた。家の手入れをするためだ。だが、二度と春美の舞台を観に行くことはなかった。

あの日、なんば花月の客席で味わった混乱は劇場を出てしばらくすると、怒りへと変質した。皆の反対を押し切り、ピアノをやめてまでやりたかった漫才がこれか? 祖母を泣かせ、母の最期の願いを裏切ってまでやりたかった漫才がこれか? 歯を食いしばり、舞台の上の娘をにらみつけた。春美、これがおまえの選んだ道なのか——。そして、決して言ってはいけないことを口にしてしまったのだ。


隣のテーブルの客が帰ると、店内は途端に静かになった。次から次へと有線の歌謡曲が流れる。「負けないで」や「涙の数だけ強くなれるよ」という言葉を二人で黙って聴いていた。

沈黙に堪えられなくなったか、すこし困った顔でヒデヨシがメニューに手を伸ばした。

「なんか甘い物でも食べはります?」

思わず眼を閉じた。胸が錐《きり》で突き刺されたように鋭く痛んだ。今から三十年以上前、同じ言葉を聞いた。

そう、あれは一九六二年、堀江《ほりえ》謙一《けんいち》がヨットで太平洋単独無寄港横断を成し遂げ、キューバ危機が起こった年のことだった。

渡されたメニューを手にしたままぼんやりとしていたが、ヒデヨシの声で我に返った。

「あれ、高瀬さん、甘い物、苦手ですか？　じゃあ、サンドイッチでも？」

「いや。大丈夫」

メニューを見るとチョコレートケーキとチーズケーキがあった。モンブランはない。仕方なしにチーズケーキを頼むと売り切れだという。もういい、と言おうとするとヒデヨシが先に注文してしまった。

「じゃ、チョコレートケーキ、二つ」

負けないで、と女性歌手が歌っている。今まではただの応援ソングだと思っていた。だが、春美の死を知った今はこの曲を聴くのが辛《つら》い。そんな簡単に励まさないでくれ、と思ってしまう。黙って運ばれてきたケーキを食べた。チョコレートクリームはただただ甘く洋酒の香りは控えめだった。

――ごめんなさい、ごめんなさい。

ふいに春美の泣き顔が浮かんだ。思わずフォークを置いた。手が震えたせいか、カチャン、と硬い音が響く。カウンターの中の店主がこちらを見た。

「どないしはったんですか？　どこか具合でも？」

ヒデヨシが顔を曇らせた。

「いや。大丈夫です」

チョコレートもモンブランも勘弁してくれ、と思った。

＊

「なんか甘い物でも食べはります?」

見合い相手の本田美恵がにこにこ笑いながらメニューを開いて差し出した。

大学を出て大手飲料会社に勤めていた吾郎は、上司の紹介で見合いをすることになった。美恵は二つ下の二十五歳で、音大のピアノ科を出てピアノ講師として働いているという。写真を見ると、いかにもピアノを弾きそうな美人だった。

見合いの前、上司はこう釘を刺した。

「今日はあんまり尖《とが》ったらあかんで」

「わかってます」

「別に東京弁が悪い言うてるんちゃう。もっと柔らこうな」

中之島の大阪グランドホテルのラウンジで引き合わされた。互いの挨拶と紹介が済むと、上司はさっさと行ってしまった。後は二人で、と。

上品なお嬢様を想像していたが美恵はびっくりするほど気さくだった。はじめて会った見合いの席だというのに、よく笑いよく喋った。

「東京弁やけどええ人や、って聞いてたんです。東京弁やけど、って酷《ひど》い言い方やと思いません? そりゃ関西では東京弁はウケへんけど。でも、大阪弁でも東京弁でもどっちでもええやないですか」

美恵からメニューを受け取った。はっとするほど綺麗で長い指だった。大阪弁で喋りまくるくせに指はちゃんとピアノ講師なのか。吾郎はすこし戸惑いを覚えた。

美恵がモンブランを注文し、吾郎もそれに倣《なら》った。しばらくすると、大きな皿にちょこんと載ったモンブランが運ばれてきた。一口食べると洋酒の風味が効いている。さすがホテルのケーキだ。自分が知っている町のケーキ屋のモンブランとはレベルが違う。

「美味しい！　あたし、栗が大好きなんです。天津甘栗もマロングラッセも栗きんとんも。おせちなんか、一段まるまる栗きんとんやったらええのに、って思うくらい」

美恵がすこし早口で言うとにっこり笑った。どんどん居心地が悪くなってくる。フォークを持つ指がこんなに長くて綺麗なのになぜ大阪弁なのだろう。偏見だということはわかっているが、どうしても生理的に馴染《なじ》めない。

この見合いは無理かもしれない。そう思いながら、モンブランのてっぺんの栗にフォークを突き刺そうとした。だが、その下のクリームは想像以上に柔らかく、栗は滑って皿の上でぽんと弾んでから絨毯の上に落ちた。

しまった、と思った。ホール係を呼んで拾ってもらおうか、それとも黙っていようか。迷った一瞬、さっと美恵が身をかがめた。紙ナプキンで栗を拾うと、にこっと笑った。

「あたしもようやるんです。この前なんかイチゴ落として落ち込みました。あたしほんまにどんくさいわ、って自分でも思て」

あたしほんまにどんくさいわ。その大阪弁はするっと耳を通り抜けると、腹の一番奥底に収まった。知らぬ間に家に入ってきて、縁側で香箱《こうばこ》を作る野良猫のようだった。

もともと吾郎は東京の生まれだ。大阪には中学生の頃、父の仕事でやってきた。

父は福井の出身で、東京で就職して母と結婚した。母は東京生まれの東京育ちで、東京を離れることは都落ちとしか考えられなかった。何年経っても大阪に馴染めず、大阪弁を聞くだけで気分が悪いとまで言うようになり、吾郎が大阪弁を遣うと酷く叱った。

冷え切った家が苦痛で、わざわざ東京の大学へ進学した。なのに、就職すると大阪に家があるということで大阪本社に回された。一生大阪と縁が切れないのか、といよいよ大阪弁が苦手になった。そんな頑《かたく》なな態度のせいか、社内では「尖ってる」と言われた。

ぼんやりと栗のなくなったモンブランを見下ろしていると、美恵が今度は真剣な顔で言った。

「栗、あたしのあげましょか？」

「いや、そんな、結構です」

「そうですか？　遠慮はせんといてくださいね。栗、落としてえらいショック受けてはるみたいに見えたから」

美恵がなんの屈託《くったく》もなくにこにこ笑っている。こんなに笑う女はこれまで身の周りにはいなかった。暴力的な気持ちのよさだ。腹の底に野良猫が十匹くらいいるような気がする。そして、思った。ああ、俺は大阪の女と結婚するんだな、と。


見合いから半年後に式を挙げ、美恵の実家にほど近い建て売り住宅に新居を構えた。

美恵は新居にグランドピアノを運び込み、ピアノ教室をはじめた。明るく気さくな性格で、生徒からも、その親からも評判はよかった。生徒は順調に増え、毎日忙しくしていた。

忙しいのは吾郎も同じだった。残業や接待で帰宅が零《れい》時を回ることもしょっちゅうだった。それでも、どれだけ遅くなろうと美恵は起きて待っていてくれた。そして、風呂から上がると、吾郎の会社のビールを一杯付き合ってくれるのだった。美恵のおしゃべりを聞きながら黙ってビールを飲むのが日課になった。

ある夜、二人とも気持ちよく酔った。ソファの隣で美恵は赤い頬をして、いつもより饒舌《じょうぜつ》であれこれと喋り続けた。

ふと気付くと美恵が黙り込んでいた。どうかしたのか、と顔を見ると美恵は今にも泣き出しそうな顔をしていた。

「ねえ、ほんまに吾郎さんは大阪弁が嫌いなんやね」

「いや、そんなことないよ」

「嘘や。ときどき凄く嫌そうな顔してはる。あたし、ほんまは傷ついてるねん」

美恵の眼から一粒涙が滑り落ちた。そのとき、気付いた。酔いに任せての愚痴ではない。これは美恵のずっと抑えてきた本音だ。

「美恵のせいじゃない。俺の家は大阪弁で上手く行かなくなったんだ。一見仲良く見えたが親は家庭内別居みたいなもので」

母は自分の人生が上手く行かないのはすべて大阪のせいだと信じていた。大阪は下品、大阪は汚い。大阪人は騒々しくて図々しい、と。父はそんな母を相手にしなかった。無視することで母より優位にあると示したがった。すると、母も負けじと父を無視しはじめた。

あの頃、両親から掛けられた言葉は一種類だけだった。さっさと自分の部屋へ行け、もしくはさっさと自分の部屋に行きなさい、だ。

「バカな思い込みだとわかっているけど、いまだに上手く大阪弁が受け入れられないんだ。だから、悪いのは俺だ。美恵じゃない」

子供の頃に感じていたことをありのまま語った。大人になっても「尖ってる」と言われたことも話した。美恵は黙って耳を傾けていたが、最後まで聞くとじっと吾郎の顔をのぞき込むようにして言った。

「吾郎さん、大変やってんね。でも、あたし、今、めちゃめちゃ嬉しい」

「え？」

「だってそうやん。そんなに大阪弁が苦手やのにあたしを選んでくれたんや。尖ってる、言われた人が結婚しようと思てくれたんや。嬉しいに決まってるやん」

美恵の表情は真剣そのものだった。嬉しいに決まってるやん、か――。美恵の大阪弁を何度も頭の中で繰り返してみた。

「美恵の大阪弁ならいつか俺も好きになれる気がする」

「わかった。いつまでも待ってるわ」そう言って、美恵はふっと顔を歪《ゆが》めた。「でもな、あたしかてそうや。吾郎さんのお母さんと一緒。これまでなに一つ上手く行かへんと思てた。でも、結婚は成功やったみたい」

「なに一つ？　美恵は音大を出てピアノ講師やってて生徒に人気があって……上手く行ってるじゃないか」

「まさか」美恵が鋭く言って首を横に振った。「あたし、ほんまはピアニストになりたかってん。ピアノ講師なんかになるつもりはなかってん」

まずは有名コンクールで優勝。リサイタルを開き、やがて一流オーケストラと共演する。世界で活躍する演奏家になりたかったとぽつぽつ語った。

「お母さんも応援してくれて、かなりお金を掛けてくれたんやけど……あはは、あたし、親不孝者やねん」

学生時代から何度もコンクールに出たが本選まで進めたことはなかった。美恵にとってピアノとは挫折の積み重ねだったのだ。

なるほど、と思った。自分がこの女に惹《ひ》かれた理由がわかった。二人とも張りぼてだったからだ。自分は円満な家庭で育ち、美恵は充実した音楽キャリアを積んだ。でも、それは見せかけだ。二人とも不満と劣等感を隠して生きてきた。

「吾郎さん、尖ってるって言われてたんやろ？　閑古錐《かんこすい》って知ってる？」

「閑古錐？」

「あたしが全然結果出されへんで落ち込んでたとき、ピアノの先生から聞いてん。禅の言葉らしいんやけど。先が丸くなって使えへんようになった錐のことやねんて」

「つまり、役に立たないポンコツと？」

「そう。ポンコツ。でも、ポンコツにはポンコツにしか出せへん丸みがある。尖ってばかりの演奏は聴く人を傷つける。でも、閑古錐の丸みには円熟という味がある。若いうちがすべてやない。歳を取ってからできるようになることもある、って」

「じゃあ、俺もいずれ閑古錐になれるかな」

「いつかね」

一生掛かっていつか閑古錐になる。そう思うと肩の荷がすっと下りるような気がした。

結婚して二年目、女の子が生まれて春美と名付けた。仕事は忙しかったがきちんと昇給し、きちんとボーナスも出た。同年代に比べると恵まれていた方だと思う。

「春美は絶対にピアニストにするねん。一流のステージピアニストに」

美恵は春美を抱きながらきっぱりと言った。

一九六九年、翌年に万博を控え、大阪の町は大いに盛り上がっていた。千里《せんり》ニュータウンが開発されて、計画的に整備された未来的な街が生まれた。これまでになかった「文化的」な暮らしを送るという意識が生まれ、中流家庭ではピアノを習わせることが大流行した。

美恵はすこし焦っているようだった。世はピアノブームなのに自分だけが置いて行かれている、と言うのだ。春美が小学校に上がったら教室再開の予定だったが、二年早めることを決意した。だが、そんなとき二人目を妊娠した。

「せっかくこれからバリバリやろうと思てたのに。あたしほんまにどんくさいわ」

美恵の落胆は気の毒なほどだった。いつもは元気に笑っている美恵が落ち込むと、家の中がいっぺんに暗くなる。吾郎は美恵の長い指にそっと触れた。そして、両の手で包み込むようにして断言した。

「君の仕事は一生できる。焦らなくていい」

「そやね。今度は男の子がええな。次の子も絶対ピアニストにするねん」

だが、その夢は叶わなかった。検査で子宮に腫瘍《しゆよう》が見つかったのだ。すでにリンパ節に転移していた。二人目を諦めて手術をし、治療に専念したが、効果は出なかった。

ある日、いつものように病院へ見舞いに行くと、美恵に頼まれた。

「ねえ、吾郎さん。今度、外泊許可が下りたら買物に連れてってくれる?」

「買物?　要る物があったら俺が買ってくるが」

「自分で選びたいねん。梅田へ連れてって」

どうせ外泊で家に帰るなら、残り少ない時間を春美と触れ合った方がいいのではないか、と思ったが、美恵の意思は固いようだった。外泊許可を取って、阪急百貨店に行った。

車椅子に乗った美恵が向かったのは子供服売り場、ファミリアだった。

「春美にはきちんとピアノを続けさせて。毎年、発表会やコンクールがあるから、そのときにはこのファミリアのワンピースを着せたげて。ここのワンピースはね、流行に左右されへん。上品なデザインやからずっと着られるねん」

美恵はワンピースを十一枚買った。一枚一枚サイズが違う。一枚目はサイズ110。二枚目は120。三枚目は130だった。

「一年に一枚ずつ。必ず着せてあげてね。あの子が十五歳になるまで揃えておく。高校生になったら自分で選ばせてあげて。お願い」

美恵は最後のワンピースを手に微笑んでいた。白い襟《えり》がついた紺色のワンピースだった。小花模様の刺繍《ししゅう》が入っている。吾郎は懸命に涙を堪《こら》え、なんとか笑おうとした。

「皺《しわ》にならへんように、虫が付かへんように、きちんと仕舞っておいてね」

美恵の顔は息苦しくなるほど真剣だった。吾郎は笑うのを止め、黙ってうなずいた。

「それから、発表会とコンクール以外では絶対に着せたらあかんよ。舞台の衣装ってのは特別な物やないとあかんねん。子供の頃は特にね。普段着やなくて舞台のためのワンピースを着ることで、自分を切り替えることができるから。緊張もするけど、それを克服する稽古も必要やからね」

「わかった。約束する」歯を食いしばって言った。

「ありがとう」

ようやく美恵がほっとしたように笑った。

翌日、美恵は病院へ戻っていった。急変して意識がなくなった、と連絡があったのは一週間後だった。吾郎は間に合わなかった。

四十九日が過ぎ、十一枚のワンピースを順番に広げて並べてみた。一枚目は落ち着いたピンク色とクリーム色が切り替えになったかわいらしいデザインだった。二枚目は赤、三枚目は水色のストライプ。赤、青、黄、白、レースに刺繍に無地もあればチェックもある。色とりどりのワンピースがすこしずつ大きくなっていくのを見ると胸が詰まった。これは美恵の愛であり、執念でもある。

最後の一番大きなワンピースを手に取った。あの小さな春美がこんなに大きな服を着る日が来るのだろうか。すこしも実感がわかなかった。

美恵がどれだけピアノに熱心だったか、知っている。自分がピアニストになれなかったことも、娘の成長を見届けることができないのも、どれだけ無念だろう。だから、誓った。これは妻の遺言だ。絶対に春美をピアニストにしてみせる、と。

仕事をしながら五歳の娘の面倒を見るのは大変だった。モーレツからビューティフルへ、と滅《めっ》私《し》奉公《ほうこう》の企業戦士は表面上は否定されていたが、それでも残業が当たり前の生活だった。幸い、美恵の母親が毎日通ってきて春美の面倒を見てくれた。

義父は結婚前に亡くなっていた。夫と娘を喪《うしな》い孤独になった義母は孫の春美にのめり込んだ。幼稚園が終わるとピアノ教室に春美を送迎し、毎日の稽古にも付き合ってくれた。

「吾郎さん、うちに引っ越してきはったらええのに。そしたら、広い部屋で春美も心置きなくグランド鳴らせるのにねえ」

義母がちらりとリビングを占領しているピアノを見た。結婚の際、美恵が実家から持って来たグランドピアノだ。小さな建て売り住宅なので遠慮しながら弾いていた。

「ありがとうございます。でも、ここは美恵と二人で買った家なんです。手放す気にはなれないんです」

義母は納得してくれた。だが、それはただの言い訳だ。美恵以外の女の大阪弁を聞きたくなかったのだ。

美恵が亡くなって六年、春美は十一歳になった。何度か再婚の話もあったが吾郎は断り続けた。

十一月も終わりに近づいた日曜の朝だった。眼を覚ますと十時を過ぎていた。慌てて階下に下りると、春美がお腹を空かせて待っていた。食卓の上には朝食の用意が調っていて、後は食パンを焼くだけになっている。

「ごめんごめん。先に食べていてくれたらよかったのに」

「お父さんと一緒に食べたかってん」

いい子に育ってくれた。じわりと胸が熱くなる。

「お父さん、あたし、今度の日曜日、留美ちゃんのお誕生会に招ばれてるねん。行っていい？」

「ああ、いいよ。行っておいで」

「ファミリアのワンピースで行ってええかな」

「いや、あれは舞台用だ」

「でも、あれが一番綺麗で上等なんやろ？　みんなかわいいって言うてくれると思うねん」

「でもなあ」

「あんなに綺麗なお洋服があるのに一年に一回しか着いひんのは勿体《もったい》ないやん。ね、お父さんお願い」

普段から聞き分けのいい子だった。義母にはすこし甘えたりするようだが、吾郎に対してお願い事などしたことはない。子供心に父親は仕事で忙しいのだから我儘《わがまま》を言ってはいけない、と自制しているのがわかった。

春美のはじめてのお願いだ。叶えてやりたい。だが、これは美恵の遺言だ。生きている人間の願いはこれからいつでも叶えてやることもできるが、死んだ人間の願いはもうこれきりなのだ。破るわけにはいかない。

「春美。よく聞いてくれ。お母さんは死ぬ前にこう言ったんだ。ファミリアのワンピースを着るのはピアノの発表会とコンクールのときだけにして、って。お父さんは約束した。その約束を破っちゃいけないんだ」

「でも、あれすごく綺麗やし」

「春美。お母さんのお願いなんだ。お母さんは天国から見てる。お母さんを悲しませてはいけないよ」

きっぱりと言い聞かせる。しばらく春美は黙っていた。それから、うなずき、小さな声で言った。

「わかった」

美恵との約束を違《たが》えずに済んで、ほっとした。

次の日曜が来た。朝から風の強い寒い一日だった。

春美は義母が買ってくれたお出かけ用のロングコートを着て誕生会に行った。吾郎は静かになった家でひたすら稟議書《りんぎしょ》を書いた。

気がつくと外は暗くなっていた。もう夕方だ。そろそろ春美も帰ってくる。洗濯物を取り入れ畳んでいると、ガチャリと玄関ドアが開いた。静かに閉まる。春美が帰ってきたのか。だが、ただいま、の声がない。玄関を見に行くと春美が三和土《たたき》に佇《たたず》んでいた。

「春美、どうした。お友達とケンカでもしたのか?」

勢い込んで訊ねると、春美が首を横に大きく振った。そして、突然ぼろぼろと大粒の涙をこぼした。

「お父さん、ごめんなさい。ごめんなさい。チョコレート、こぼしてもうてん」

「チョコレート？　服を汚したのか？　なんだ、それくらいのことで泣かなくていい」

それだけのことか。ほっとして思わず笑い出しそうになったが、春美は動かない。

「お父さん、ごめんなさい。ファミリアのワンピース、汚してもうてん」

あのワンピースを着ていったのか？　まさか、と思って春美のロングコートを見た。ボタンを首元まで留めているから中に着ている物はわからない。

「春美、コートを脱ぎなさい」

弾かれたようにびくりと震え、春美がコートを脱いだ。すると、黄色のワンピースのスカート部分の真ん中にはっきりとわかる茶色の染みがあった。

汚れたワンピースを見た瞬間、激しい怒りが突き上げ、思わず大きな声が出た。

「おまえは嘘をついて、お母さんとの約束を破ったんだ。お母さんは天国でどう思ってるだろうな。お母さんを悲しませて平気なのか？」

「ごめんなさい、ごめんなさい」

「嘘をつくような子はもう信用できない。さっさと部屋へ行くんだ」

二階を指さした。春美は泣きながら階段を駆け上がって行った。

のろのろと食堂に戻り、椅子に腰を下ろす。娘を怒鳴りつけた喉がまだひりひりと痛んでいた。男手一つで懸命に育ててきたつもりだ。なのに、娘に嘘をつかれた。惨めで悔しくてやりきれない。それに、自分は妻との最後の約束も守れなかった。申し訳なくてたまらない。

すまん、美恵。すまん――。隣のリビングに輝くグランドピアノを見ながら何度も詫《わ》びた。

二階から時折泣き声が聞こえる。ふっと自分が幼かったときのことを思い出した。

――さっさと自分の部屋へ行け。

それは父から掛けられた、たった一つの言葉だった。そして、今、娘に同じことを言ったのだ。

俺はまだ尖った錐のままだ。閑古錐にはほど遠い。怒りにまかせて娘を突き刺した。

自己嫌悪と後悔にさいなまれながら頭を抱えていたが、思い切って立ち上がった。階段を上って声を掛けてから、春美の部屋のドアを開けた。

春美はベッドの上で汚れたワンピースのまま泣いていた。

「春美。ワンピース、今からクリーニング屋さんに持っていこう」

はっとこちらを見る。それから、ぐしゃぐしゃの顔でまた詫びた。

「ごめんなさい、お父さん」

「嘘をついたことは春美が悪い。二度と人を騙《だま》しちゃいけない。でも、まずはその服を綺麗にしよう」

春美が真っ赤な眼でうなずき、それからおずおずと訊ねた。

「綺麗になる？」

「ああ。クリーニング屋さんは洗濯のプロだからな」

二人で駅前のクリーニング屋に行った。もう七十近いような店主が黙々とアイロンを使っている。眼を真っ赤に泣きはらした春美とワンピースを見て、こう言った。

「お嬢ちゃん、頑張って綺麗にしたるからな」それから吾郎のほうに向き直って言った。「とは言うても万が一の場合はご了承願います」

二日後、ワンピースが仕上がった。染みは眼を凝らさないとわからないくらいに薄くなっていた。

「これだったら大丈夫だ。染みがあったなんてわからない」

「ほんま？　ほんまにわかれへん？」

「ああ。舞台に上がったら観客席は遠いから絶対にわからない。ライトも当たってるしな」

何度も言い聞かせると、春美の顔からようやく緊張が解けた。大きな息を吐いて、よかったー、と笑い出す。

そうだ。これでよかった。すこしだけ閑古錐に近づけたような気がした。

*

ヒデヨシはきれいにチョコレートケーキを平らげていた。吾郎の皿にはまだ半分残っていたが、もう食べることができなかった。

「彩は春美が死んだことをわかっているんでしょうか」

「まだ五歳やから死ぬっていう意味はちゃんとわからへんけど、もう会われへんというのはなんとなくわかってるみたいです」

春美が母を亡くしたのも五歳のときだった。葬式で無邪気に手を合わせる姿が皆の涙を誘った。その娘である彩もまた幼くして母を亡くした。一体なんの因果なのだろう。

「テレビで地震関係の話題が出たら、指さして言うんですよ。……お母さん、地震で死んでん、って」

吾郎が東京勤務を終えて大阪に戻ってきた翌年、一月十七日の朝、神戸の町は激しい揺れに襲われた。阪神・淡路大震災だ。豊中にある自宅もかなり揺れた。だが、春美からは見舞いの連絡一つなかった。ミナミあたりに暮らしていると思い込んでいたので、吾郎は娘の薄情を嘆いた。このような非常時なのだから連絡くらい寄こしてもよいだろう、と。

だが、なんの音沙汰もなく三月になり、世間が地下鉄サリン事件で騒然としていた頃、佐藤ヒデヨシと名乗る男から連絡があった。

——ああ、よかった。やっと見つかった。高瀬さん。僕は春美さんの元相方「はんだごて」のヒデヨシです。あの、実は……。

馬鹿丁寧で、どこか滑稽にも聞こえるお悔やみの言葉を聞きながら、呆然と受話器を握りしめていた。

春美が地震で亡くなった。そして、彩という五歳の娘が遺された——。

「ハルミはピアノを弾くバイトをやってたんです。一流ホテルのラウンジは音大出身やないと弾かせてくれへんらしく、大箱のキャバレーとかで弾いてました。喋りもできるから人気あったみたいです」

結局ピアノから離れられなかったのか。どんな思いで春美はピアノを弾いていたのだろうか。半分残ったチョコレートケーキを見下ろした。これが大阪グランドホテルのモンブランだったら全部食べられただろうに。

「地震の前日、三宮で貸し切りパーティがあったそうなんです。そこでピアノ弾いて、片付け手伝って……遅なったから店でそのまま寝てしもたみたいです。まあ、僕らは地方営業とかでそういうの慣れてますから。でも、明け方にあの地震が来て……」

大型テレビが宙を飛ぶほどの凄《すさ》まじい揺れだった。春美はグランドピアノと壁に挟まれ、即死だったという。

「ハルミが神戸で仕事してるなんて知らんかったんです。彩ちゃん預かってたんやけど、おかしいな、帰ってけえへんなあ、どうしたんやろ。まさか、って……」

そこでヒデヨシが大きなため息をついて、時計を見た。

「そろそろ行きましょか。彩ちゃんのお迎えに行く前にアパートに寄っていってください」

そのとき、有線から聞き覚えのある曲が流れてきた。山口百恵の「秋桜《コスモス》」だ。胸がぎゅっと絞られたように痛んだ。

「あ、この歌、山口百恵の『秋桜』ですね。この歌……」

それくらい知っている。嫁いでいく娘とその母の交流を歌い、名曲だとされている。

「先に出ているから」

ヒデヨシの言葉を途中で遮《さえぎ》って、立ち上がった。この歌は嫌いだ。自分には嫁ぐ娘もいなければ、その母もいない。そして、山口百恵は嫌なことを思い出させる。

二人分の勘定を済ませて店を出るとヒデヨシが後を追ってきた。慌てて金を払おうとするが、断った。

「歳を取っている分、君よりは稼いでいる。気にしないでくれ」

いつの間にか午後三時を回っていた。曇り空の下、黙って歩き続ける。肌寒いのに背中にはいやな汗が浮いていた。

「あのアパートです。地震の時、外壁にちょっとだけヒビが入ったんですわ」

白い三階建てのアパートを指さした。たしかに側面の外壁に亀裂が入って、タイルが剝《は》がれていた。

「早よ修理して欲しいんですけど、どこも人手が足りへんみたいで」

エレベーターがないので三階まで階段で上った。

「ただいま。高瀬さん、来はった」

ヒデヨシが狭い玄関で靴を脱ぎながら奥に声を掛けた。同居人がいるとは聞いていないので、不思議に思った。

廊下の突き当たりが居間になっていた。ガラスの丸テーブルと大きなクッションが二つ床に置いてある。居間の横は台所で小さな食卓と椅子が二つ、幼児椅子が一つだ。家の中は想像していたのとは違い、すっきりと片付いていた。

三十半ばの女が食卓の上に鏡を置いて化粧をしていた。タンクトップとミニスカートで鏡に向かって、胸の辺りまである明るめの茶髪にはカーラーがいくつも付いている。眉墨を置いて頭を下げた。

「すんません。こんな格好で。すぐに終わりますんで」

化粧が濃い。明らかに水商売の女だった。小さな子供がいるというのにホステスを引っ張り込んだというわけか。

「佐藤さん。あなたが彩の面倒を見てくださったことには感謝します。でも、もうすこし配慮していただけたら」

「配慮？」さっきまで穏やかだったヒデヨシが一瞬で顔色を変えた。「配慮ってなんです？」

「子供の教育上良くない、と言っているんです」

「教育上ね。なるほど。ハルミが漫才師になりたい、言うたときもこうやって頭からバカにして反対したんと違いますか？　そやから、ハルミは子供産んでもあんたに頼れへんかったんや」

語気荒くヒデヨシが言い返す。すると、女が後ろからぴしりとたしなめた。

「ヒデ、やめや」

「お姉ちゃんは黙ってて」ヒデヨシは吾郎に向き直ると、早口で言った。「これは僕の姉貴や。ホステスやってます。でも、なんでホステスやってるか知ってるんですか？　うちは親父が借金残して死んで、おふくろは病気になったんや。姉貴は高校やめて必死で働いて……僕を高校卒業させてくれたんや」

しまった、と動揺した。すぐに謝らなければと思うが、己の失態が恥ずかしくて上手く言葉が出ない。

「ハルミが死んでこの三ヶ月、姉貴がずっと彩ちゃんの面倒見てました。お母さん、言うて夜中に泣き出したときも一晩中抱きしめて慰めてたんや。自分かて仕事で疲れてるのに」

「本当に申し訳ない。失礼なことを言った……」

自分は馬鹿だ。また同じことを繰り返している。なんとか声を絞り、頭を下げた。

「ヒデ、もうやめとき」女がヒデヨシを押しのけた。「すみません。弟が失礼なこと言うて。うちは姉の佐藤奈津子《なつこ》です。千日前《せんにちまえ》の『ユニバース』いうとこに勤めてます」

女が頭を下げた。その態度は堂々としていた。気圧《けお》されたように吾郎も頭を下げた。

「いえ、こちらこそ本当に申し訳ない」

すると、奈津子がすこし掠《かす》れた声で笑った。

「ホステスが自慢できる商売やないのはわかってますから。家の借金返すために水商売なんて、なんも珍しないしね」

その横でヒデヨシが情けない声で言った。

「ほんまやったら、僕が稼いで姉貴を助けてあげなあかんのです。一発当てて姉貴に楽させよう思て芸人になったのに」

浪花節だ、と頭を下げたまま思った。そう、ここは大阪なのだ。


仏壇の前に白布に包まれた骨壺が置いてあった。

紙袋から御供と書かれた掛け紙の掛かったクッキーの詰め合わせを取り出し、白布の前に供えた。線香に火を付け、手を合わせる。やはりまだ実感がわかなかった。義母は去年亡くなった。孫の死を知らずに逝けたことは幸せだったと思う。

「それ、心斎橋筋2丁目劇場出たときのやつですわ」

骨壺の横にはステージでの写真が飾ってあった。ヒデヨシと二人でマイクに向かっている。

「ハルミはチョーコ姐《ねえ》さんの大ファンやったんですよ。『カサブランカ』チョーコ　ハナコのチョーコです。で、チョーコ姐さん、チョーコ姐さん、言うてずっとくっついて回っとったんです。チョーコ姐さんもハルミのこと、ようかわいがって面倒みてくれはったんですわ。全然笑いが取られへん、言うてハルミが落ち込んでたときも励ましてくれて」

ヒデヨシが本棚から分厚いアルバムを引っ張り出してきた。中を開くと「はんだごて」の写真が並んでいた。稽古中や舞台上、打ち上げ会場らしきところなど、さまざまな春美がいた。真剣な顔もあれば笑っているものもある。

しばらくめくっていくと、雑誌のグラビアを貼り付けたものがあった。「カサブランカ」特集の記事だ。ページの真ん中ほどに「後輩たちと行きつけのレストランで」と題された写真があった。

　壁に一面、サイン色紙の貼られた、明るいレストランだ。テーブルにはオムライスやコロッケ、海老フライなどを盛り合わせた皿が並んでいる。写っているのはチョーコとヒデヨシと春美だ。誰もカメラに目線を合わせない自然なスナップ写真だった。

「ご飯もしょっちゅう連れてってもらいました。重亭とかカトリーナとか。あの辺の洋食屋は全部行ったんやないかな」

　チョーコはビールグラスを手にぼんやりと窓の外を眺めている。何気ないポーズが決まってい て、まるで女優のようだ。その横で、ヒデヨシが大量のスパゲティをフォークに巻きつけていた。そして、一番奥にいるのが春美だ。じっとチョーコを見つめている。

　一瞬で過去に引き戻された。あのときの眼だ。春美がはじめて「カサブランカ」を見たときの眼だ。

「でも、チョーコ姐さん、硫酸事件以来、ちょっと人嫌いになってもうて」

　その事件は大きく報道されたので、芸能界に興味のない吾郎でも知っている。熱狂的なファンがチョーコに硫酸を掛けたのだ。幸い大事には至らなかったが、それからチョーコは休養している時期があった。

「チョーコ姐さん、人を寄せ付けんようになってしもて、ハルミがお見舞いに行ったら追い返されたそうなんです。そりゃ、あんなことあったら人嫌いになるのも当たり前ですけど……ハルミはショックを受けて」

　春美の気持ちが痛いほどわかる。再び母を喪《うしな》ったように感じたのだろう。うつむいて「ハルミ」を見つめたまま、なにも言えなかった。

「あの頃のチョーコ姐さんはほんまに荒れてて怖かったんです。ハナコ姐さんがピンで大食いやって人気が出たから、余計に焦りはったみたいで」

「それでチョーコは春美に冷たく当たった、と？」

「そうです。……ハルミが悪い男に引っかかったんは、そのせいやと思います」

ヒデヨシの声が苦しそうにすこし震えた。我慢できなくなって顔を上げた。

「春美はチョーコが好きだったから反対を押し切って漫才をはじめたんですよ。なのに……」

わかっている。悪いのは春美だ。だが、チョーコにほんのすこしでも優しさがあれば、こんなことにはならなかったかもしれない。

チョーコが憎い、と思った。それがただの八つ当たりだということもわかっていた。春美を切り捨てたのは自分だった。

＊

一九七九年、イランのアメリカ大使館人質事件、ソ連のアフガニスタン侵攻などといったきな臭い出来事が起こった年だった。

世間では久保田早紀の「異邦人」が大ヒットしていた。ピアノを弾きながら歌う姿をテレビで観て、春美が小さくため息をついた。

春美は中学三年生になり最後のワンピースを着た。毎年コンクールに参加してきたが、結局一度も本選に進めないままだった。

「高校行ってから、また頑張ったらええから」

義母が励ますのだが、春美は疲れた笑顔をつくるだけだった。だから、閑古錐の話をしてやった。

「先の丸くなったポンコツの錐には円熟という持ち味がある。気持ちだけ尖って焦らなくていい。ピアノは一生のものだから」

「一生か。一生練習せなあかんのか。あたし、大変やわ……」

そう言って哀しげに眼を伏せ笑ったのだった。

高校生になった年の正月、春美を連れて義母の家に年始に訪れたときのことだ。おせちをご馳走になりながら、三人で手持ち無沙汰でテレビを眺めていた。ちょうど新春漫才大会をやっていて、何組もの芸人が次から次へと出てきて漫才をしていた。最近は漫才がブームだそうだ。「MANZAI」と横文字になって若者に人気が爆発しているという。関西のタレントが続々と東京に進出し、日本中に大阪弁が響くようになった。

お笑いに興味のない吾郎と違って、義母も春美も楽しそうに笑いながら観ている。美恵もそうだったな、とふっと思い出した。ピアノ漬けの生活の中でも当たり前のように漫才や演芸番組を楽しんでいた――。

そのとき、アップテンポのメロディが流れてきた。沢田研二の「カサブランカ・ダンディ」のイントロだ。漫才番組だったはずなのに、いつ歌番組にチャンネルを変えたのだろう、と思った瞬間、義母が声を上げた。

「あれ、この子、美恵にそっくりや」

驚いてブラウン管に眼を遣《や》ると、若い女性二人のコンビが出てきたところだった。舞台袖のめくりには「カサブランカ　チョーコ　ハナコ」とある。

「蝶よ花よと育てられ。ボギーも真っ青いい女！　あたしの瞳に乾杯して～！　カサブランカ、チョーコでーす」「ハナコでーす」

スタンドマイクに向かって古典的な口上を述べたのは、流行りの服を着たお洒落な二人組だった。まだ二人とも若い。姉妹だろうか。高校生と大学生くらいに見える。

吾郎の眼は年上のほうの女性に釘付けになった。胸の下まである長いウェーブヘア、金ボタンのブレザーに膝上のタイトスカート、そしてハイヒールというスタイルだった。しかもモデルのようにスタイルがいい。顔は確かに美恵に似ている。だが、チョーコは美恵よりもずっと華やかで、下手な女優など足許にも及ばないような飛び抜けた美人だった。

チョーコ、と客席から野太い声が何度も掛かった。どうやら「親衛隊」がいるらしい。アイドル並みの人気だ。

「お祖母ちゃん、お母さんに似てるってどっち？」

「美人のほう。よう似てるわ」

「じゃあ、チョーコのほうか」

春美の顔は真剣そのものだった。食い入るようにチョーコを見つめている。

もう一人の年下のほう、ハナコはチョーコに比べると地味な容姿だった。小花柄のワンピースにカーディガンという大人しい格好で、背も低く眼も一重だった。だが、なんとも言えない愛嬌《あいきょう》のある顔だった。

二人は客席に向かって一礼すると、まずはチョーコが口を開いた。

「山口百恵。引退しはったね」

「引退しはったねー」ハナコがのんびりと答える。

「ハナコちゃん、あんた、ラストコンサート見た？　百恵ちゃん、最後にマイク、ステージの床に置きはったやろ。あれ見て、あたしは思たわけや。引退するときには、あたしもああやってマイク置こ、って」

チョーコがマイクスタンドからマイクを取り外し、ぎゅっと握りしめる。

「へえ。じゃ、ちょっとやってみてえや」

「わかった。ほないくで。見ててな」チョーコがマイクを握りしめたまま、両手を頭の上で広げた。「本当に『カサブランカ』チョーコは幸せでした！」

「あんた、それキャンディーズや」

どっと客席が笑った。なんでもないネタだが、二人のボケツッコミは完璧な間合いだった。「カサブランカ」は一瞬で客の心を摑《つか》んだ。

「そうか。ほな、やり直しな」

チョーコがゆっくりとしゃがんで床にマイクを置いた。そのままクラウチングスタートの体勢になる。それを見たハナコが号令を掛けた。

「位置について。よーい、ドン」

チョーコが走り出した。大きく舞台を一周して戻ってくる。そして、わざとらしく大きく息を切らして言った。

「あのな、ハナコちゃん。運動会と違うねん。引退や、引退」

「引退？　ああ、わかった。長嶋やな」

客席にいっそう大きな笑いが起こった。カメラが客席を映す。客は皆、興奮して頰を紅潮させている。客席は熱気に包まれている。ギラギラした熱ではない。真紅のビロードのように華やかで艶《つや》やかな熱だ。観客は一体となって「カサブランカ」に夢中になっていた。

チョーコにはトップアイドル並みの天性の魅力があり、ハナコには絶妙の緩《ゆる》さがあった。二人がなにか口にするだけで人の心を惹きつけるのだ。それは漫才の技術などという小手先のものではなく、圧倒的なスターの素質だった。「カサブランカ」はライトを浴びて眩《まぶ》しい程に輝いていた。

「……お母さんに似てるんか」

春美はうっとりとテレビを見つめていた。眼にはうっすらと涙が浮かんでいた。

「カサブランカ」は漫才新人コンクールで新人賞を獲った。あっという間に人気コンビになり、特にチョーコには熱狂的なファンがついた。

春美もその一人だった。当時はまだ高価だったビデオデッキで「カサブランカ」の出る番組を片端から録画しはじめたのだった。

漫才師になりたいと春美が言ったとき、思わず耳を疑った。義母もぽかんと口を開けたまま春美を見つめている。

老舗《しにせ》のフレンチレストランには低い音量でクラシックが流れていた。「漫才師」という言葉は場違いで、誰にも入れてもらえずに閉ざされた窓の下で行き場を失った野良猫のようにテーブルの上を漂った。

春美は十八歳になった。毎年出場している大手のコンクールに参加した。だが、今年も地区本選まで残ったものの全国大会にはいけなかった。今年こそは、と意気込んでいた義母も吾郎もがっかりした。

義母は祝賀会を開くつもりでレストランを予約していたが、急遽《きゅうきょ》残念会に変更になった。最初はなごやかに進んだが、食事が終わってデザートが出たところで、突然春美が宣言した。

「あたし、漫才師になりたい。そやから音大には行かへん」

吾郎も義母も呆気《あっけ》にとられて春美を見つめた。なにを言っているのかわからなかった。

「今年、難波に吉本総合芸能学院、NSCいうのができてん。漫才師を養成する学校みたいなもんやねん。あたし、高校卒業したらそこへ行こうと思う。チョーコみたいになりたいねん」

すこし声は緊張していたが、瞳はきらきらと輝いて頰は紅潮していた。

「吉本？　おまえはなに言ってるんだ。ピアニストになるんだろ？」

気を取り直して口を開いた。自分でも声が震えているのがわかった。

「そんなん無理や。なれるわけない」春美は大きく首を横に振った。

「今から諦めてどうする？　一所懸命努力して練習すれば絶対にピアニストになれる」

「じゃあ、なんでお母さんはなられへんかったん？　なりたくて練習してたんやろ？　それやのになられへんかったやん」

「お母さんは運が悪かっただけだ。春美がピアニストになるのはお母さんの夢なんだ」

「そんなん勝手に決めんといて。あたしは漫才師になる。チョーコみたいになりたいねん」

すると、義母が血相変えて春美に食ってかかった。

「春美、なに阿呆なこと言うてるんや。お祖母ちゃんはそんなん絶対に認めへんよ。これまでお祖母ちゃんがあんたのためにどれだけ大変やったか。毎日練習に付き合うて、音大の教授のレッスン受けさせて、夏と冬の講習会行かせて、コンクールに出して……。今さらピアノやめたいなんて絶対許さへんから」

それを聞いて春美が顔を歪めた。だが、きっぱりと言い返した。

「許してもらわれへんでもええ。あたしはもうピアノなんかやりたないねん」

春美の語気に義母がひるんだので、代わりに言葉を続けた。

「お母さんは死ぬ前、おまえのことをお父さんに頼んでいった。必ずあたしの夢を叶えてね、って。毎年コンクールに出場させて、って。そう言ってワンピースを十一枚も買ったんだ。もう歩くこともできなかったのに、おまえのためにデパートに行って車椅子で……」

「あのワンピースが嫌やった。ファミリアなんてダサいわ。友達も言うてた」

「おまえ、なんてことを言うんだ」思わず声を荒らげた。「どんな思いでお母さんがあのワンピースを揃えたかわかってるのか。お母さんはおまえをピアニストにしようと思って……」

「そうやよ。春美。漫才師なんて阿呆なこと言わんと、ちゃんと音大行ってピアノの稽古するんや。そんなとこ行くんやったら学費は出さへんよ」

義母もきつい口調で春美に迫った。二人に責められ、春美は余計に興奮した。

「入学金は三万円、月謝は一万円や。それくらいバイトして自分で払う。誰にも迷惑掛けへん」

大きな声で叫んだので、周りのテーブルのみながこちらを見た。義母が周囲を見渡し、慌てて春美に言い聞かせた。

「春美、静かにし。恥ずかしい」

「お祖母ちゃんはいつもそうや。他人の眼、気にしてばっかり。あたしの気持ちなんか……」

まだなにか言おうとしたのを遮り、春美を叱った。

「いい加減にしろ。お祖母ちゃんがどれだけおまえをかわいがってくれたか」

「ピアノさせるためやろ？　毎日毎日ピアノピアノピアノ。もういややねん。うっとうしいんや。

あたし、自分からピアニストになりたいなんて思たことない。お父さんとお祖母ちゃんが押しつけるから仕方なしに弾いてたんや」

「今さらそんな恩知らずなこと言うて。美恵がかわいそうや……」

義母の顔の皺《しわ》が引き攣《つ》れ、涙が浮かんだ。一瞬、春美が怯《ひる》んだのがわかったが、すぐにすこしつっかえながらも敢然と言い返した。

「もうええ。ワンピースもピアノも大嫌いや。ピアノのことばっかり言うお父さんもお祖母ちゃんも大嫌いや」

春美が立ち上がって、そのまま店を出て行こうとする。慌てて席を立ち、春美の腕を摑んで引き留めた。

義母も娘の遺言を叶えようと懸命なのだ。自分がそうだからよくわかる。春美の眼を見て精一杯穏やかに語りかけた。

「春美。お祖母ちゃんの気持ちもわかってあげてくれ。お祖母ちゃんは自分の娘の遺言を……おまえのお母さんの遺言を守ろうとしてるだけだ。娘も孫も両方大事だから、つい言ってしまっただけだ」

「じゃあ、そもそも悪いんはお母さんやん。勝手に遺言残して、勝手にダサいワンピース買って。みんなお母さんのせいや」

かっと頭に血が上った。気がつくと春美の頰を叩いていた。

春美は涙の溜まった眼でこちらをにらみつけると、店を飛び出して行った。慌てて義母が後を追った。

崩れるように椅子に腰を下ろした。右の掌がじんじんと痛かった。春美に手を上げたのははじめてだった。

義母がどれだけ懇願しようと春美は決心を変えなかった。音大は受験せず、ＮＳＣの二期生となった。それを知った義母の掌返しは凄まじかった。

——あんたなんかもう孫やない。

面と向かってはっきり言い切った。やがて、春美は家を出た。実質的に勘当だった。

どうしても諦めきれず、なんば花月へ出かけた。「はんだごて」のステージを観た夜、春美に電話を掛けた。そして、思わず口にしてしまった。

——今頃、お母さんは天国で泣いている。

口に出した瞬間、しまったと思った。だが、もう遅かった。春美はなにも言い返さなかった。しばらく沈黙が続き、そのまま電話は切れた。

受話器を握りしめたまま、ひとり冷え切った家に立ち尽くした。今度こそ取り返しの付かないことをしてしまった、と思った。

＊

「彩の父親はわからないままですか？」

「ハルミはその男について詳しく教えてくれませんでした。もともとハルミのファンで、ハルミがチョーコ姐さんに冷たくされて落ち込んでたときに慰めてくれたらしいんですが……実は家庭のある男やったそうです。悪い男に欺《だま》されてもうて……」

ヒデヨシが気まずそうな顔でうなずいた。

部屋の中を見回すと、あちこちに絵本や子供の玩具が転がっている。明らかにただ「預かっている」程度ではなかった。

「佐藤さん、あなたはなぜ、実の子供でもない彩の面倒を？」

「ハルミはピアノに関係する……芸人とかやなくて堅気の仕事で食べて行きたい、言うてたんです。でも、音大出てへんのは相当不利で……。それでもどんな小さな仕事でも引き受けたり、あちこち遠いとこまで面接に出かけて頑張ってました。そやから、しょっちゅう彩ちゃんを預けに来て」

「あたしも彩ちゃんがかわいくてかわいくて、なついてくれるのが嬉しかったんです」

奈津子が床に転がっていた着せ替え人形を拾い上げ、寂しそうに眼を細めた。

「ほとんどあなた方が育てたようなものですね」

自分は実の父親でありながら頼ってもらえなかった。見捨てた娘に見捨てられたということだ。

「いえ、そんなことはないです。彩ちゃんにとってお母さんはたった一人、ハルミちゃんです」

とってつけたように聞こえた。なんと返事をしていいかわからず、黙っていた。すると、ヒデヨシがじっと吾郎の眼を見た。そして、きっぱりと言った。

「ハルミが彩ちゃんをかわいがってなかったわけやありません。ハルミはずっと悩んでたんです」

——あたしは勘当されたままでも仕方ないけど、この子にはね、ファミリアのワンピースを着せてやりたいねん。うちのお母さんが死ぬ前に買《こ》うてくれた、大事な大事なワンピースやねん。

——ごめんなさい、言うて家帰ったらええがな。彩ちゃんを見せたら親父さんかて許してくれるやろ。

——あかんねん。あんだけ酷いこと言うて出てきたのに、今さらよう帰らんわ。

——生きてる間に仲直りせなあかんで。うちみたいに両方とも死んでもうたら親孝行でけへんねんで。

「その後、ハルミがぽろっと言うたんです。なんでピアノをやめたんやろう、って。お父さんとお祖母ちゃんの言うこと聞いて続けてたら、そしたら別の人生があったんやろうな、って」

そこでヒデヨシが口を閉じた。しばらく黙っていたが、やがて吐き出すように言った。

「それ聞いてメチャメチャ腹立ったんです。そんないい加減な気持ちで僕とコンビ組んでたんか、って。そう言うて怒ったら、ハルミが泣き出しました」

——違う。あたしはほんまにチョーコ姐さんみたいになりたかったんや。でも……。

春美はカサブランカ・チョーコに母を見た。きっと春美自身にもどうしようもない、抑えがたい感情だったに違いない。

春美。正直に聞かせてくれ。俺では駄目だったのか？　父親だけでは足りなかったのか——。

ヒデヨシがビデオデッキにテープを入れた。

「これ、ハルミとやった最後の漫才です。心斎橋筋2丁目劇場です。この日は大入り満員で、座席を全部取り外してお客さん入れたんです」

コンクリート打ちっぱなしの前衛的な劇場だ。床に座らされた観客はみな若かった。制服を着た女子高生もいてずっと笑い転げている。お目当てのコンビが出てきたときには歓声を上げて応援した。演芸場と言うよりはアイドルのコンサート会場のようだった。

やがて「はんだごて」が出てきた。ステージ横に置いてあるものに眼が留まった。それは一台のキーボードだった。

「春なのに～お別れですか～……って、違う違う。いつまでもお別れしない永遠のアイドル！『はんだごて』ハルミで～す」

「鳴かぬなら鳴かせてみせよう、ホトトギス！　大阪城を建てた人！『はんだごて』ヒデヨシでーす」

「あたしね、この前、新しいアパート借りよ思て不動産屋に行ったんです。壁に貼ってるチラシ見てたら、びっくりするような値段が書いてあるんですわ。３ＬＤＫの普通のマンションが五千万とか、一戸建てが八千万とか。今、土地の値段がめちゃくちゃ上がってるらしいですわ」

「そうそう。家も土地も高いらしいね。銀座のきゅうきゅうどうとか言うとこは、一坪一億円近いとか聞きましたわ」

「鳩居堂《きゅうきょどう》な。なんやねん、きゅうきゅうどうって。あそこ消防署か。一一九番か」

「いや、消防署は大事やで。この前、おふくろが倒れて救急車呼んだんですわ。家のすぐ近所が消防署やったからすぐ来てくれて助かりましたわ」

「へえ、そらよかったやんか。で、お母さん、もう元気になりはったん？」

「いや、助からへんかった。今度、一心寺《いっしんじ》さんにお骨を納めようと思て」

「え？　さっきは助かりました、言うたやん」

「救急車がすぐ来てくれて助かったけど、おふくろは助からへんかったんや」

「ややこしい言い方せんといて。知らんとあんたに年賀状書いてもうたやん。あたしほんまにどんくさいわ」

――あたしほんまにどんくさいわ。

思わず身を乗り出した。それは昔、美恵が話していた大阪弁だった。庭の日だまりで寛《くつろ》いでいた野良猫が家の中に入ってきたような、厚かましい心地よさがある。

二人の漫才は以前になんば花月で観たときとはまるで違っていた。勢いはそのままだがガツガツした聞き苦しさが消え、転がり弾んでからふわりと着地するような柔らかさがある。

ヒデヨシが麦茶の入ったグラスを吾郎の前に置いた。

「僕らの漫才は古臭い、って言われてました。でも、僕らは王道にこだわったんです。憧れの『カサブランカ』に近づくために」

その頃、ＮＳＣ出身者がテレビを席巻していた。大人気の「ダウンタウン」「ハイヒール」「トミーズ」は一期生だった。吾郎はいつも無意識に新聞のテレビ欄に「はんだごて」という文字を探していた。だが、一度も見つけたことはなかった。

「新人賞てコンビ結成して五年以内とか十年以内とか縛りがあるんです。『はんだごて』はリミットが近づいてきて焦ってました。毎日、必死で稽古したんです。朝も昼も夜中も、何回も何回もネタ合わせやって。上方漫才大賞か、ＮＨＫ上方漫才コンテストか、絶対に賞獲るんや、って」

ビデオの中の舞台横のキーボードを見つめた。

「で、なんで新しいアパート探してるんや？」

「ピアノ弾けるアパートに住みたいと思て」

「え？　あんた、ピアノ弾けるん？」

「実は弾けるねん。来月、知り合いの結婚式の余興に呼ばれてて、ピアノ弾きながら漫才してくれ、て。だから練習しようと思てるねん」

「へえ、ピアノ弾きながら漫才って『おまえはあほか』てやるんか？」

「ちゃうちゃう。そんな怖いこと言わんといて。大先輩の芸盗《と》ったらえらいことになる。そもそもあの人ら松竹や」

「ほんなら、ピアノ弾きながら漫才ってどんなことすんねん」

「そやから困ってるねん。でも弾き語りがあるんやから弾き漫才があってもええと思うねん」

「弾き漫才か。ほな、ちょっとやってみよか」

「わかった」

ハルミが横に置いてあったキーボードに向かう。そして、関西人なら一度は聞いたことのある「吉本新喜劇のテーマ」を弾きはじめた。

最初は右手だけで冒頭の旋律を弾く。ジャン、と一度強く鳴らすと、続きを両手で弾きはじめた。客席が息を呑んだ。ホンワカパッパ、ホンワカホンワカ。たしかにこれは誰が聴いても新喜劇のテーマだ。だが、驚くほど重量級のアレンジがされていた。ありとあらゆるテクニックが必要とされるコンクールの課題曲のようだ。

客席から拍手が起こった。ハルミは肩で息をしながら、必死になって弾いている。だが、どんどん曲のテンポが落ちてスローになっていく。ハルミがヒデヨシに向かって叫んだ。

「あかん。もう限界や。早よなんかツッコんで」

「無理や。僕、ボケ担当やし」

するとハルミが右手の人差し指一本で「おまえはあほか」と弾いた。客席がどっと笑った。

「あかんあかん、それ弾いたらあかん」

慌ててヒデヨシが止める。客席がまた笑った。


ブラウン管の中で春美が鍵盤に向かっている。十数年ぶりに聴く娘の演奏だ。グランドでもアップライトでもなくキーボードだったが、食い入るように小さな画面を見つめた。

「唯一ウケた漫才です。このスタイルで行こか、と思たときにハルミの妊娠がわかって……」

「それでコンビ解散ですか」

「待ってる、て言うたんです。でも、新しい相方見つけたほうがええ、って。ハルミはシングルマザーで子供を育てる覚悟をしたんです。そやから博打《ばくち》みたいな芸人はやってられへん。自分にほんまもんの才能ないのはようわかってる、って」

拳を強く握りしめて「ハルミ」を見た。ステージの上の娘はライトを浴びてきらきらと輝いていた。はじめてファミリアのワンピースを着て舞台に上がったときのようだった。


そろそろ行きましょか、とヒデヨシが立ち上がった。吾郎は紙袋を持ってアパートを出た。今にも降り出しそうな空だ。押し潰されそうだ、と思う。二人は無言で保育園までの道を歩いた。

古いアーケードの商店街に入る。そう広くない通路を何台も自転車が追い越していった。八百屋、魚屋、肉屋に衣料品店など、なんの特色もない小さな店が並んでいる。シャッターが下りている店もあった。地震のせいか、それとも元々閑古鳥《かんこどり》が鳴いていたのかわからない。背を丸めて歩いていると、ふいにヒデヨシが口を開いた。

「高瀬さん、閑古錐って知ってはります？　先の丸なった錐のことです。役に立たへんけど静かで風格がある。人を傷つけたりせえへん、って」

はっと顔を上げた。足を止め、呆然とヒデヨシを見る。

「解散するとき、ハルミがこんなことを言うたんです。あたしはピアニストとしても芸人としてもポンコツやったけど、ポンコツはポンコツなりにいつか閑古錐になれるんかな、って」

道の真ん中で動けなくなった。

閑古錐。春美は自分が押しつけた言葉を憶えていてくれたのか。そして、どれだけ苦しんでいたのか。

閑古錐。心の中で何度も繰り返した。自分はいまだに尖ったままだ。尖っていて役立たず。人を傷つけることしかできない。

「僕なんか一度も尖ったことない、生まれつき丸まった役立たずの錐なんです。それでも、いつか閑古錐になれたらなあ、て思てるんです。そやから、もうちょっとこの世界にしがみついてるつもりです」

あはは、とヒデヨシが声を立てて笑った。だが、その頰と唇は不自然に引き攣り、震えていた。眼を逸《そ》らそうとしたとき、ヒデヨシが言葉を続けた。

「今度ね、テレビのオーディション受けるんです。今年は震災とかサリンが続いて、世の中が暗なってますやん。皆さんに笑てもろて、すこしでも明るうなってもらいたいんです。オーディションョン受かったらええな、て思てたら……ふっと子供の頃のことを思い出したんです。僕の家はいろいろ不運が続いて、父は生きる気力なくして……ほんまにかわいそうやったんです。なんとか父を笑わしたろ、明るうしたろ思て頑張ったんですが、あきませんでした。そやから、こんな気がするんです。昔にでけへんかったことをやり直すチャンスが来たんや、て」

チャンスか。高揚するヒデヨシをぼんやりと眺めていた。この先、自分が閑古錐になるチャンスはまだあるのだろうか。

「そやから……いつか一発当てたるねん。そんでお姉ちゃんに家と店、買《こ》うたるねん、って」

鋭くないのに力強い声だった。ヒデヨシの額には汗が光っていた。

背後からベルを鳴らしながら自転車が来た。危ない、とヒデヨシがかばってくれた。前後に子供を乗せたママチャリが猛スピードで追い抜いていった。

ヒデヨシに促されるまま歩き出す。どうやって自分が足を動かしているのかわからなかった。アーケードを抜けた。

ふいに強い陽射しが眼を射た。いつの間にか雲が切れて晴れ間がのぞいている。周囲の景色は白く輝いていた。眩《まぶ》しい。眼が痛くて開けられない。苦しい。涙が出そうだ。

「ほら、そこです、保育園」

小さな園庭で待っていると、ヒデヨシが彩を連れてきてくれた。

息を呑んだ。ファミリアのワンピースを着てピアノを弾いていた頃の春美が眼の前にいる。彩は幼い頃の春美に生き写しだった。なにも言葉が出ず、ただ黙って彩を見下ろすことしかできなかった。

彩はヒデヨシの手を摑んだまま離さない。硬直して動けないようだ。

「すんません。ちょっと人見知りで。はじめての人にはこうなんですわ。慣れたらすぐに元気になるんですが」

強く紙袋の持ち手を握りしめた。そうだ、自分はもう誰も傷つけたくない。だから、自分にできることをする。できなかったこともやってみる。

「彩は綺麗なお洋服が好きか？」

彩は黙ったまま、今にも泣き出しそうな表情になった。

「お祖父ちゃんはすごく綺麗なワンピースを持ってる。ファミリアのワンピースだ。彩のお祖母ちゃんが、彩のお母さんに買ってあげたものだ」

紙袋を示した。彩がはっと顔を上げた。だが、なにも言わない。

そのとき気付いた。彩の前にかがみ込み、視線の高さを合わせた。同じものを見るようにするのだ。そして、紙袋からワンピースを取り出した。一番小さいサイズ。ピンク色とクリーム色が切り替えになったデザイン。はじめて春美が着たものだ。

「ほら、彩のお母さんが着ていた綺麗なワンピースだ。彩も着てみるか？」

彩はワンピースを見てぱっと眼を輝かせた。だが、まだためらっている。それから振り返ってヒデヨシを見た。ヒデヨシは黙ってうなずいた。

「ほんまにお母さんのなん？」

「そうだ」

「ほんまにあたしが着ていいん？」

「ああ」

「ほんま？」

「ああ、ほんまや」

ひとりでに同じ言葉になった。はじめての大阪弁は一瞬喉で引っかかってから、ぽんと弾けるように口から飛び出した。長年つっかえていた栓が抜けたかのようだった。

「お母さんのワンピース」

彩が頬を紅潮させ、飛び跳ねて喜んでいる。その姿が滲《にじ》んだ。

「彩はモンブラン好きか？　栗のケーキや。美味しいぞ」

「栗。あたし、栗、大好き」

「じゃあ、お祖父ちゃんと食べに行こうか。グランドホテルや。立派なホテルやぞ。おめかしをして行こうな」

東京弁と大阪弁が交ざった変な言葉になった。だが、これが自分の言葉だ。恥じるまい、と言い聞かせる。

閑古錐。尖る必要などない。だが、モンブランの栗を突き刺すことはできる。きっと、それくらいでちょうどいい。

そうだ、今からでもできることがある。

彩の手を握った。柔らかな手だ。こんな小さな手を二度と突き刺すまい。閑古錐、と心の中で繰り返しながら吾郎は嗚咽《おえつ》した。

道具屋筋の旅立ち

誠《まこと》がじっとこちらを見た。その視線は明らかに優美《ゆみ》の唇に注がれているように思えた。期待して次の言葉を待ったが、誠は何事もなかったかのように先程の話題を続けた。

「え、アボガドロ定数知らんの？　でも、優美は俺と違《ちご》て短大卒やからしゃあないな」

誠が拳でこつんと軽く優美の頭を突く真似をした。一瞬、胸がどきりとして縮こまる。誠は上背があるし子供の頃から空手をやっているから、いくら冗談だとしても拳を向けられるとすこし怖い。でも、ここで怯えたり文句を言ったら雰囲気が悪くなる。えへへと笑ってごまかした。

「でも、見栄張ったりせんと素直に知らん、って俺に言うてくれる優美はかわいいな」

かわいい。その言葉を聞くとさっき縮こまった胸がぱっと膨らむような気がした。こんな言葉で舞い上がってしまう自分は阿呆や、とわかっているのに嬉しくてたまらない。

昨日、阪急百貨店で口紅を買った。ばっちりメイクの資生堂の美容部員はにっこり微笑んでこう言ったのだ。──秋の新色、大人の女の赤です。とてもよくお似合いですよ、と。

大抵の男が女の化粧に興味がないことくらい知っている。だが、女性のファッションにうるさい誠なら気付いてくれるかも、とすこし期待していたのだ。なのに、なにも言ってくれない。足の痛みもあってなんだか泣きたい気がしていた。

元号が昭和から平成に代わって二年目。夏は記録的な水不足だった。秋になっても異常気象が続いて、もう十月なのに汗ばむ陽気だ。

優美は誠と朝からずっとミナミを歩き回っていた。誠が誕生日プレゼントを買ってくれるというので、百貨店、なんばCITY、心斎橋のブランドショップを延々ハシゴしているのだ。でも、今日、履いているのは八センチヒールのパンプスだ。もう爪先が痛くてたまらない。

「優美が一番かわいく見えるワンピースをあげたいんや」

誠は自分好みの一枚を見つけるまで妥協するつもりはないらしい。これまでに何枚も気に入ったワンピースがあったのだが、誠の好みではなかったのですべて却下された。キャリアウーマンのような大人っぽいパンツスーツは駄目、派手なボディコンも駄目、真っ黒のお洒落なデザイナーズブランドも駄目。ふわっと甘いパステルカラーで、なおかつ上品で清楚なワンピースがいいという。二十五歳の自分にはなかなか難しい。

つきあいはじめたときから誠は優美の服にうるさかった。一度デートにGパンで出かけたら露骨に不機嫌になったこともある。

——男の本音としてはやっぱり女はスカートや。

じゃあ浅野温子は？　浅野ゆう子は？　と言い返したくなったけれど、これ以上誠を怒らせたくなくて呑み込んだ。その後、誠が買ってくれたスカートに着替えさせられた。払うと言ったが断られた。これは男の意地、男の我が儘やから、と。そのせいで誠はしばらく金欠になった。以来、絶対にデートではGパンは穿《は》かないようにしている。

誠のこだわりはまだある。あまり稼げていないくせに奢《おご》りたがるのだ。遠慮すると「男やから」と言う。女に払わせるなんてヒモみたいや、と。でも、誠はお金持ちというわけではない。工学部だから授業や実験が忙しくて思うようにバイトができないらしい。一方、こちらはＯＬだから多少の余裕がある。年下彼氏に奢ってもらってばっかりというのは気が引けるし、これ以上誠に無理をさせたくない。何度も話し合って誠の顔を立てる方向で決着した。つまり「店では誠が支払う。店を出た後に割り勘にする」というやり方だ。

そんな付き合いが一年続いて、誠はゼミ推薦で大手機械メーカーに内定をもらった。

——優美の給料なんか最初から抜いてるからな。もう男として肩身の狭い思いはせえへんで済むんや。

嬉しそうな顔を見て哀しかった。誠が引け目を感じないようにいつも気を遣ってきたつもりだ。だが、その心遣いは届いていなかったということだ。

「な、今晩は『オリンピア』行こうや。あそこやったら和洋中なんでもあるし、思いっきり食えて最高や」

梅田の新阪急ホテルの地下一階レストラン「オリンピア」はバイキングで人気があった。誠のお気に入りで月に一度は必ず食べに行く。

腹具合を確かめた。今日はそれほどお腹が空いていない。できれば軽い食事の方がいい。返事を迷っていると、誠が優美の脇腹を人差し指で軽くつついた。

「優美、もしかしたらダイエット中？」

誠の指が腹肉にめり込んだ気がして羞恥《しゅうち》で身体が熱くなった。反射的に大きく身をよじって逃げる。

「別に。そんなことないけど」

なんとか笑ってごまかしたが、誠の顔が一瞬で険《けわ》しくなった。

「ちょっとつついただけやのに、そこまで大げさに逃げんでもええやろ。そんなに俺に触られるの嫌なんか」

「違う。そんなことない。ごめん」

慌てて謝った。だが、誠は不機嫌そうに眉を寄せたままだ。

「俺、なんか傷ついたわ」

誠が頭の上で大きなため息をつく。

「ごめん。ほんまにごめん」

何度も謝ると、誠が満足げに微笑んだ。

「ま、ええよ。俺、優美のお肉に触るの大好きなんや」

誠が腕を絡め優美を自分のほうに引き寄せた。もう、と言いながらそのまま引きずられるようにして歩いた。

「ピーヒャラピーヒャラ、おどるお肉ー」

ふいに誠が「おどるポンポコリン」のメロディで歌いはじめた。おどるお肉、という歌詞がぐさぐさと胸に刺さる。いつもは大人ぶってリードしたがるくせに、どうしてこんな子供じみた悪ふざけをするのだろう。鼻の奥がつんとして涙が出そうになった。

「もう。やめてえや……」

それだけしか言い返せない自分が情けない。優美は今、百五十八センチ四十キロだ。決して太くはない。でも、細いかと言われたら細くない。からかわれても仕方ないのだ。細いと他人に認めてもらうためにはもっともっと痩《や》せなければいけない。そう、母のように。

「ピーヒャラピーヒャラ、おどるお肉ー」

ひとしきり歌うと誠はさっさと一人で歩き出した。慌てて後を追う。

「ねえ、どこ行くん？」

「道具屋筋《どうぐやすじ》。うちのサークル、今年は学祭で屋台出すんや。ちょっと機材の下見しとこうと思て」

道具屋筋というのは千日前にある飲食関連の設備を扱う商店街だ。厨房機器や食器、座布団、暖簾《のれん》、提灯まで様々な什器《じゅうき》を扱う店が並んでいる。訪れるのはプロの料理人から一般客まで幅広く、狭い通りはいつも混雑していた。

南海通《なんかいどおり》から千日前筋へ、そして、なんばグランド花月の前に出た。劇場の前にはたくさんの芸人の名を記した看板が上がっている。中には「カサブランカ　チョーコ　ハナコ」という名もあった。

「ハナコは凄いよな。あんだけ食っても全然太らへん。それに、食べてるとこ、めちゃくちゃかわいいしな」

誠は「カサブランカ」のハナコの大ファンだ。ハナコは眼が細くて和風な顔立ちで、ちょっと垢抜けない。姉のチョーコはモデル並みの美人なのに全然似ていない。でも、誠はそんなハナコがいいという。チョーコが「硫酸事件」で休養中なのでハナコは一人で活動している。最近は大食い番組によく出ていていい成績を残していた。

誠がちらりと優美を見た。

「なあ、今日会《お》うたときから思てたんやけど、その口紅、赤すぎへんか？　優美に似合《にお》てへんような気がする」

ずきりと胸が痛んだ。誠は最初からちゃんと気付いていた。でも、気に入らなかったから黙っていたのだ。

「ハナコみたいにピンクでちょっとパール入ったやつ塗ったらどうや。ほら、ハナコは大食いしても全然下品やないやろ？　ピンクのおちょぼ口でどんどん食べるとこが、かわいくて色っぽいんや」

誠はなんだかうっとりした表情だ。本当にハナコが好きらしい。どんどん惨めになってきた。

「チョーコはきっと気いキツいやろ。美人は性格悪いこと多いしな。リーチのファンも怒ってたし。自業自得や。でも、ハナコは優しそうや。いつもニコニコしてるし」

ここで話を合わせないと誠はもっと不機嫌になる。精一杯笑顔を作りながら相槌《あいづち》を打った。

「そうやね。あたしもハナコはいい子やと思う」

そう言いながら誠が拳を突き出し正拳《せいけん》突きの動作をした。リーチというのは川島理一郎《かわしまりいちろう》。今、大人気の若手アイドルグループのメンバーだ。リーチとチョーコの熱愛報道が出たがすぐにどちらも否定した。だが、チョーコのファンが裏切られたと怒ってチョーコに硫酸を掛けたのだ。

「チョーコはほんまに、リーチみたいなナヨナヨした男のどこがええねん。男は男らしく、女は女らしく、や」

「そうやね」

「きっとハナコは太らへんように陰で相当努力してるんやろなあ。太ってる女なんて自分から女捨ててるのと一緒やからな」

一瞬、ぎゅうっと胃が締め付けられ、喉の奥に酸っぱいものを感じた。

誠は顔がよくて頭がよくて空手ができて、いつもリードしてくれる。でも、横暴で強引な面もある。男らしさに拘《こだわ》って優美を「自分好みの女」にしたがるのだ。

でも、優美だってそんな誠に甘えている。おまけに卑怯だ。今度、同期の敦子《あつこ》と「茶の湯一日体験講座」に行くことを誠に言えないままだ。会社の福利厚生事業の一環でタダで受講できるから行かなければ損だ、と強く誘われたのだ。興味がない、と断ろうとしたが、敦子に大真面目な顔で諭《さと》された。

――お見合いするとき釣書《つりがき》に「お茶」って書けたら箔《はく》が付くやん。

今年に入って、短大の時の友人がバタバタと結婚しはじめた。二十五歳までに、と計画的にお見合いをしたらしい。ホテルでの披露宴、海外への新婚旅行など、みなびっくりするほど結婚に金を掛けていた。

だが、今のところお見合いの予定などない。そもそも結婚願望がないし幸せな家庭生活を夢見たこともない。かといって、絶対に一生結婚しないと決めたわけでもない。実際、周りの友人が結婚していくのを見るとすこし心が波立つのを感じる。迷いながらも世間に流されていく自分がもどかしい。

――「お茶お花」は武器やよ、武器。

結局、敦子に押し切られて体験講座に行くことになった。だが、釣書の箔付けのために「お茶」を受講するのは誠には言えないままだ。

なんばグランド花月の前を通り過ぎて、道具屋筋のアーケードの下に入った。陽射しが遮られてひやりと涼しくなる。プロ仕様の包丁がずらりと並んだ店、お好み焼き、たこ焼きの鉄板が積まれた店、看板、垂れ幕が店頭を覆い尽くしている店など、とにかくどこもかしこもゴチャゴチャしている。誠は「屋台一式」をレンタルしてくれる店を探してあちこち見回していた。

「大学の学祭は本格的やねん。短大とは違うからな」

「うん。芸能人呼んだりすごいもんね」

誠は完全に満足したようだ。再び、優美の腰に手を回し引き寄せた。

「優美は素直でほんまにかわいいな」

身体が熱くなって頭の先から足の先までじんじん痺《しび》れた。ひやひやさせられた後の「かわいい」に飛びついてしまう。まるでお預けを食らっていた犬のようだ。

「でも、やっぱりその赤の口紅、優美には似合てへん」

優美の顔をのぞき込んだ誠が顔をしかめた。えへへと笑って顔を背けたとき、食器店の店先に置かれた大きな擂《す》り鉢《ばち》に眼が留まった。外は茶色で内側には細かい溝が刻まれている。美濃焼《みのやき》とあった。

一瞬息が止まりそうになった。ごりごり、という音がどこか遠くから聞こえてきた。急に眼の前が暗くなった。誠が慌てて支えてくれる。

「ごめん。ちょっと立ちくらみ」

「やっぱり女は弱いなあ」

誠が満足そうに笑って優美を抱きしめた。

結局、誠が買ってくれたのはベビーピンクのスズラン柄のワンピースだった。まるで小学生のピアノの発表会のドレスだ。あの頃なら喜べただろうに、と吐きたくなるのを堪《こら》えて喜んだふりをした。

＊

次の日曜日、敦子と梅田で待ち合わせた。大手カルチャーセンター主催の茶の湯一日体験講座を受講するためだ。

中之島近くの商業施設とオフィスが入居したガラス張りの高層ビルに着いた。重い回転ドアを押して入ると、広いエレベーターホールはカルチャーセンターに通う人で溢れている。年齢層は二十代から七十代くらいまで幅広いが圧倒的に女性が多い。

敦子とは入社研修で仲良くなった。配属支店は分かれたが今でも時々会って仕事の愚痴を言い合う。

いつもはボディコンの敦子も今日は「お茶」だから、白のフリルブラウスとスカイブルーのフレアースカートだった。優美は誠に買ってもらった例のスズラン柄のワンピースを着た。五十代くらいの女性グループと一緒にエレベーターに乗り込むと、敦子がこそっと訊ねた。

「優美、さっきから気になってたんやけど、そのワンピースもしかしたら彼氏のプレゼント？」

「うん。ようわかったね」

「そこまで甘めは優美の趣味と違うやん。彼氏に買《こ》うて貰《もろ》たんかなあ、って」

「誕生日プレゼントやねん」

「えー、優美はええなあ。あたしも誕生日に服買うてくれる年下の彼氏が欲しいわ」

敦子が大声で羨ましがると、女性グループがみなこちらを見た。露骨に迷惑そうな視線だ。敦子がしまった、というふうに肩をすくめてうつむいた。優美も恥ずかしくなって眼を伏せた。こっそり顔を見合わせるとなんだかおかしくなった。二人で笑いを噛《か》み殺しながら二十階でエレベーターを降りた。

茶の湯一日体験講座の参加者は全部で十名で、みな二十代から三十代のＯＬだった。最初に講義室で簡単な説明を聞いてから茶室に通された。露地《ろじ》と待合まである、ビルの中とは思えないくらいに本格的な茶室だった。

手ほどきをしてくれる先生は福々しい「おかめ」にそっくりな初老の女性だった。丸々と肥え太った短い指で袱紗《ふくさ》を捌《さば》き、茶碗を回して見せる。なんだか手品を見ているような面白さがあった。

「十月は名残《なごり》の月、と言います。夏の名残の中、これからはじまる秋を感じる月やね。今日のお菓子は姫菊。練りきりです。綺麗やねえ」

おかめ先生は素晴らしい声をしていた。鈴を転がすような、という形容がぴったりな声をはじめて聞いた。金属の鈴ではない。柔らかで温かい素焼きの鈴の音だ。

「お茶室ではお茶とお菓子を楽しむだけやないんです。花を見て、床の間の掛け軸を見て楽しむんです」

床の間には蔓《つる》付きの花器に茶花《ちゃばな》が生けてある。薄紫の小さな花が寄り集まって咲いていた。

「これは藤袴《ふじばかま》。秋の七草のくせに乾かしたら桜餅の匂いがするんやよ」

単なる野草っぽい見た目なのに面白い。これなら楽しめる。難しくない。釣書に箔を付けるため、という邪《よこしま》な動機を忘れて、いつの間にかおかめ先生の解説に夢中になっていた。

次にその上の掛け軸に眼を遣った。「八角磨盤空裏走」とある。読み方も意味もさっぱりわからない。これはどうやって楽しめばいいのだろう。

じっと見ていると、先生がころころ楽しそうな声で教えてくれた。

「これは、はっかくのまばん、くうりにはしる、と読みます。なかなか難しい言葉なんやよ。八角の磨盤というのは八角形の石臼《いしうす》のこと。米とか麦とか穀物をごりごり、って擂り潰す道具やね。それが空を飛んでいる、っていうんやよ。面白いね」

擂り潰す——。どきりと心臓が跳ね上がる。思わず膝の上でワンピースを握りしめた。

「石臼って普通は丸いでしょ。でも、これは八角形。一説にはね、武器のことらしいんやよ。八角形の尖った武器がぐるぐる回りながら空を飛んで敵を切り裂くんやって。物騒な臼やねえ」

ころころと先生が笑って言葉を続けた。

「ありえないこと、自分がなにをどう考えたって及ばないこと。八角の磨盤はその象徴。でも、難しく考えなくてもええんやよ。八角形の石臼が空を飛んでる。凄いなあ、って素直に楽しめばええから」

瞬間、唸《うな》りを上げて飛ぶ石臼が見えた。おかめ先生に釣られるようにしてなんとか優美も笑った。

八角の磨盤、と心の中で何度も繰り返した。八角の磨盤、空裏に走る、と。


茶の湯一日体験講座が終わって、二人で堂島地下街の喫茶店に入った。

優美はポットサービスの紅茶を頼んだ。敦子はさっき練りきりを食べたところなのに、紅茶と最近大流行のティラミスを頼んだ。

「優美、ケーキは食べへんの」

「ダイエット中」

「ダイエットなんかせんでええやん。優美は全然太ってない。むしろ瘦せすぎや」

「でも、あたし、気い付けんとすぐに太るねん」

「ふうん」敦子は眉をひそめたが、それ以上はなにも言わず話題を変えた。「あたしさあ、本気で茶道習おうかな。花嫁修業にもなるやん」

「ねえ、敦子。もしかしたら実は結婚の予定あるんと違う?」

「ないない。全然ない。でも、やっといて損はないと思う。いざというときに釣書になにも書かれへんよりマシやんか」

思わず眼を伏せた。敦子の言うとおりだ。自分はなにも書くことがない。趣味も資格もない。高校のクラブ活動だって途中でやめてしまった。

ぼんやりしていると敦子のすこし尖った声がした。

「優美、もしかしたら、あの大学生と結婚する予定あるん」

「え、まさか。だって、あっちはまだ学生やもん」

「来年卒業やろ」

「卒業やけど……」

これまで誠は結婚の気配などすこしも見せなかった。学生だから当たり前だ。だが、来年の春が来ればどちらも社会人だ。そうすれば、誠だって結婚を考えたりするのだろうか。

ティラミスと紅茶が運ばれてきた。敦子がミルクと砂糖をたっぷり入れるのを横目で見ながら、ストレートで飲んだ。

「結婚の予定ないんやったら早めに見切りつけんと。うちらもうクリスマスケーキやねんから」

「でも、あたし、別に結婚に憧れないし」

「うちらキャリアウーマンとは違うやん。所詮お茶くみコピー取りの腰掛けＯＬや。さっさと家庭に入って子供産んだほうが絶対ええやん」

男女雇用機会均等法なんて言うけれど、優美の会社では女の子は寿《ことぶき》退社が当たり前だ。結婚したのに働き続けている女の子など一人もいない。総合職の採用もない。女の子は短大卒で一般職。そう決まっている。

「まあね。でも、なんかあたし一生結婚せえへんような気がする」

「ま、優美がそう思てるんやったらそれでええけど。偉そうに言うてるあたしは彼氏すらおれへんし」敦子が他人事《ひとごと》のように言い、大げさに肩をすくめた。「今のところ二人揃って売れ残りのクリスマスケーキってことやね」

「そういうこと」

大げさにうなずいて見せた。結婚の話はこれで終わり。今度は優美が話題を振る番だ。

「ねえ、この口紅の色、どう思う？　誠は赤すぎる、って言うんやけど」

「そう？　綺麗な色やん。大人っぽくて色っぽいと思うけど」

「誠は『カサブランカ』ハナコが付けてるみたいな、ピンクでちょっとパールが入ってるのがええねんて」

「ハナコ？　なんかピンとけえへんわ。チョーコの顔やったらすぐに浮かぶんやけど」

「そやろ。でも、誠はハナコのほうがええねんて」

「あー、それよう聞くわ。男は美人よりちょっと垢抜けへんほうが好きやねんて。お母さんみたいで安心するから」

敦子がしたり顔で言った。

お母さん、か。ぎゅっと鳩尾《みぞおち》が締め付けられて胃液が上がってきそうになった。自分は母に安心などしたことがない。一度もない。

敦子がティラミスを綺麗に平らげ、砂糖のたっぷり入った紅茶を飲んでいた。瞬間、激しい嫌悪感を覚えた。こんな丸い顔でよく人前に出られるものだ。あたしだったら肉の付いた身体で外に出るなんて絶対できない。せめてあと十キロ減らすまでは部屋に閉じこもって誰にも会わずに生きる。

胃液が突き上げてきた。口の中に苦く酸っぱい味が広がったので慌てて水を飲んだ。友人を貶《けな》して嗤《わら》うなんて自分はどれだけ嫌な女なんだろう。サイテーだ。そんなこと思う資格なんてないのに。

「優美、お互い頑張らな。焦った頃には遅いんやから」

敦子が力を込めて言うと、鼻息で皿に残ったココアパウダーが舞い上がった。思わず二人で噴き出した。

その夜、誠が泊まりにきた。

優美のアパートは東住吉《ひがしすみよし》にある。なんばからは地下鉄で二十分ほどだ。建物が古くて駅から遠いから格安だが、近所に賑わう商店街があって便利な町だ。間取りは八畳と台所の1Kで、バス、トイレ、洗面がすべて別なので暮らしやすい。

夕食のリクエストは焼きそばだった。優美がホットプレートで焼きそばを作りはじめると、誠は手伝うわけでもなくビールを飲みながら横で眺めていた。

「やっぱり炒めるだけやな。なんもおもろない。他のサークルはミスコンやったり吉本の芸人呼んだりするんやて。焼きそば焼くだけなんて当たり前すぎる」

誠が大げさなため息をついた。誠の所属する空手サークルは学祭の出し物で揉めているという。焼きそばの屋台で簡単に済ませようというメンバーと、もっと盛り上がることをして目立ちたいメンバーとで話がまとまらないのだ。誠は盛り上げたい派らしい。

「なあ、優美。なんかええ案ないか」

「いきなり言われても……」

「なんでもええ。最近、なんかおもろいことなかったんか」

焼きそばが出来上がると誠が早速手を伸ばした。

「うーん。学祭関係ないけど……今日、敦子とお茶の体験教室に行ってん」

「お茶？」

「ビルの中に茶室があるねん。いい先生やったよ。お茶飲んで和菓子食べて……あと掛け軸の言葉が面白かった。八角の磨盤空裏に走る、って。石臼が空飛ぶんやって」

「なんやそれ」

誠はビールで流し込むように焼きそばを食べる。あっという間に二缶飲み干した。

「その石臼は実は武器で、ぐるぐる回りながら飛んで敵を切り裂くんやて。面白いと思えへん？」

「そんなん学祭のネタにはならんやろ。あーあ、女はええよな。暢気《のんき》にお茶お花やってたらええんやから。俺なんか卒研で大変やのに」

また大げさにため息をつくと、誠がホットプレートに残った焼きそばをコテでかき集めて口に放り込んだ。

「なあ、やっぱ焼きそばだけやったら足りへんな。なんかないんか」

冷蔵庫の中には野菜しかなかったので、商店街まで買い出しに行くことにした。

「一番搾りとスーパードライ、一本ずつ買うてきてくれ」

誠は動く気はないようで、テレビのリモコンを握って離さない。仕方なしに一人でアパートを出た。

誠ははじめての彼氏ではじめての男だ。勇気を出して参加した初めてのコンパで年下のくせに猛アピールをしてきた。

——こんなに華奢《きやしや》でかわいいのに年上？　信じられへん。

華奢でかわいい。生まれてはじめての言葉だった。思わず泣いてしまいそうになって、誠がうろたえたのを憶えている。実際、その晩はシャワーを浴びながら大泣きしてしまった。一生言われることのない言葉だと思っていたからだ。

そんな誠だって優美がはじめての彼女だった。ずっと男子校で縁がなかったせいだ。

——男は男らしく女は女らしく。俺、結構理想が高いんや。

自分が初彼氏だと知ると、誠は大喜びしてそれから急に強気になった。

——俺が優美をリードしたる。歳は関係ない。優美には引っ張っていく男が必要や。

そう言って乱暴だけれども強く抱きしめてくれたのだ。以来、その言葉通り、誠はリードし続けている。

日曜の夜なので商店街の店はもうほとんど閉まっていた。ようやく開いている店を見つけて焼き鳥とビールを買った。ずいぶん遅くなってしまった。誠は待ちくたびれているかもしれない、と小走りでアパートに帰った。息を切らせてドアを開けた途端、いきなり強い口調でなじられた。

「優美、これ、なんやねん」

一体なんのことだかわからずぽかんとしていると、誠が布張りのアルバムを示した。整理箪笥《だんす》にしまっておいた高校の卒業アルバムだ。一瞬で血の気が引いた。

「これ、ほんまにおまえなんか」

アルバムを開いてある写真を指さしながら吐き捨てるように言った。そこには百五十八センチ八十八キロ、今よりも五十キロ近く重い自分が写っていた。

誠がアルバムをバタンと閉じると乱暴に床の上に放った。

「まるで小錦《こにしき》や。完全に女捨ててるやろ」

また立ちくらみがして倒れそうになった。小学生の頃にも男子に言われた。あの頃の渾名《あだな》は北の湖《うみ》だった。

「……一番酷いんはこれや。ほら。ようこんな写真取っとくな。俺やったら恥ずかしくてすぐ破り捨てるわ」

誠が突き出した写真を見て、たまらず悲鳴を上げた。アルバムには貼らずにメイクボックスの底に隠してあった秘密の写真だった。

高校の文化祭でコーラス部の公演が行われたときのものだ。写真の優美は舞台中央に立ち、眼を見開いて大きく口を開けている。分厚い二重顎のせいで首と肩の境目がない。頭がめり込んでいるように見えるほどだった。

高校に入学してコーラス部に入った。パート分けで優美の声を聴いた顧問はこう言った。

──あなたは素敵なソプラノ。身体に厚みがあるから、よう響く声が出るわ。オペラ歌手向きの体型やね。

はじめて体型を褒《ほ》められ、嬉しくてたまらなかった。文化祭ではソプラノのパートリーダーとして、ソロパートを歌うことになった。そして、あたしはオペラ歌手だ、と言い聞かせて舞台に上がった。だが、客席の生徒は歌を聴かずに優美の二重顎を指さして笑ったのだった。

公演の後、コーラス部をやめた。舞台の上での屈辱を思い出すと今でも涙が溢れて倒れそうになる。だからこそ、この写真はダイエットのお守りだった。二度とあんな思いはしない、と。

「相撲取りって言うよりほとんど怪獣やないか」

誠の軽蔑しきった声が全身に刺さる。やめて、やめてと思うのに声が出ない。

「おまえ、音痴のくせにこんな真ん中で歌ったんか。恥ずかしなかったんか」

あれから人前で歌ったことはない。カラオケのマイクを向けられても断った。だから、みなは優美がとんでもない音痴だと信じている。

「勝手に人の部屋漁《あさ》って……ひどいやん」

ぼろぼろと涙が溢れて止まらない。泣きながらアルバムと写真を整理箪笥の抽斗《ひきだし》に突っ込んだ。

「女はええよな。泣いたら済むと思てる。男なんか泣かれへんのに」

誠が嘲《あざけ》るように言う。こんなふうにバカにされて泣きたくない。惨めでたまらない。

箪笥に手を突いたまま泣いていると、いきなり背後から誠に抱きしめられた。

「ごめん、優美。勝手に見て悪かった。この前、急に赤い口紅つけてきたやろ。浮気でもしてるんやないかと思ってちょっと不安になってもうたんや」

誠の腕の力が強くなる。

「もう泣かんといてくれ。俺が悪かった。でもな、太い優美もかわいかったで。太れるのも才能や」

なにが才能だ。簡単に言われたくない。太っていることでどれだけ虐《いじ》められたか知らないのだろう。そして、どれだけ苦労して痩せたか知らないのだろう。

「それにちゃんと優美は努力して痩せてかわいくなったんや。頑張ったんや。偉い偉い」

誠が優美の頭を撫でた。そのまま無理矢理に振り向かされて強く抱きしめられる。

「ほら、優美、もう泣くなや。優美は偉くてかわいい。ほんまにかわいい」誠の声が頭の上から聞こえる。「シャワー浴びてちゃんと口紅塗り直しといで」

「……ほんま？　あたし、頑張ってかわいくなれた？」

「ああ、めちゃめちゃかわいい。優美はすごく頑張ってかわいくなった」

苦しいのにふわっと身体が軽くなる。そう、あたしは偉い。頑張った。ちゃんと痩せた。二度とあんなふうには太らない。

「そやな、あの赤の口紅、あれがええな」

シャワーを浴びて化粧をやり直した。口紅は言われた通り赤を塗る。大人の女の赤だ。

真っ赤な口紅で部屋に戻る。誠にいきなり押し倒されてキスされた。焼きそばソースと青のりの匂いがした。

誠のキスは長い。そして独特だ。決して舌を入れず、唇と唇をぴったり合わせて強く押しつけるのだ。唇を重ねて上下に左右にぐりぐり、ごしごし、と擦《こす》り合わせる。摩擦熱で互いの唇が熱くなって火傷《やけど》しそうになるまでだ。時々、唇がめくれ上がって歯がぶつかる。誠は舌打ちして、もう一度きちんと「擦り合わせる」のだ。だから、誠の唇も口紅が付いて真っ赤になっているに違いない。

「優美はかわいいなあ」

ようやく唇を離した誠が耳許でささやいた。こんな言葉だけで身体が痺れてしまう。幼い頃、一度も言ってもらえなかった言葉だ。

ごりごり、という低い雷鳴のような音と共に母の声が頭の中に響いた。

――残したらあかんよ。吐いたらあかんよ。お母さんは家族のために作ったんやから。

また誠がキスしてくる。唇が擂り潰されて腫《は》れ上がってしまいそうだ。

「ほんまにかわいい」

誠がささやく。そう、あたしは頑張ってかわいくなった。あたしは偉い。涙をこらえて誠にしがみついた。

＊

家にいる頃、毎日食事が怖かった。

平日、父はいつも遅くまで仕事をしていて帰ってくるのは十一時過ぎだ。それでも母はちゃんと父のために熱々の料理を出した。

――ママのご飯が待ってるから仕事頑張れるんや。一日の楽しみはママのご飯だけや。

父は母のことをママと呼ぶ。でも、優美はお母さんと呼ぶし、母が自分のことを言うときもお母さんだ。ママは父専用の言葉だった。

父が食事をする間、そばにいなければならない。母が言うにはそれが「夜遅くまで一所懸命働いているお父さんへの感謝の気持ち」だからだ。さらに、ただそばにいるだけではなく一緒に食べなければならない。一人で食べる父が侘《わび》しくないように、と。山ほどの晩御飯を食べて満腹で苦しくても、二度目の夕食を食べなければならなかった。

でも、平日はまだマシだ。本当に怖いのは家族揃って食事ができる日曜日だった。母が腕によりを掛けてご馳走を作るからだ。

日曜日、夕方が近づいてくると恐ろしくてたまらなくなる。昼御飯が消化しきれず残っているのにもう食べなくてはならない。二階の自分の部屋でじっとしているだけで冷や汗が出てきた。

「優美、ご飯よ」

階下から母の声がした。思わず二階の窓から飛び降りて逃げ出したくなった。でも、きっと連れ戻されて食卓に座らされるだろう。たとえ大怪我をしたとしても、手当てが済めば食卓に着くよう促されるのだ。

のろのろと部屋を出た。きっとまた太る。このまま体重が増え続けて百キロを超えたらどうしよう。また制服を作り直さなければならないのだろうか。

階段を下りて食堂に入り眼をつぶって席に着く。ぎしっと椅子が軋《きし》んだ。昨日よりも音が大きいような気がする。敢《あ》えて食卓の上に並んだ料理は見ない。見れば眼から満腹になるからだ。

「うわあ、ママのご飯、今日も美味しそうやなあ」

優美よりもずっと丸々と太った父が歓声を上げながら席に着いた。

家族が揃った。もう逃げられない。覚悟を決めて食卓を見た。

テーブルの真ん中にある山盛りの唐揚げの皿が目に飛び込んできた。その横にはやっぱり山盛りのポテトサラダがある。卵とリンゴがたっぷり入っている。父の大好物だ。その横の皿はフランスパンのオープンサンド。小さく切ったフランスパンにたっぷりバターを塗って、スモークサーモン、チーズ、生ハムなどを載せたものだ。これは父がビールを飲むためのおつまみだが、もちろん優美のぶんもある。

くらくらしてきた。今からもう吐きそうだ。食べたくない。

母がスープを運んできた。肉団子入りのトマトスープ。大きなスープ皿からこぼれんばかりだ。母はスープの皿を二人の前に置くと、台所から今度は大鉢を持って来た。山盛りの肉じゃがだ。母が炊飯器の蓋《ふた》を開けた。ぶわっと甘い湯気が立ち上る。炊き立てのご飯があふれそうだ。

「さあ、召し上がれ」

母が山盛りの御飯茶碗を父と優美の前に置いた。

山盛り。眼の前にある物はすべて山盛り、なにもかもがそびえ立っている。

「いただきます」

父が唐揚げに飛びついた。優美も半ばやけくそで口に運んだ。揚げ物は絶対に最初に食べなくてはならない。後になればなるほどキツくなるからだ。スープを飲む。肉団子が大きすぎてもう喉に詰まった。

「優美、どんどん食べて。ほら。まだこんなにあるんやから」

母が優美の空いた皿に勝手にお代わりを載せた。ポテトサラダのジャガイモ、肉じゃがのジャガイモ、どちらもお腹に溜まってすぐに苦しくなる。

「残したらあかんよ。お母さん、ふたりのために一所懸命作ってんから」

そう言いながら母は優美と父のスープ皿に肉団子を追加した。またくらくらしたが、父は口いっぱいにジャガイモを頬張りながら嬉しそうにうなずいた。

台所でオーブンがチーンと鳴った。母が綺麗な焦げ目の付いた熱々のグラタンを運んできた。

にこにこしながらグラタンの上に大量の粉チーズをさらに追加して振りかける。見る間にグラタンの表面が覆われて焦げ目が見えなくなった。

見たらだめだ。見たらお腹がいっぱいになる。眼をつぶってホワイトソースのグラタンを口に運んだ。熱い。思わず吐き出しかけたら母の鋭い声が聞こえた。

「優美、お行儀悪い。ちゃんと食べなさい」

熱い。熱い。涙をこらえながら呑み込んだ。すると、すぐさま母がにこにこ笑いながら山盛りご飯を差し出した。

「ほら、二人とも、ご飯のお代わりどうぞ」

父は茶碗を受け取るとテーブルに一旦置くこともせず、そのまま食べはじめた。震える手で茶碗を受け取った。口の中の皮がめくれて痛い。もう食べられない。

「まだまだあるから優美もお父さんもたくさん食べてね。残したらあかんよ」

母がやっぱり笑顔でポテトサラダのお代わりを皿に載せた。本当に無理だ。胃が破れそうで怖い。冷や汗が止まらない。でも、呑み込まなければ。残してはいけないのだから。

唐揚げがまだある。スープも、ご飯も。グラタンはもう冷めただろうか。肉じゃがの甘い味付けが気持ち悪い。ポテトサラダに入っているゆで卵が喉につかえた。

「ご飯が終わったらケーキがあるから。お父さんも優美もちゃんとお腹を空けておいてね」

「ケーキか、やった」父が頬を膨らませて歓声を上げた。

その後も母は本当に嬉しそうに微笑みながら父と優美の皿にお代わりを盛り付け続けた。

「ママも食べたらええのに」

「お母さんは小食やから。二人がお腹いっぱい食べてるのを見てるだけで幸せ」

「さすがママ」

父が満足そうに唐揚げを口に放り込んだ。

父が母に出会ったのは東京オリンピックが開催された年だった。母は父の会社が主催した「ミス・ネッカチーフ」コンテストの準優勝者だった。そのときの写真が居間に飾ってある。水玉のネッカチーフを巻いてミニスカートの母が「準ミス」というタスキを掛けて誇らしげに微笑んでいた。当時高校を出てお勤めをはじめたばかりの母は折れそうなほど細くて本物のモデルのようだった。

「あの頃、ママはカトリーヌ・ドヌーブみたいに綺麗やった。パパはな、ママに猛烈にアタックして結婚してもらったんや」

そこで父は満腹になってぽこんと突き出たお腹をさすりながら、ゲップをする。

「もちろん、今でもママはスタイル抜群や。自慢の美人ママや」

父が見ているのは細くて綺麗な母だけで優美には一切関心がない。だから、父にかわいがられた記憶がない。一度も「かわいい」と言われたことがないのだ。

モデルのような美貌の母は他の母親たちとはまるで違っていた。優美が一番嫌だったのは授業参観だ。同級生たちは教室の後ろに立つ母と優美を見比べ、肘《ひじ》をつつき合ってくすくす笑った。惨めで顔が上げられず、二重顎に顔を埋めるようにして下を向いていた。

父と母の結婚式の写真はない。お腹に優美がいたから式も披露宴もできなかったのだ。代わりにアルバムにはお宮参りの写真が貼ってあった。優美を抱いた母が無表情な顔でカメラを見つめている。横で満足げに微笑む、今よりもずっと痩せている父と対照的だった。

家族三人で名画座で「シェルブールの雨傘」を観たことがある。細くてお洒落なカトリーヌ・ドヌーブはあまりにも遠い存在で同じ人間とは思えなかった。ママにそっくりやろ、とはしゃぐ父の横で母は無言だった。お宮参りの写真と同じ顔に見えた。

＊

翌週、誠と会った。夕食は誠の希望でまた例の「オリンピア」だ。

ハナコの真似をしてピンクの口紅を塗ってみた。誠がなにか言ってくれるだろうかと微《かす》かな期待をしていたが、やはり望んだ言葉はもらえなかった。

「なあ、優美。今日は思いっきり食うてくれ。ダイエットなんか考えんでええから」

「どうしたん、誠。いつもと言うことが違うやん」

「ええから、今日は限界まで食うてくれや」

誠の眼が揺れている。おまけにすこし早口だった。

「なんであたしにそんなに食べさせたいん？」

すると、誠は渋々といったふうに話しはじめた。

「俺、ハナコのファンやからひらめいたんや。学祭で女子大生大食いバトルやろう、て。なんとか四人集まった。あとの一人がどうしても見つからへんねん。そやから頼む」

「あたし、大食いなんかできへんよ。それに女子大生と違うし」

「そんなんばれへん。昔は食えたからあんだけ太ってたんやろ。ちょっと練習して勘を取り戻したら今でも食えるって。な、頼む」

「でも……」

「俺の企画やねん。うまくいけへんかったら俺が恥かくんや。男の頼みや。な、頼む」

「大食いするなんて女らしくないやん。誠はいつも女は女らしく、て言うてるくせに」

「わかってる。でも、ハナコ見てみい。かわいらしく大食いしてるやないか。頼むわ」

「かわいらしく見えるだけでハナコかて苦労してると思うよ。あたしには無理や」

断り続けると、次第に誠の顔色が変わってきた。

「男の俺がこんなに頭下げて頼んでるのに断るんか」

誠が吐き捨てるように言った。あまりに大きな声だったので周りのテーブルの人が一斉にこちらを見る。誠が慌てて優美に笑いかけ、何事もなかったかのように取り繕《つくろ》う。

「ほんまに頼む。優美が出てくれへんかったらコンテストそのものができへんのや」

「そんなん言われても大食いなんて絶対いやや……」

あの地獄を思い出すと突然涙が溢れてきた。みながこちらを見ている。みっともないとわかっていても止められない。

「悪かった。とにかく泣かんといてくれ。まるで俺が泣かせてるみたいやないか」

焦った誠が懸命になだめる。なんとか涙を拭いたが、結局ほとんど食べないまま店を出ることになった。

そのまま、二人で優美のアパートに戻った。

「今晩、漫才スペシャルに『カサブランカ』ハナコが出るんや。優美もハナコ観て勉強してほしい。あんなふうにかわいく大食いして欲しいんや」

誠はまだ諦めていない。だが、ここで言い返したら喧嘩になってまた泣いてしまう。なにも言わず誠の横に座ってテレビを観た。

やがて「カサブランカ・ダンディ」のイントロが流れてハナコが出てきた。今日は白のワンピースに白のレースの靴下、黒のぺたんこエナメルストラップパンプスだ。田舎の小学生のピアノ発表会のような衣装だ。

——蝶よ花よと育てられ。ボギーも真っ青いい女！　あたしの瞳に乾杯して〜！　カサブランカ、ハナコでーす。

ハナコの唇を見ていた。ぷっくりした唇はまるで赤ん坊のようにかわいい。口紅は透明感のあるベビーピンクだ。そこに白のパールを重ね塗りしている。色白のハナコは柔らかい色がよく似合っていた。もし、鮮やかな赤を塗れば唇だけ浮いてしまうだろう。ベビーピンクにパールの輝きは最上の選択だった。

「今日は大食いやないねんな」

誠はすこしがっかりしたようだ。

——すんません。うちのお姉ちゃんがちょっとアレでアレしまして。しばらくうち一人で漫談をやらしてもらいますわ。

姉のチョーコはファンから硫酸を掛けられて以来ずっと休養している。週刊誌には酷い記事が載っていた。男を取っ替え引っ替え弄《もてあそ》んだから自業自得だとか、二目と見られない顔になったとか、頭がおかしくなってしまっている、とかだ。

——うち一人で新作漫才やろかと思たんですけどね、やっぱりうちはお姉ちゃんおっての「カサブランカ」やからね。一人でやるんは違うと思うんです。それに、うち一人だけウケてもうたら、お姉ちゃんかわいそうやし。

客席が笑って拍手をした。羨ましい、と思った。美人でないのに好かれるハナコに嫉妬した。

——今日はちょっとお姉ちゃんとの思い出を話そうと思います。……ほんまにええ人やったわ。惜しい人を亡くした……って死んでへんわ。

一人でお約束のボケツッコミをやると客席が笑って、先程よりずっと大きな拍手の音が響いた。明らかに応援の拍手だった。拍手が静まるとハナコは話しはじめた。

——うちが大食いできるようになったんは、実はお姉ちゃんのおかげなんですわ。お姉ちゃん、別嬪《べっぴん》さんでしょ？　小さい頃からお父ちゃんにメチャメチャかわいがられてたんですよ。お父ちゃんはね、お人形さんみたいにお姉ちゃんを大事にしてて、御飯はいつも膝の上に乗せて食べさせてたんです。「ほら、チョーコ、あーんして」って。これ、中学生になってもやってたんですよ。

中学生で膝の上？　思わずテレビの中のハナコを凝視した。これは笑うべきネタなのだろうか。客席も戸惑っているようだ。

——あーん、って口を開けるお姉ちゃんはお人形さんみたいに綺麗やったんです。でね、あたしも「あーん」して欲しかったから順番を待ってたわけです。でも、なかなかお姉ちゃんは食べ終わらへん。待ってる間にどんどんお腹が空いてきて、あたしは一人でどんどん食べて……。結局、あたしだけ何回もお代わりして、お父ちゃんに食べさしてもらうのを待ってたわけです。あの頃、家で一番たくさん食べてたのは、あたしやね。他の人の二倍は食べてました。そのおかげで大食い芸を身につけることができたんですわ。お父ちゃんとお姉ちゃんに感謝やね。

やっと客席が笑った。それは面白かったからではなく、ほっとしたからのように思えた。

——お父ちゃんに食べさしてもらうとき、うちはいろいろ努力したんです。お姉ちゃんに負けたらあかんと思て、かわいく見える食べ方を稽古したり。ね、あたし偉いでしょ？

ハナコが頰に人差し指を当てて首を傾げるぶりっ子ポーズをした。客席がまた笑った。

「な、ハナコは子供の頃から努力してたんや。優美かてやればできるやろ」

誠が優美の眼をのぞき込んで言い聞かせるようにした。

「……うん。あたしもハナコと一緒や」

思わず呟《つぶや》くと、誠が嬉しそうに笑って優美の頭を撫でた。

「口紅か？　たしかにハナコの真似やな。気い付いてたで。真似してかわいくなろうって努力するとこがかわいいな、優美は」

そのままベッドに押し倒される。シャワーを浴びてから、と思うのにあっという間に下着を脱がされた。誠がキスしてくる。いつもの唇を擦り合わせるキスだ。誠の唇が強く押しつけられ、擦りつけられる。せっかく丁寧に塗ったピンクの口紅も根こそぎ拭い取られているに違いない。強く擦りつけられる唇がひりひり痛んできた。誠のキスはまるで擂り鉢のようだった。

＊

太っていたのは父と優美だけではなかった。家にはいつも犬や猫、小鳥のどれか、もしくはすべてがいてみな丸々太っていた。

小学校高学年の頃、犬と猫が病気で相次いで死んだ。すると、母はすぐに桜文鳥の雛《ひな》を買って来た。

母は透明なプラスチックケースにキッチンペーパーを敷いて雛を入れた。雛はとても小さく、まだ眼が半分しか開いていない。ところどころに羽毛が生えていて、まだらのピンクの虫のようだった。

「まだ自分で餌《えさ》を食べられへんから、食べさしてやらなあかんのよ」

母が台所から一抱えもある大きな擂り鉢を持ってきた。

小鳥の餌を鉢の中にざあっと投入する。アワ、ヒエなどの粒の小さな雑穀だ。母は水を加えると大きな擂《す》り粉木《こぎ》で擂りはじめた。ごりごりと腹に響く音がする。なんだか吐きそうになった。

母は雛鳥のための餌を擂り潰し続ける。一体どれだけの餌を作れば気が済むのだろう。あんな小さな身体に入るわけがない。

ようやく母の手が止まった。どろどろになった餌から擂り粉木を引き上げ満足げに微笑む。どろりと擂り潰された餌は嘔吐物《おうとぶつ》にしか見えなかった。

母がフードポンプで餌を吸い上げ、雛の口に突っ込んでシリンジを押した。ドロドロの餌が細いチューブを通って雛の黒い嘴《くちばし》の奥へ消えていく。

「ほら、もっと食べや」

母がまたシリンジを押した。

「残したらあかんよ。吐いたらあかんよ。あんたのために作ったんやから」

母はどんどんシリンジを押す。雛の首の両脇がぽこんと膨らんできた。餌が溜まっているのだ。見ているだけで気持ちが悪くなってきた。まるで自分の喉に餌を流し込まれているような気がする。母は一体いつまで餌をやるのだろう。このままでは雛もあたしも破裂してしまう。

「ほら、まだまだたくさんあるから」

母の手の中で雛が小さく震えた。母が雛の口からポンプを引き抜いて、ようやくほっとした。

次の日曜日、両親が葬儀に参列するため家を空けることになった。

雛への餌やりを頼まれたので、母がしていたように擂り鉢で雑穀を擂り潰した。準備が整うと、そっと雛を掌に載せた。震える雛から熱が伝わってくる。柔らかで温かな肉だ。母なら喜んで料理するだろう。

ふいに眼の前にありありと浮かんだ。真っ白いお皿の上に雛が眼を閉じて横たわっている。そして、母は言うのだ。残したらあかんよ。吐いたらあかんよ。あんたのために作ったんやから、と。父は横でうなずいている。

ざあっと肌が粟立《あわだ》った。なんて恐ろしい想像だろう。懸命に妄想を振り払い、そっとフードポンプの先端を雛の口に差し込んだ。雛が嫌がってもがいた。まだ毛の生えていない翼を懸命に震わせる。

雛の様子を見ながらそろそろとシリンジを押した。雛は翼をばたつかせて呑み込んだ。シリンジを最後まで押し込むとポンプが空になった。再び餌を吸い上げ、雛の口に差し込んでシリンジを押した。慣れてきたので今度は手早い。

「残したらあかんよ。吐いたらあかんよ。あんたのために作ったんやから」

雛が食べ終えたので、もう一度フードポンプを満たした。雛の口に先端を入れ、シリンジを押した。雛の口の中に餌が吸い込まれていく。首の脇が大きく膨らんだ。

「ほら、もっと」

さらにシリンジを押した。

「ほら、あんたのために作ったんやから」

シリンジを押し切ると雛の口から餌が溢れた。そのまま、雛は動かなくなった。

わけがわからず手の上の雛を見つめていた。一体どうしてしまったのだろう。さっきまであれほど元気に食べていた。お腹がいっぱいで眠ってしまったのだろうか。

そっと指でつついてみたが雛はぴくりとも動かない。まさか餌が喉に詰まってしまったのだろうか。なら、吐かせなければいけない。背中を叩けばいいのだろうか。指先でそっと雛の背を叩いた。すると、またすこし口から餌が溢れた。

震える手で雛をケースに戻した。起きて、動いて、と心の中で祈りながら見守った。だが、いつまで経っても雛はぐったりとしたままだ。胸も腹も動いていない。呼吸をしていないように見えた。

どうしよう。怖くてたまらなくなった。やっぱり死んでしまったのだ。あたしが殺してしまったのだ。涙が溢れてきた。悪気なんてなかった。ただ、餌をいっぱい食べてもらおうと思っただけだ。ごめん、ごめんなさい。

ケースの前で泣きじゃくっていると、両親が帰ってきた。

「餌をやってたら、気がついたら死んでてん」

「餌をやってただけ?」

「うん。そしたら餌を口から吐いて……」

すると、母は雛の死骸をケースからつまみ上げると、無造作に生ゴミ用のゴミ箱に捨てた。その間、声も立てられなかった。

「せっかく作ったのに吐くなんてもったいない。餌もまともに食べられへんなんて弱い雛やってんね。食べられへん雛は死んでも仕方がないよ」

呆れたふうに言い捨てると、くるりと背を向けて行ってしまった。喪服を着た母はいつもよりもずっと細く見えた。優美は台所で呆然と立ち尽くしていた。恐ろしくて身体の震えが止まらなかった。

食べられない雛は死んでも仕方がない。母はそう言った。

その夜、夢を見た。死んだ雛を母が無造作に擂り鉢に放り込んだ。そして、擂り粉木でごりごりと擂り潰した。

――残したらあかんよ。吐いたらあかんよ。あんたのために作ったんやから。

やめて。もう擂り潰さんといて。夢の中でソプラノの悲鳴を上げ続けた。

それからも母は料理を作り続け、父も優美も太り続けた。父が心筋梗塞で死んだのは高校一年のときだった。父の血はドロドロだったという。

*

夜中、誠がベッドから出て行く気配で眼が覚めた。

トイレかと思ったがドレッサーの前に座ったので不思議に思った。なにか探しているようで、ときどきちらっとこちらをうかがう。息を殺して寝たふりをしていた。

やがて、誠が立ち上がって洗面所に向かった。灯りが点いた。だが水の音がしない。一体なにをしているのだろう。音を立てないように起き上がり、足音を忍ばせ洗面所をのぞいた。

Tシャツとスウェットの後ろ姿が見える。鏡に映った誠を見てどきりとした。

誠の顔は真剣そのものだった。ひどく緊張しているようで青ざめて奇妙に強張《こわば》っている。ゆっくりと誠の手が動いた。手に持った物を顔に近づける。思わず息を呑んだ。口紅だ。大きな手でぎこちなく摘《つ》まむように持っている。

誠が口紅を自分の唇に近づけた。手がかすかに震えていた。大きな喉仏が何度も上下に動いている。息を殺してじっとしていた。誠は見ていて気の毒になるほど怯えていた。口紅を唇に触れるか触れないか、というところまで近づけた状態で長い間じっとしていた。

やがて、意を決したように誠が口紅を下唇に押し当てた。ゆっくりと横に滑らせる。血の気のない顔に鮮やかな色がぬるりと現れた。蛍光灯に照らされて浮かんだのは資生堂の新色、大人の女の赤だった。

口紅を塗りおえた誠はうっとりと鏡の中の自分を見つめていた。もう緊張も怯えもない。先程まで血の気のなかった頬が紅潮していた。眼が潤んだように輝き、全身から高揚が感じられる。

誠が鏡に向かって微笑んだ。最初はおずおずとした笑みだったが、次第にためらいが消えていった。蕩《とろ》けるように科《しな》を作ってみたり、すましてみたり、様々な表情を真剣に作っている。最後には心から嬉しそうに、堂々と誇らしげに笑っていた。

静かにベッドに戻った。心臓が信じられないほど速く打っている。口の中がからからに渇いていた。

真っ赤な口紅を塗った誠はこの上もなく満ち足りて幸せそうだった。なにか大きな荷物を下ろして、ほっとしたように安らいでいる。優美がはじめて見る、穏やかで柔らかな眼をしていた。


翌朝、誠が帰ると地下鉄でなんばに向かった。

道具屋筋を目指してなんばグランド花月の前を通り過ぎるとき、ちらっとハナコの看板を見上げた。

――あの頃、家で一番たくさん食べてたのは、あたしやね。他の人の二倍は食べてました。そのおかげで大食い芸を身につけることができたんですわ。

道具屋筋のアーケードに入る。まだ時間が早いので人が少ない。決心が鈍らぬよう急ぎ足で歩いた。

あの擂り鉢はまだ店頭にあった。ごりごりごり、と急《せ》き立てるような音が聞こえてくる。

「これください」

美濃焼の擂り鉢を両手で抱えるようにして持つ。ずしりと腹に応える重さだ。まるで日曜日の夕食の後、母の料理を限界まで詰め込んだ後のようだった。

その夜、誠に電話を掛けて出場の意思を伝えた。わかってくれたんか、と誠は嬉しそうだった。

*

学祭二日目、芝生広場の特設ステージでは様々なイベントが行われていた。

時間が来るまで横のテントで待機していた。今、ステージに上がっているのは吉本所属のまだ若い漫才コンビだった。二人とも一所懸命だったが滑りまくっている。

「あんな芸人呼んだかて意味ないな。こっちの勝ちや」

誠のサークルメンバーは、みな口々に他サークルの失敗を嬉しそうに話している。そっと胃をさすった。あたしも失敗したらあんなふうに笑われるのだろうか。あのコーラスのときのように。

ごりごり、と音が聞こえてくるような気がする。慌てて頭を左右に振って擂り鉢の音を追い払った。

「女子大生大食いバトル」の出場者は五人。全員が揃うと、拍子抜けした。どの子も大食いができるようには見えない。ロングソバージュの女の子が二人。ワンレンの女の子が二人。みな、綺麗に化粧をして爪を染めている。服装は全員、上はトレーナー、下はショートパンツでゼッケンを付けていた。なんだか芸能人スポーツ大会といった雰囲気だ。

舞台に上がる前、誠が真剣な顔で言った。

「優美、絶対勝ってくれや。でも、下品な食べ方はあかん。ハナコみたいにかわいらしく食べるんやで」

ハナコみたいにかわいらしく、か。かわいらしく大食いしろと？ ハナコがどんな気持ちで食べていたのか誠にわかるのだろうか。返事をせずに背を向けた。そして、あの擂り鉢を抱えて特設ステージに上がった。

司会の男子大学生が一番のゼッケンを付けた女子大生にマイクを向けた。

「これまでの最高記録はどれくらいですか？」

「えー、ケーキ五個です」

にこにこ笑いながら観客に手を振る。パシャパシャパシャ、とフラッシュが光った。

同じ質問が続いていく。女子大生の返事は「ラーメンとチャーハンと唐揚げ」「餃子四人前」「寿司二十貫」だった。彼女たちが答えるたびに、司会の男は「すごい」と大げさに褒め称えた。

ああ、と一瞬で察した。これは本気の勝負などではない。テレビの深夜バラエティと同じだ。女子大生にちょっとした大食いをさせて、その苦しげな表情を楽しむだけの企画だ。

「では最後のゼッケン五番、優美ちゃん。……あれ、その擂り鉢は？」

擂り鉢を抱えた優美を見て司会が困惑した。

「戦うための武器です」

「これが武器？　面白い事言うなー。これは優美ちゃんに期待ですね。で、最高記録は？」

「唐揚げ山盛り。ポテトサラダ山盛り。オープンサンドイッチ。ミートボールのトマトスープ。山盛り肉じゃが。チーズグラタン。スパゲティ。ご飯は丼に二杯。デザートにおはぎ、大福、プリン」

「へ？」

司会が絶句し、観客が静まりかえった。気にせず、手を振りながら観客席に笑顔を向けた。これくらいで驚くくん？　あたしは毎日毎日もっともっと食べていた。母に餌付《えづ》けされて吐くことさえ禁じられていたのに。

「……うわー、すごいですね。優美ちゃん」

司会が気を取り直して、マイクを優美に向けた。

「抱負をどうぞ」

「擂り鉢いっぱい食べて見せます」

司会はまた言葉に詰まったがこれ以上関わらない方がよいと判断したようだ。そそくさと定位置に戻っていった。

眼の前の長テーブルには布が掛けられていないので、観客からは剝《む》き出しの脚が丸見えだ。満腹になって苦しくなって、もぞもぞするところを狙うつもりか、巨大な望遠レンズを付けたカメラを構えた男がたくさんいた。

擂り鉢をテーブルの上に置いて席に着いた。やがて、それぞれの前に水と焼きそばが運ばれてくる。

「制限時間は三十分。それでは焼きそばバトル、スタートです」

ピーッと笛が鳴って、勝負がはじまった。女子大生四人は長い髪を手で押さえながら、焼きそばを食べはじめた。ちゅるちゅる、と上品に啜《すす》っている。

優美もおもむろに箸を割ると焼きそばを口に運んだ。子供の頃からの経験でわかっている。早食いをすると後が辛い。最初はゆっくり、でも、あまり嚙まずに食べる。ペースは変えない。ただ淡々と食べる。味わってはいけない。自分が食べている、ということも考えてはいけない。焼きそばを見てもいけない。頭と眼から満腹になるからだ。ひたすら無心で食べる。

三皿目を平らげたところで、ふいに茶道の体験教室を思い出した。

おかめ先生の福々しい手が袱紗を捌く所作の美しさ、しゅっしゅっと絹が鳴る心地よい音、床の間に活けられた薄紫の藤袴のかわいらしさ。焼きそばを食べる手を止めずに考え続ける。

お薄《うす》はお茶碗に半分も入っていない。茶筅《ちゃせん》で点《た》てたばかりのお茶はすこし泡立ってまろやかな緑色だ。懐紙《かいし》にお菓子を載せてクロモジで食べる。姫菊を表した練りきりだった。

甘い菓子を思い浮かべると眼の前の焼きそばから意識が逸れた。「口直し」をした状態だ。再び焼きそばを食べる闘志が湧いてくる。

四皿目を食べ終えた。皿が空っぽになるとすぐに新しい焼きそばが運ばれてくる。五皿目に取りかかる。横の屋台で素人《しろうと》が焼いているからあまり美味しくない。キャベツは焦げているか生かどちらかで、肉はほとんど入っていない。麺はまるでゴムのよう——。

ダメだ。慌てて首を横に振った。味も食感も感じるな。食べている物のことを考えてはいけない。無心だ、無心。無心で食べなければ満腹を意識してしまう。

だが、遅かった。ふいに胃が一杯になったのを感じた。もう食べられない。吐きそうになりながら隣の出場者を確かめた。まだ二皿しか食べていないのに、苦しい、苦しい、とアピールしながら身体をくねくねさせている。

——残したらあかんよ。吐いたらあかんよ。お母さんは家族のために作ったんやから。

こいつらは本当の満腹の苦しさを知らないくせに。猛然とやる気が出てきた。とりあえず水を飲む。そして、思い切り腹を膨らませたり引っ込めたりを繰り返した。

優美の胃はちゃんと憶えていてくれた。胃の出口が開いたのがわかる。今まで食べた物が下りていった。出口が開くといっぺんに楽になる。胃にスペースが空いてもっと食べられるようになるのだ。

父が亡くなると、母はモデル事務所に片端から履歴書を送りはじめた。大手には相手にされなかったが、やがて地元密着の小さな事務所から仕事が来るようになった。母は主婦モデルとしてスーパーや衣料品店、ホームセンターのチラシに登場した。わざとらしいフリルのエプロン姿で鍋を持って微笑んだり、農業帽をかぶってトマトの苗を抱えたりした。まるで病院着のようなダサいガーゼのパジャマを着てポーズを取る母は眩しい程に輝いていた。そのとき、わかった。母は勝ったのだ。父への復讐を成功させたのだ。

母は自分の幸せを実現すると優美への興味をきれいさっぱり失った。食事の強制もなくなり、まるで別人のように無関心な母へと変貌した。優美は壮絶なダイエットを開始し、四十キロほど落とした。そして、短大を卒業して就職したのをきっかけに家を出たのだった。

うまくほぐれず団子になった焼きそばを噛まずに呑み込んだ。ひたすら箸を動かす。なにも見ない。食べていることを考えない。周りがどうだろうが気にしない。

傍《かたわ》らに置いた擂り鉢を見た。これは武器だ。あたし専用の武器だ。回転しながら空を飛んで敵を切り裂く。

気付くと食べ続けているのは優美だけだった。終了までまだ十分あったが優勝は確定だ。あとの四人はもう箸を置いてくねくねしながら膨れた腹を撫でている。

優美の皿が空っぽになった。なのに、次を運んでこない。なんやの。大食いをバカにしてるん？　手を上げ大きな声で言った。

「焼きそば、お代わり。早《は》よ持って来て」

観客がざわついた。パシャパシャパシャとフラッシュが光った。慌てて焼きそばを運んできたのは誠だ。小声で言う。

「もう食べんでええで。優勝は優美で決まりや」

返事をせずに焼きそばを掻《か》き込み、たった三口で皿をきれいにした。ここからはラストスパートだ。ペースも考えない。ひたすら食べる。母に怒られないためではない。自分のためにだ。頑張れ、と観客席から声援が飛んだ。

「お代わり」

焼きそばを食べ続けた。声援がどんどん大きくなる。カメラのフラッシュが止まない。

「な、優美。無理すんな。もう食べんでええんや」

「あたしは八角の磨盤」

誠を無視して大声で宣言した。口の端からちぎれた麺が飛んだ。他の出場者も司会も観客もぎょっとして優美を見た。

「優美。おまえ、ほんまにどうしたんや……」

長机の横で誠は途方に暮れた顔で立ち尽くしている。

さあ、あと五分。再び食べはじめた。そうだ、擂り鉢いっぱいどころじゃない。何杯も何杯も、限界を超えて食べてやる。


ピーッと終了の笛が鳴った。ぶっちぎりの優勝だった。

「優美ちゃん。すごいですねー。今のお気持ちは？」

司会者がマイクを近づけてきた。誠がどこか怯えたような顔でこちらを見ているが、目も合わせず擂り鉢を優勝カップのように高々と差し上げた。

「美味しかった。こんなに楽しく大食いをしたのは生まれてはじめてです」

「皆さん、優美ちゃんに盛大な拍手を」

司会者が「初代大食い女王」と書かれたタスキを優美に掛けた。

拍手の中ステージを降りる。お腹がいっぱいで倒れないで歩くのがやっとだ。冷や汗が止まらない。とにかくトイレだ。吐こう。もうあたしは吐きたいときに吐けるのだから。好きなだけ吐いてやる。

「優美、すごかったな」

誠が話しかけてきたが、擂り鉢を抱えたまま無視して歩き続ける。

「優美」

誠が腕を摑んだが、すぐに振り払った。身体をよじると焼きそばが口から出そうになった。

そこへ優美とそう歳の変わらない若い女が近づいてきた。背が高くて痩せ型、さらさらワンレンボブの美人だ。仕立ての良いパンツスーツを着て、いかにも頭の良さそうなキャリアウーマンといったふうだった。

「吉本興業の斉藤蘭子《らんこ》です。さっき出さしてもろたコンビのマネージャーをやってます。ほかに『カサブランカ』も担当してます。すごかったですね。あなたの食べっぷり、感動しました。よかったらうちに入りませんか。あなたやったらハナコのライバルになれる。チョーコ不在の間、臨時コンビを組んでもええ。吉本大食いギャルコンビです。アイドル売りかてできる。絶対に人気が出る」

斉藤蘭子が名刺を差し出しながら早口でまくし立てた。興奮しているのがわかった。

じっと蘭子を見た。胡散臭《うさんくさ》い様子は感じられなかった。それどころか一目で好感が持てた。この人は仕事を頑張る人だ。まだ若いがあたしなどよりもずっとずっと一所懸命に生きている。

「ごめんなさい。大食いは今回限りと決めてるんです」

「もったいない。大食いは立派な才能です」

蘭子が食い下がってきた。その熱意に一瞬、優美の心が動きそうになったほどだ。

「わかってます。でも、あたしの胃はあたしのものなんです。あたしは食欲を他人に強制されたくないんです」

「強制はしません。きちんとあなたの希望を聞きます。あなたは大食いで天下が取れる可能性がある」

「ごめんなさい。やっぱり興味がありません」

横で誠が啞然《あぜん》とした表情をした。

「優美、なんで断るねん。もったいない。この人、ハナコのマネージャーさんやねんで。アイドルになれるかもしれへんのに」

誠を無視して斉藤蘭子に返事をした。

「ごめんなさい。あたしの食欲はあたしのものなんです」

今のあたしなら母の気持ちが理解できる。父に妊娠させられた母の怒りと絶望が理解できる。決して許すことはできないけれど、どれだけ母が自分の身体を取り戻したかったかは理解できる。母にとって家族は切り裂かなければいけない敵だったのだ。

斉藤蘭子に一礼して背を向けた。

「優美、待てや」

誠が追いかけてきて優美の前に立ち塞がった。優美はソースと青のりまみれの口でゴージャスに微笑んだ。ハナコではない。チョーコのような大人の女の笑みだ。

「これ、あげる」

ショートパンツのポケットから小さな包みを取り出した。昨日、仕事帰りに買った。例の資生堂の新色だ。

誠の顔が一瞬で真っ青になった。こみ上げてくる吐き気をこらえながら、精一杯優しく語りかけた。

「大丈夫。誰にも言わへん。なあ、誠、人の眼なんか気にせんと好きなことやったらええねん。自分の身体は自分のもんや。自分がどんな身体でいたいかは自分で決めるんや」

誠が低く呻《うめ》いた。混乱して怯えているのがわかった。

「八角の磨盤ってありえないことやねん。ありえないことが起こってもええやん。そやから、お互いもっと楽に生きよ」

「優美……」

「お化粧とか服のこととか、あたしにできることやったらなんでも相談乗るし」

誠が打ち上げられて死にそうな魚のようにぱくぱくと口を動かした。でも、それは言葉にはならなかった。

「いつでもええから」

立ち尽くす誠の脇をすり抜けた。擂り鉢を抱えて大股でざくざく歩く。やっぱりもう胃は限界だ。思い切り吐いてどこかで休みたい。

あたしは八角の磨盤だ。どこまでもどこまでも飛んでいってやる。

「ピーヒャラピーヒャラ、飛ぶよ磨盤」

吐き気を堪えながら、声を張り上げて歌った。

「ピーヒャラピ、回って切り裂くー」

強くて豊かなソプラノは高く澄んだ秋の空にどこまでも勇ましく響き渡った。

＊

十二月に入って街はどこもかしこもクリスマスの飾り付けで華やいでいる。

陽射しはあるが風の冷たい午後だった。優美はアパートで炬燵《こたつ》に入って「エルマガジン」を読みながらぼんやりしていた。

学祭以来誠とは会っていない。クリスマスの予定がなくなってしまった。敦子と有馬温泉でも行こうか、まだ宿は取れるだろうか。いや、そもそもこれからずっと週末は暇だ。おかめ先生のところでお茶をきちんと学ぼうか、などと考えていたらインターホンが鳴った。

ドアを開けると誠が立っていた。ひどく緊張した表情をしている。茶と白のツートンの革のスタジャンを着て、すこし痩せたように見えた。

ひゅうっと風が吹き込んだ。今まで炬燵で温まっていた背中がぞくぞくした。

誠はなにも言わない。ただじっとすがるような眼で優美を見つめている。二人でしばらく立ち尽くしていた。

やがて気付いた。誠の手が微かに震えている。握りしめているのはあのときプレゼントした口紅、大人の赤だ。

「寒かったやろ。早よ炬燵入り」

誠がほっと大きな息を吐き、それから今にも泣き出しそうな顔で笑った。

アモーレ相合橋

杉本昭彦《すぎもとあきひこ》が模型作家として再出発したのは今から五年前のことだ。

大阪の日本橋に広がる電気街、でんでんタウンの外れのマンションに「模型工房スギモト」を構え、城やら寺社やら古民家など一点物の制作をはじめた。新築記念に自慢の我が家の模型を、という客からの依頼も受けた。設計段階のスチレンボード模型とは違って、庭や外構、室内のインテリアまで質感重視で再現したミニチュアハウスで、ずいぶん喜ばれた。

二〇〇一年、昭彦は四十二歳となり、細々とではあるがなんとか工房は続いている。今、手がけているのは松本城だ。これは海外の城マニアからの依頼だ。「黒壁がニンジャみたいで素晴らしい」とのこと。理由はどうあれ自分の作品を買ってくれる人がいるのは嬉しい。

工房の奥にある小さなテレビは朝から夜までつけっぱなしだ。ニュース、ワイドショー、歌謡番組に時代劇。これは子供の頃からの習慣だ。このところ、先週、アメリカで起こった同時多発テロのニュースばかりで、どこも不穏で殺伐《さつばつ》とした空気が流れていた。

アルコールランプでレジン棒を熱していると、ふいに懐かしいイントロが聞こえた。

――「アモーレ相合橋《あいあうばし》」などのヒット曲で知られる柿原登《かきはらのぼる》さんが十四日、肺炎のため大阪市内の病院で亡くなりました。四十三歳でした。

いつまでも（いつまでも）、愛は永遠に～。

思わず手を止め、テレビに見入った。痛ましげな顔つきで原稿を読み上げるアナウンサーの後ろで流れているのは「アモーレ相合橋」だった。

僕のアモーレ、君のアモーレ。愛が出会う。ああ、二人の愛の相合橋～。

柿原登が「アモーレ相合橋」をリリースしたのは八年前だ。
あの頃、皇太子と雅子妃のご成婚を控えて日本中がかしこまりつつ浮かれていたが、実際にはバブルは崩壊し景気は悪化していた。将来の不安から眼を逸らそうとみなが最後の祭りを楽しんでいる――。そんな世相に乗って「アモーレ相合橋」はヒットした。サンバとマリアッチ、それにタンゴを節操なくミックスさせた曲調で、軽快だがすこしもの悲しく、異国風だがどこか懐かしい日本人好みのメロディだ。「アモーレ相合橋」は歌手・柿原登にとっても、作曲家・杉本昭彦にとっても唯一のヒット曲になった。
アルコールランプを消し、作業台を片付けた。冷蔵庫からコーラを取り出し、氷を入れたグラスに注ぐと仕上げにレモン果汁を数滴垂らす。大阪の九月は真夏と変わらない。自分より一つ年上の知り合いの死はまるで実感が湧かないのに、どこか当然のような気もした。
部屋の隅のソファに腰を下ろし、ぼんやりとテレビを眺めた。今、画面に映っているのは漫才コンビ「カサブランカ」のハナコだ。まだ若い。柿原登と婚約会見をしたときの記者会見の様子だ。「アモーレ相合橋」ヒットの翌年、柿原登が三十六歳、ハナコが三十歳のときだった。無邪気に笑うハナコはぷっくりとした短い指に大きなダイヤの指輪をしていた。

――うちがこんなに幸せになってええんやろうか。なんか世間に申し訳ないわ。

――妹さんは貰いますわ。チョーコちゃん、ごめんな。

柿原登がハナコの肩を抱き寄せるとハナコがしなだれかかった。金屛風《きんびょうぶ》にフラッシュが反射した。

＊

元々、昭彦は模型作家ではなく編曲家だった。

編曲家には作詞家、作曲家との決定的な違いがある。作詞家、作曲家にはCDが売れれば売れるほど印税が入る。だが、ほとんどの場合、編曲は「買い切り」で、編曲料を一度受け取ればそれで終わりだ。もし、その曲がどれだけヒットしても一円も入らない。中堅の編曲家である昭彦のギャラの相場は一曲当たり三十万というところだった。

「昭ちゃん、明日までにいい感じのイントロ頼む。大急ぎ。あんまり出せなくて悪いんだけどさー」

「わかりました。やってみます」

依頼があったのは日付けが変わる直前だった。調子のいい依頼だったが断ることができず、徹夜で仕上げて渡した。報酬は「イントロだけ」だから三万円だった。後でわかったのだが、あまりにギャラが安いので他の編曲家が投げ出した案件だった。

また、こんな依頼もあった。

「昭ちゃん。今すぐ東京に来てくれ。前奏後奏アレンジ込み込み。三日以内にやって欲しいんだ。みんな都合つかなくってヤバいんだよ。もう頼める人が昭ちゃんしかいなくてさ。マジで困ってるんだ。お願い、頼むよー」

「いいですよ。じゃ、今からそっち行きますから」

すぐさま夜行バスに乗って東京に向かい、そのまま三日間スタジオに缶詰になって仕事をした。プロデューサーは礼を言ったがギャラの上乗せなどなく、晩飯を奢ってもらってそれで終わりだった。しかも、帰りの交通費も「夜行バス」相当だった。

やがて「杉本昭彦ならどんな無理を言っても受けてくれる」という評判が立ち、重宝されるようになった。昭彦は大阪と東京を往復しながら演歌と歌謡曲のイントロを作り続けた。

忠告してくれる人もいた。長年付き合いのあるミキサー、オカケンこと岡健一《おかけんいち》だ。

「昭ちゃん。あんた、人が良すぎる。優しすぎるんや。割に合わん仕事を引き受けてたら一生便利屋で終わってまうで」

「オカケンさん、自分でもわかってるんだよ。でもな、困ってるって言われたらなんか断れなくてな」

一九九一年の年の暮れ、昭彦は千日前、道具屋筋から延びる路地にある喫茶店でアイスコーヒーを飲みながら焼き飯を食べていた。店内では有線が流れていて、先程からもう三度も同じ曲を聴いた。半年ほど前に編曲を担当した中堅演歌歌手の曲だ。とある賞で優秀賞を受賞し、ＣＤセールスは十万枚を超えたそうだ。作詞家作曲家は結構な印税を手にしたのに、前奏後奏を作って全体をアレンジして整えた編曲家に入ったのは三十万だけだった。

この一件はさすがに応えた。そして、決意した。俺も作曲家になって稼いでやる。いや、どうせなら作詞も自分でしよう。そもそも、シンガーソングライターを目指していたのだから。

そうやって書いたのが「アモーレ相合橋」だ。海原千里《うなばらせんり》・万里《まり》の「大阪ラプソディー」を意識したアップテンポの明るい曲だった。自信作だったが、作曲家としては無名の昭彦の曲を歌おうという歌手はなかなか見つからなかった。売れない歌手ほどビッグネームに拘《こだわ》る傾向がある。……ヒットが出ないのは楽曲のせいだ。船村徹《ふなむらとおる》や猪俣公章《いのまたこうしょう》といった大御所から曲をもらえたら自分だって、と信じているからだ。

すると、オカケンが柿原登を紹介してくれた。歳は昭彦より一つ上の三十四歳。大学を出て就職したが歌手への夢が諦めきれずに会社を辞めてしまったという。東京で活動していたが全く売れず、仕事がなくなって大阪に戻ってきた。再起の一曲を欲しがっている、と。会ってみると歌はそこそこだが愛嬌のある人懐《ひとなつ》こい男だった。

「杉本さん、ありがとう。これ、ほんまにええ曲や。絶対売れる。今度こそヒットさせてみせる」

破顔《はがん》して大喜びしてくれた。昭彦も嬉しくてたまらなかった。

柿原登は決して美声ではなかった。だが、人柄と同じで親しみやすく、繰り返し聴いても耳に障《さわ》らない声の持ち主だった。軽い声質は「アモーレ相合橋」によく合った。それからというもの、二人で徹底的にレッスンを重ねて曲を作り上げていった。

翌年、CDは出来上がったが宣伝費などほとんど付かなかった。ならば、と二人でCDショップを回って手売りをし、ラジオ局に挨拶回りをし、頭を下げて居酒屋、キャバレーに置いてもらった。

発売から半年後、一九九三年の夏の終わり、松任谷由実やサザンオールスターズの曲に交じって、突然「アモーレ相合橋」は売れ出した。誰にもきっかけがわからなかった。だが、とにかく猛烈に売れはじめたのだ。

「昭ちゃん、ありがとう。昭ちゃんの曲のおかげや」

「いや、柿原さんが歌ってくれたからです。こちらこそありがとう」

柿原登はその年の賞レースで「優秀歌唱賞」を受賞し、紅白こそ逃したものの一躍売れっ子になった。

*

柿原登の死が公表されると、昭彦にも取材が来た。

「愛嬌があって憎めない人柄でした。長い間売れなくて苦労してきたので『アモーレ相合橋』がヒットしたときは本当に嬉しそうでした。よく飲みに誘ってくれて、いつも気前よく奢ってくれました。俺が曲が書けなくて苦しんでたとき励ましてくれました。お互い頑張ろう、と約束したんです」

だが、昭彦のコメントは前後を切り取られてオンエアされた。テレビで流れたのは「よく飲みに誘ってくれて、いつも気前よく奢ってくれました」という部分だけだ。マスコミが欲しかったのは柿原登の「酒癖の悪さ、浪費癖、女遊び」を強調する文言だった。結局、柿原登の一生は「一発屋の哀れな晩年、四十三歳での早すぎる死」という単純なストーリーに落とし込まれてしまった。

柿原登の死を知って一ヶ月後、吉澤という弁護士から連絡があった。昭彦の模型工房にやってきたのはもう七十歳近くに見える痩身の男性だった。

「吉澤忠義《よしざわただよし》と申します。松前華子《まつまえはなこ》の代理人として参りました」

濃いグレーのリボンを巻いたパナマ帽を脱いで膝の上に置くと見事な銀髪だった。

「松前華子って、あの『カサブランカ』のハナコですか？」

すこし前にワイドショーで流れた婚約会見の様子を思い出した。ハナコはかつて漫才コンビ「カサブランカ」で姉のチョーコと組んで一世を風靡《ふうび》した。チョーコの恋愛スキャンダルやファンによる硫酸事件などは世間を騒がせたこともある。漫才コンビとしては目立った活動はないが、チョーコは美貌を生かして女優として活躍し、ハナコは大食い芸がウケて人気タレントとなった。柿原登は「アモーレ相合橋」でヒットを飛ばした頃、ハナコと婚約した。結局別れてしまったのは柿原登の素行の悪さが原因だった。

「ええ。私はハナコの父親の代からの付き合いになります。生まれたときからあの姉妹のことよう知っとるんですわ。今回は弁護士というよりは知り合いのジジイみたいな気持ちで来とります。今日はハナコも一緒におうかがいする予定でしたが、体調がすぐれんいうことで私だけで参りました。えらい申し訳ありません」

吉澤弁護士が頭を下げた。コテコテの船場《せんば》言葉で喋るので時代劇や朝ドラに出てくる商家の番頭のようだった。

「いいえ。ご丁寧にありがとうございます。それで、ご用件は？」

「今、私はハナコに頼まれて柿原登の生前の借金の整理を行っております。杉本さんが柿原登に用立ててくれはった一千万、遅くなりましたがお返ししようと思いまして」

昭彦は驚いて吉澤の顔を見た。見るからに哀しそうな顔をしていた。ワイドショーによると晩年、柿原登はさらに借金を重ねて困窮していたとのことだった。遺産などあるわけがない。

「つまり、柿原登に貸した金をハナコさんが返してくれるということですか」

「そうです。杉本さんにお借りしたのが今から六年前、一九九五年と聞いとります。もちろん相応の利息もお支払いいたします」

「ありがたい話ですが、それは申し訳ないような気がします。たしかに僕は昔、柿原登に金を貸しました。でも、借用書もなにもありません。正直、あげたものだと諦めていましたので」

一千万は大金だ。工房の運転資金になると思えば喉から手が出るほど欲しい金だ。いや、自分の老後の心配だってある。金はいくらだって必要だ。だが、筋が通らないような気がする。

すると、吉澤弁護士はふっと表情を緩めた。

「ですが、ここは依頼人の気持ちを汲んでやってはもらえませんか。これはハナコなりのケジメなんです」

ふいに近藤真彦の古いヒット曲が頭を巡った。ケジメなさい、と地声を張り上げる歌い方を「カサブランカ」がネタにしていた。女子大生ファッションに身を包んだ二人がヤンキーの真似をするのは当時爆笑をさらった。

「わかりました。では、遠慮せずに」

「そうですか、ありがとうございます」

吉澤に言われるまま、何枚かの書類に署名捺印《なついん》した。手続きが終わると思い切って訊いてみた。

「柿原登の遺品に『千羽鶴に乗って』という楽譜はありませんでしたか？　印刷されたものでは

なく五線紙に手書きのものです」

「楽譜ですか。遺品として管理を任された物の中にはなかったと思いますが、ちょっと捜してみましょうか？」

「いえ、なかったらいいんです」

結局、柿原登は歌わなかった。きっと楽譜はそのままどこかへ放置してそれきりになってしまったのだろう。いや、とっくに捨ててしまったのかもしれない。たとえ見つかったとしても今さらだ。

「柿原登のお別れの会の案内状です。ご都合よろしければ是非」

白の真新しい角封筒の裏には発起人として松前華子の名があった。これもハナコのケジメということか。

吉澤はとらやの黒い紙袋を置いて帰っていった。「夜の梅」と「おもかげ」の詰め合わせだった。

作業台の上の松本城を見下ろした。黒い城にはどこか人を拒《こば》むような孤高の美しさがあって惹きつけられる。だが、自分がこれまで一番熱心に作ったのは姫路城。白鷺《しらさぎ》城の別名を持つ、晴れやかで純白に光り輝く城だ。

羊羹《ようかん》に眼を遣った。一人では到底食べきれる量ではなかった。

その夜、何年かぶりに千日前味園《みその》ビルにある大型キャバレー「ユニバース」に顔を出した。「ユニバース」は一九五〇年代からある老舗キャバレーで、元はビルの上階にあり三層分が吹き抜けになった巨大店舗だった。一度に千人の客が入るとアメリカの雑誌「ＬＩＦＥ」で特集されたこともある。また、ダンスホールでは生バンドと歌手がショーを行った。和田アキ子はデビューする前、ここの専属歌手だった。ピンク・レディーも来たことがある。だが、そんな華々しい者たちは一握りで、ほとんどの歌手は一度も売れないまま消えていった。

今、「ユニバース」には以前の面影はない。次第に客足が伸び悩むようになり、店は地下に移転して営業を続けている。

まだいるだろうか、と思いながら昔馴染みのホステスを指名した。

「あら、杉本さん、ずいぶんご無沙汰やねえ」

五年ぶりに見る奈津子《なつこ》はもうすっかりベテランの貫禄が付いていた。

「なっちゃん、久しぶり。これ、みんなで切って食べてくれ」

羊羹の入った紙袋を渡した。

「嬉しい。あたし、これ大好き。ありがとうございます。今、なにしてはるの」

「模型制作で食べてるよ」

「そうなん。杉本さん、昔から器用やったもんねえ」

黙っていてもレモンを添えたコーラが出てきた。憶えていてくれたのか、とほっとする。

「柿原さん、亡くなりはったんやね。相当飲んではった、ってテレビで言うてたけど」

レモンをコーラに搾《しぼ》り入れながら、奈津子がしんみりとした口調で言った。直接の死因は肺炎だが、重度の肝不全だったという。

「ああ。まだ若いのにかわいそうにな」

「ほんまに。最期はハナコさんが看取《みと》りはったんやってね。あれほど泣かされたのに、やっぱり柿原さんのこと好きやったんやねえ」

ああ、とまた相槌を打とうとしてなぜか喉が詰まった。慌ててコーラを飲むふりをしてごまかす。

「ごめんね。せっかく楽しくお酒を飲みにきはったのにこんな辛気《しんき》くさい話をしてもうて」

奈津子が困った顔で微笑んだ。いや、と言いながら昭彦はもう一度コーラを飲んだ。小さなゲップを呑み込み、思い切って言った。

「そのことでなっちゃんに頼みがある。ちづるの連絡先、知ってたら教えて欲しいんだ」

わずかに奈津子の顔色が変わった。だが、すぐにさらりと笑みを浮かべた。

「年賀状のやり取りはしてるけど、勝手に教えてええもんか……」

奈津子が言葉を濁した。酷い別れ方をしたのは事実で、そのことを奈津子も知っている。

「頼む。なっちゃんに迷惑は掛けない。もちろん、ちづるにも」

「ごめん。やっぱりあたしの一存では教えられへんわ。あの子、結婚したんやよ。子供も一人いてるはず」

予想していなかったわけではない。だが、実際に聞かされると全身の力が抜けるような気がした。落ち着け、と己に言い聞かせ、なんとか笑顔を作る。

「じゃあ、これを送ってもらえないか。もしよかったら顔を出してほしい、って」

弁護士からもらった「お別れの会」の案内状を渡した。奈津子は一応は受け取ったものの渋い顔だった。

「死んだ人のこと悪う言いたないけど、柿原さんが原因で別れたわけやし難しいのと違う？」

「だから謝りたい。きちんとケジメをつけたいんだ。送るだけ送ってみてくれないか」

昭彦が頭を下げると、奈津子が大きなため息をついた。

「ケジメねえ……。じゃあ、一応送ってみるけどあんまり期待せんといてね」

「ありがとう」

もう一度昭彦は頭を下げた。

＊

ちづると出会ったのは「アモーレ相合橋」ヒットの翌年だ。柿原登はすっかり人が変わって天狗《てんぐ》になり、派手に遊ぶようになっていた。

ある夕、柿原登に誘われて「ユニバース」に行った。横に座ったのはちづるという二十代半ばのホステスだった。丸顔で眼が大きく、色白でタヌキのような愛嬌があった。

「昭ちゃん、遠慮はいらん。どんどん僕の『レミーマルタン』飲んでや。ＸＯやで」

「ありがとう、柿原さん。でも、俺はあまり強くないのでコーラでも」

「ああ、もう相変わらず堅苦しいなあ。そんな他人行儀はやめてえな。ショボいもの飲んでせっかくの運が逃げたらどうするねん」

無理矢理にブランデーを注がれた。我慢して一口飲むと匂いでむっとした。

「あー、昭ちゃん。酒が飲めんで演歌が書けるかいな。飲む練習せな」

柿原登はやたらと上機嫌だった。ちづる相手に「徹子の部屋」に出たときの話をしている。ちづるは熱心に聞いていた。

しばらくすると、ちょっと電話掛けてくる、と席を立った。すぐに戻ってきたが、済まなそうに両手を合わせて謝る真似をした。

「悪い悪い。ちょっと僕、抜けるわ」そこでわざとらしく声を潜《ひそ》めた。「ハナちゃんと連絡ついてん」

「ハナちゃん？」

「『カサブランカ』のハナコや。実はちょっと前からつきあってるねん。結婚するつもりや。写真週刊誌にバレたら大変やから内緒な」

驚いて柿原登の顔を見た。あちこちで女遊びをしているとは聞いていたが、まさかハナコと真剣に付き合っていたとは。

「ほら、お姉ちゃんのチョーコがえらい目に遭《お》うたやろ？　ハナちゃんがそんなことなったら大変やからな」

以前、チョーコが男性アイドルと噂になり逆恨みしたファンから硫酸を掛けられた。チョーコはショックで何年も休養していたのだ。

「大丈夫ですよ、柿原さん。誰にも言わないから」

「ありがとう、昭ちゃん。ハナちゃんはな、すごい素直でええ子やねん。チョーコみたいにキツない。良妻賢母みたいな感じや」柿原登はひとしきり惚気《のろけ》ると、じゃあ、と手を振った。「ここは僕のおごりやから。ビールでもブランデーでもシャンペンでも好きなだけ飲んでって」

柿原登が消えると、ちづると二人きりになった。

「ごめん、やっぱりコーラもらえるかな。雰囲気を壊して悪いんだが」

「全然悪くないです。大丈夫」ボーイを呼んでコーラとレモンを注文すると、すこし改まった顔で訊ねた。「杉本さんは東京のご出身なんですよね」

「いや、俺は大阪生まれの大阪育ち」

「でも言葉が標準語みたいですよね。東京の人と違うんですか？」

「よく言われる。俺の母と祖母が奈良の十津川《とつかわ》村の出身なんだ。山深いところで、あのあたりはなぜかイントネーションが標準語に近いんだ」

「奈良やのに標準語？」

「関東から逃げてきた落ち武者の言葉だっていう説もある」

一度だけ行ったことがある。周囲を山に囲まれ隔絶《かくぜつ》された場所だった。なるほど、独自の十津川弁が残っても不思議はないと思わされた。

「そうなんですか。たしかに言葉は標準語やのに東京の人っぽくないというか……」

「はは、中途半端ってよく言われるよ」

昭彦は笑ってごまかした。子供の頃、自分だけ言葉が違うという違和感は常につきまとった。他の子供に嫌われないように優しく親切に振る舞って、かえって気取っていると言われたこともある。だが、自分でも否定できなかった。その振る舞いは嘘だとわかっていたからだ。

大人になって東京で仕事をするようになると、今度はこんなふうに言われた。

――昭ちゃん、関西の人なんでしょ？　無理してこっちの言葉喋らなくてもいいよ。

背伸びする田舎者、というニュアンスで笑われたこともある。どこにいてもどっちつかずだと感じることが多く、まるで自分がイソップ童話のコウモリのような気がした。

「いくらお母さんとお祖母さんが標準語っぽく喋ってても、大阪で生まれ育ったんやったら周りの人はみんな大阪弁なわけでしょ？　自然と大阪弁にならへんかったんですか？」

「友達がいなかったからだろうな。父親が早くに死んで母親が朝から晩まで働いて俺を育ててくれた。その間祖母さんが面倒を見てくれたんだが、病気で身体を悪くしてな。俺が世話をするしかなかったんだ。いつも祖母さんの相手をしながら一緒にテレビを観てた。だから、友達と遊んだ記憶がない」

「大変やったんですね」ちづるが顔を曇らせた。

昔を思い出して居心地が悪くなったので、気分を変えようとウィスキーボンボンの包み紙を手に取った。皺を伸ばして小さな鶴を折る。

「へえー、すごい器用ですねえ」

「たいしたことないよ」

「たいしたことありますよ。うちはそんなん全然あかんわ。細かいことしたらキイーってなってきて。小学校の頃は家庭科も図工も大嫌いやったんです」

「子供の頃はよく模型を作ったな。姫路城とか五重塔とか」

「そんな模型があるんですか？　飛行機とかロボットとかそんなイメージなんやけど」

「なんだってあるよ。普通の農家だってある。瓦《かわら》屋根も藁《わら》葺《ぶ》き屋根も作るよ」

「農家？　ほんまに？」思わずちづるが噴き出した。

ようやくコーラが来た。半分に切ったレモンが添えられている。ちづるはレモン片手に面白そうな顔をした。

「コーラにレモンどうですか。たっぷり搾るとメチャクチャ気持ちいいですよ。お勧め」

「そうか。じゃ、頼む」

ちづるがコーラの中にレモンを搾り入れた。しゅわしゅわと小さな音がして泡が立つ。一口飲むと香りと清涼感が強くて新鮮だ。甘さが抑えられて辛口になる。

「ああ、本当だ、これは美味しいな」

「高校の頃、ずっと喫茶店でバイトしてたからあたしの特技は飲み物のアレンジ。コーラは牛乳とかカルピス、コーヒーで割っても美味しいんです」

「へえ、面白いな」

それから、と昭彦の折った鶴をつまみ上げ、鼻の頭に載せた。天井を見上げながらバランスを取る。

「もう一つ。飲み物アレンジ以外の特技はこれ」

「すごいな。そっちのほうがよっぽど器用だ」つい笑ってしまった。

ちづるは鼻の上から鶴を下ろして、懐かしそうな、辛そうな顔をした。

「子供の頃、これやったら行儀悪い、ってお父さんに叱られて」

「いや、俺にはできないからすごいよ」

「褒めてもろたん、はじめてやわ。杉本さん、優しいんやね」

「優しいわけじゃない。NOが言えないんだ。『「NO」と言えない杉本』だよ」

十年ほど前のことか、『「NO」と言える日本』という本が話題になった。石原慎太郎とソニーの会長の語る日本論だ。そのとき、気付いた。これまでさんざん周りに優しいと言われてきたが、本当は違う。自分は他人にNOが言えないただのヘタレなのだ、と。

「えー、代わりにYESが言えるんやったら強いと思うわ。杉本さんは口だけやないでしょ？ちゃんと約束守るタイプ。『「YES」と言える杉本』やん」

瞬間、どきりと心臓が大きく打った。しばらく言葉に詰まってから、ようやく小声で言った。

「……ありがとう。嬉しい」

「堅苦しいけどこれが杉本さんの喜び方なんやね」

ちづるが丸い鼻をさらに丸く膨らませて笑った。ボックス席で見る笑顔ではなく、地元のスーパーでカゴにミカンを放り込んだときのような無防備な笑顔だった。

ちびちびとレモンコーラを飲んでいると、ボーイと新しいホステスが来た。ちづるが軽く頭を下げた。

「ごめんなさい。これで失礼します。あたし、これからステージなんです」

「君、歌手なのか?」

「歌わせてもらってる、ってとこ。……じゃあ、奈津子さん、お願いします。……これ、いただきます」ちづるが折り鶴をポーチにそっと仕舞って立ち上がった。

「奈津子です。よろしく」奈津子が腰を下ろした。「あー、傷つくわあ、そんな露骨にがっかりせんといてや」

拗《す》ねたふりをして奈津子が人懐こく笑った。自然だがちづるよりずっと手慣れた笑みだった。

「いや。ごめんごめん」

グラスに残ったコーラを飲み干し、気を取り直してもう一つ鶴を折った。極小の鶴を手際よく折る様子に奈津子も驚いたようだった。

「あたしもこれくらい器用やったらねえ。子供が喜ぶような遊びって全然知らんから」

「あれ、君は子供がいるのか?」

「えーと、話せば長いんやけど、うちの弟、芸人なんです。『はんだごて』のヒデヨシいうて『カサブランカ』の後輩」

「へえ、『カサブランカ』の」

「で、ハルミちゃんいう相方いたんです。その子が子供産んで引退してコンビ解消になったんやけど、弟とはまだ付き合いがあって。ハルミちゃんが仕事行ってるときとか、ときどき子供を預かって面倒見てるんです。かわいい女の子なんですよ」

奈津子の言葉のニュアンスでは子供の父親はいないようだが、それ以上の詮索はしなかった。

空いたグラスを見下ろした。自分が父と死に別れたのは生まれてすぐだったので哀しむことはなかった。祖母と死に別れたときも母と死に別れたときも、どちらも涙は出なかった。

そう言えば、俺はいつから泣いていないのだろう。

「杉本さん、コーラのお代わりどう？　それともこれ飲む？」

テーブルの上には柿原登の「レミーマルタンＸＯ」が置かれたままだった。

「いや、僕はコーラでいい。でも、柿原さんが好きに飲んでくれって言ってたから、あなたは飲んで下さい」

「そう？　じゃ、さっさと空けて新しいボトル入れてもらお」

奈津子がぺろっと舌を出して笑った。

そこでステージにちづるが立った。歌うのは「ユニバース」の大先輩の和田アキ子の曲「どしゃぶりの雨の中で」だった。

ちづるは綺麗な声でそつなく歌った。テクニックは申し分なかった。だが、圧倒的にインパクトが欠けていた。印象に残らないのだ。低音を唸ってもしょぼくれた猫の声のようだった。

次は上田正樹《うえだまさき》の「悲しい色やね」で、最後は欧陽菲菲《オーヤンフィーフィー》の「ラヴ・イズ・オーヴァー」だった。どちらも少々上品すぎた。綺麗な声は唱歌向き、もしくは七〇年代フォークソングだ。だが、現代には古臭い。

「どうやった？」

頬を紅潮させたちづるが戻ってきた。

「よかったよ、いい声だ。清潔感がある」

「ありがとう」ちづるが嬉しそうに笑った。「ねえ、杉本さん、いつかあたしのデビュー曲書いてくれる？」

「ああ、いいよ」

「嬉しい、約束やよ」

その夜から「ユニバース」に通うようになり、ちづるのために、とボトルを入れた。柿原登に倣って「レミーマルタン」だ。だが、やはり酒は口に合わず一向に減らない。仕方がないのでちづると奈津子、周りのホステスにも協力してもらい、自分はレモン入りコーラを飲んだ。

あるとき、ちづるが「大阪ラプソディー」を歌った。海原千里・万里よりは上手だったが、なにか説得力がない。だが、その中途半端な歌唱がかえって切なかった。思わず飲めないブランデーを一息に飲んだ。一瞬で回って、頭がぼうっとした。

席に戻ってきたちづるが不思議そうな顔をした。

「杉本さん、どないしはったん？」

「……ああ、すまん。ちょっと、昔のことを思い出したんだ」

「昔のこと？」

「子供の頃、まだ母も祖母さんも生きていた頃だ……」

母は奈良県十津川村の出身だった。

実家は国道一六八号線沿いで食堂を営んでいて、ダム開発の調査技師やら材木の買い付けに来た人々でそれなりに繁盛していた。高校を卒業した母は店を手伝わずに就職することを望んだ。両親と少々揉めたが、結局は村を出て大阪の縫製工場で働くことになった。

やがて、母は職場の運動会がきっかけで父と親しくなり、結婚した。だが、父は俺が生まれてすぐに病気で亡くなった。まだ若くまともな保険にも入っていなかったので、母はすぐに困窮した。

そのすこし前、祖父は脳溢血《のういっけつ》で亡くなり、祖母が一人で食堂を営んでいた。祖母は母に帰って来るように言ったが、母は村に戻る気はなかった。店を畳んで大阪に出てくるように祖母を説得したのだ。

大阪の市営住宅で三人の暮らしがはじまった。母は祖母に俺の世話を任せ、昼間は工場、夜は居酒屋で働いた。

だが、祖母は俺が小学校に入った頃、リウマチを発症した。症状はじきに進行し、三年生になった頃には日常生活に介助が必要な状態になった。

俺は学校が終わると毎日真っ直ぐ家へ帰ってきた。そして、杖を突きながら移動する祖母を助け、病院の付き添い、買物、掃除、食事の支度をした。毎日、祖母の話し相手をしながら一緒にテレビを観た。祖母が好きだったのは時代劇、歌謡、演芸番組などだ。時代劇なら「銭形平次」の大川橋蔵《おおかわはしぞう》と「大岡越前」の榊原伊織役の竹脇無《たけわきむ》我《が》、漫才なら海原お浜・小浜だった。

あるとき、祖母は震える手で鶴の折り方を教えてくれた。

——ごめんね。お祖母ちゃんはこんなことくらいしかできなくて。あんたと公園にでも行けたらいいんだけどね。

——ううん、お祖母ちゃん。僕、外で遊ぶより家にいるほうが好きだから。

俺は祖母に習って折り紙を折った。手先が器用ですぐに鶴が折れるようになった。

——あら、上手だね。角がぴんとしてる。あんたは丁寧で根気強い。きっとなんでもできるようになるよ。

祖母が褒めてくれるのが嬉しくて、どんどん鶴を折った。最初は大判の色紙で折ったが、やがて小さな千代紙で折れるようになり、さらには指の上に載るほどのサイズの極小の鶴が折れるようになった。

祖母の身体が良くなりますように、と極小の千羽鶴を折った。祖母は涙を浮かべて喜んでくれた。でも、すこし苦しかった。なぜなら、祖母の身体がよくなりますように、と願ったのは祖母のためだけではなく、半分は自分のためだったからだ。

祖母の介助、家事を好きでやっていたわけではない。他の子供たちのように外で遊びたかった。だが、俺がそばにいなければ祖母はどうなるだろう。一度転んだら自分ではもう起き上がることができないのに——。

ちづるは昭彦の話を黙って聞いている。接客用のわざとらしい相槌を打たないから嬉しかった。

「祖母さんはバスで病院に通ってて、俺がいつも学校を休んで付き添ってた。ある日、診察が終わって病院を出ると、祖母さんはバスじゃなくてタクシーに乗った。そして、俺をおもちゃ屋まで連れて行った」

——昭彦、いつもお祖母ちゃんの世話をしてくれてありがとう。今日はなんでも好きな物を買ってあげるよ。

「でも、俺は手放しで喜べなかった。子供心にわかってた。うちは貧しかった。モヤシと貝割れ大根をよく食べたな。年金暮らしの祖母さんにしたら思い切った贈り物なんだ。だから、俺は時代劇好きの祖母さんを喜ばせようと思って姫路城の模型にした」

ほうっ、とちづるが小さな吐息をもらした。呆れたのか感心したのかわからなかった。

「……杉本さんはほんまに優しいんやねえ。あたしやったら自分の好きなもん買うわ」

優しくない。NOが言えないだけだ、とまた口から出かけたが呑み込んだ。本当は万博に行ってみたかったし、放課後みんなと野球ができるようバットとグローブが欲しかった。どうしても言えなかっただけだ。

「ちづるの言うとおりだ。好きな物を買ってやると言われたんだから、好きな物を言えばいい。自分が祖母さんの立場だったらそっちのほうが嬉しい」


だが、模型作りは性に合って、俺は姫路城制作に熱中した。

中学三年生になった年、祖母が亡くなった。母は泣いたが俺は泣けなかった。祖母の年金がなくなると、またすこし家計が苦しくなった。母はさらに仕事を増やした。高校生になると、勉強そっちのけでバイトをした。稼いだ金の四分の三を母に渡し、残った金で模型を買った。

「高二から高三に上がる春だった。働きづめの母の楽しみはたまにテレビで観る演芸番組で、あるとき、海原千里・万里が出てた。二人は海原お浜・小浜の弟子で当時大人気だったんだ。祖母さんのことを思い出して母としんみりしていたら、彼女らが今度レコードを出した、って歌い出した。すると、母が突然泣き出したんだ」

――結婚前ね、あんたのお父さんとよくデートをした。御堂筋、道頓堀を歩いて映画を観て……。この歌のまんま。お母さんとお父さんの若い頃のこと歌ってるみたい。

あの人さえ生きていればこんな苦労はしなくて済んだのにね、と母が泣き笑いしながら言った。日頃、愚痴など言わない母の涙は応えた。それからというもの、母はテレビやラジオで「大阪ラプソディー」が流れるたび、手を止めて聴き入るようになった。俺は母の誕生日に「大阪ラプソディー」のレコードをプレゼントした。母は涙を浮かべて喜んでくれた。曲に合わせてハミングする母を見て思った。音楽っていいな、と。

安い中古ギターを買ってシンガーソングライターの真似事をはじめた。模型屋になってもたかが知れている。だが、音楽なら一発当てれば大金が入って母を楽にしてやれる、と。

だが、母はその夏、轢《ひ》き逃げに遭い意識が戻らないまま三ヶ月後に亡くなった。俺は斎場から骨になった母を家に連れ帰り、その前で「大阪ラプソディー」を流した。今度も涙は出なかった。

後始末を済ませると高校をやめた。シンガーソングライターを目指しながら、ボーイやらバンドマンをして食いつないだ。嫌なこともいっぱいあった。だが、祖母の言ったとおり根気強さだけは誰にも負けなかった。気がつくと、なんとか編曲でお金をもらえるようになっていた。

話を終えるとレモンコーラを一息に飲み干した。

「だから、俺もいつかは『大阪ラプソディー』みたいな曲が書けたらいいなと思ってた。それが叶ったのが『アモーレ相合橋』なんだ」

「そうなん。他人が簡単に言うたらあかんけど、杉本さん、苦労してきはったんやね。そやからあんなええ曲が書けたんやわ」

「済んだ話だよ」

「でも、今、わかった。やっぱりヒットする曲にはちゃんと物語があるんや」

感極まったふうにちづるが呟いた。タヌキ眼がわずかに潤んでいた。

その夜は閉店まで店にいて、ちづると一緒に店を出た。外はわずかに風が吹いていた。子供の頃、夜中に窓を開けて感じたような懐かしい風だった。

ネオンが煌々《こうこう》と輝くミナミを二人であてもなく彷徨《さまよ》った。酔ったサラリーマン、ホステス、コンパ帰りの学生など、あちこちで笑い声が響いている。とうに日付けは変わっているが盛り場は相変わらず賑やかで、昼間よりもずっと生命力に溢れていた。いつもならこの喧噪《けんそう》が耳に付くのだが、今日はなぜか心地よかった。

千日前のアーケードを抜けて道頓堀に出ると東へ歩き、相合橋のたもとまでやってきた。

相合橋はグリコや動く大きなカニの看板で有名な戎橋《えびすばし》より二本東にある。古くは中橋と呼ばれ、近松門左衛門の浄瑠璃「心中重井筒《しんじゅうかさねいづつ》」にも登場する。かつては芝居小屋やお茶屋、廓《くるわ》の並ぶ賑やかな場所だった。だが、相合橋には「縁切橋」の別名があって、ここを渡ると男女の縁が切れると言われていた。芸妓や遊女たちはこの橋を避け、婚礼の行列はわざわざ迂回《うかい》したと言う。

相合橋の本来の読みは「あいあうばし」だが、地元では「あいおいばし」と読むほうが一般的だ。だが、「愛が出会う橋」ということを強調したかったので、「アモーレ相合橋」では敢えて「あいあうばし」と読ませることにした。

「ねえ、杉本さん。曲の舞台にここを選んだんはなにか思い出があったから?」

「あるにはある。でも、いい思い出じゃない。若い頃、音楽やりながらボーイやバンドマンをしてた。そのときに毎晩この橋を渡った。そのとき考えてたのは金がないこと、将来が見えないことだけだ。この橋は辛い思い出しかない」

「なに言うてるん。違うやん。『アモーレ相合橋』がヒットしたから今はいい思い出があるやん。昔の辛い思い出なんか帳消しどころかお釣りが来るわ」

ちづるが呆れた顔でこちらを見上げた。

その言葉に混乱し、しばらく声が出なかった。そうだ。この橋にはもういい思い出がある。今の今まで、どうしてこんな当たり前のことに気付かなかったのだろう。もう辛いだけの橋じゃない。ここはいい橋だ。いい物語のある橋だ。

ポケットから手を出した。すこし汗ばんでいるのが気になったが、思い切ってちづるの手を取った。ちづるはすこし驚いたようだったが素直に手を繋いだ。

「こんなにドキドキするのははじめてだ。もう三十五なのにな」

「あたしも。もう二十六やのに」

二人で顔を見合わせ苦笑した。互いにおかしいくらいに緊張しているのがわかった。

「うち、いつかは芽が出るんやろか」

「ああ、出る。俺でも一度は出たんだから、ちづるもきっと出る」

「そやね。……うん、そう思とくわ」欄干にもたれて大きな息を吐き、ちづるが薄明かりの空を仰いだ。「ねえ、早《は》よ出たらええのに」

「ちづるにはコテコテの演歌より声質の良さを生かした曲が似合うと思う。しっとりしたすこし懐かしめの歌謡曲だ。千賀《ちが》かほるとか西島三重子《にしじまみえこ》みたいな感じの曲がいい。ちゃんと物語のある曲だ」

「物語のある曲か。あたしの物語ってどんな物語やろ。楽しみやわ」

道頓堀川には「大阪ラプソディー」の歌詞通り七色のネオンが映っている。揺れるネオンの灯りがちづるの眼に滲んでいるように見えた。

「ねえ、さっきの話やけど……あたしが杉本さんのお祖母ちゃんやったら誇らしいと思うよ。他人を思いやれる優しい子に育ったんやから」

誇らしい。そんな仰々《ぎょうぎょう》しい言葉もちづるの口から出ると、まるで風邪を引いたときに食べるうどんのように優しく喉を通っていった。

ちづるの正面に立ち、思い切って口を開いた。

「なあ、一緒に暮らそうか」

「うん」

ちづるの声にためらいはなかった。縁切橋の上で物語がはじまる。それはとても自然な成り行きに思えた。

＊

「アモーレ相合橋」のヒットから二年が経った。

印税で夕陽丘に自宅兼スタジオを構え、ちづると暮らしはじめた。大阪城から天王寺を通って住吉大社まで続く大阪の背骨、上町《うえまち》台地の西側にある街だ。ここから眺める大阪湾に落ちる夕陽は美しく、古くから歌に詠まれた。

「アモーレ相合橋」のヒット以来、作曲依頼が殺到していた。柿原登のようになりたい、と長年売れなかった歌手が一縷《いちる》の望みを懸けて曲を頼んできた。彼らの言うことは常に同じだった。

「杉本先生。お願いします。アモーレみたいなやつを作ってください」

彼らはみな必死だった。その気持ちがよくわかるから、依頼を断ることなどできない。なんとか要望に応えようと懸命に「アモーレ相合橋」に似た曲を作り続けた。前奏も後奏もアレンジも全部一人で行い、細部まで拘《こだわ》った曲を作った。だが、どれも大きなヒットにはつながらなかった。ちづるも売れない歌手の一人のままだった。バブル崩壊のあおりで所属事務所が潰れ、歌手としてはまったく仕事がなくなった。レッスンを続けてはいるが、もうCDを出せる見込みもなかった。

一方、一躍ヒット歌手になった柿原登は、事業に手を出しはじめた。相合橋のそばに「柿原登の店　鉄板焼アモーレ」を出し、その三ヶ月後には二号店を西心斎橋に、そして三号店を北新地の外れに出した。浮かれた柿原登は「融資」が「借金」であるということに気付いていないかのようだった。昭彦の許にも借金の申し込みがあり、一度に貸す金は少額だったが積もり積もって五百万近くになっていた。

「柿原さん。そろそろ歌に専念したらどうだ？　ハナちゃんにも迷惑掛けてるじゃないか」

相変わらず柿原登は派手に遊んでいて、昭彦も「ユニバース」やら宗右衛門町《そうえもんちょう》の高級クラブに呼び出されることがあった。ハナコが同席することも多く、支払いを肩代わりする様子を見ていたのだ。

「わかってる。でもな、芸能界なんか水物や。次の曲が当たる保証なんてない。そやからハナコのためにもな、名前の売れてる間に店持って将来に備えたいんや」

柿原登はなにかに取り憑《つ》かれたように事業にのめり込んだ。貸した金の回収の見込みは低かった。だが、それよりも、昭彦は自分が体《てい》のいい金づるとしか思われていないことが辛かった。

ある夜、酔っ払った柿原登がスタジオにやってきた。紙袋から取り出したのはレミーマルタンやらヘネシーやらといった高級ブランデーだった。

「昭ちゃん、グラス借りるで」

柿原登は適当なグラスにブランデーを注ぐと、まるで安酒でも飲むように一息にあおった。

「ハナコがな、もう酒飲むな、喉に悪い、店をたため、とかメチャクチャ言うんや。終《しま》いには高い酒を平気で捨てようとしてな。慌てて救出してきたんや」

「酒が喉に悪いのは本当だ。あまり飲み過ぎない方がいい」

「これくらい平気や。ハナコにはがっかりや。最初はかわいかったのにあんなに口うるそうなって」

「柿原さん。ハナちゃんはあんたのことを思って言ってくれてるんだ。そんなことを言ったら駄目だ」

「……そんなことを言ったら駄目だ」柿原登がわざとらしい関東風のイントネーションで繰り返した。「そのうっとうしいアクセントやめてくれ。昭ちゃんまで僕の敵か?」

柿原登が絡んできた。アクセントを揶揄《やゆ》され軽く胸が締め付けられたが、顔には出さずブランデーの瓶を取り上げた。

「なにすんねん」

「柿原さん。もうそれくらいでやめておけ。飲みすぎだ。歌のレッスンだってあるんだろ?」

「もう歌なんかやってられるか。あんたに僕の気持ちがわかるか。一発屋だ、柿原登に才能はない、って馬鹿にされてるんや」

いい加減にしろ、と言いたい気持ちを堪《こら》えなんとか冷静に返事をした。

「わかるよ。俺があれから書いた曲は全部売れなかった。俺は才能を『アモーレ相合橋』で使い切ってしまったのかもしれない。いや、そもそも才能なんてなかったのかもしれない。でもな、柿原さん。俺はそれでも頑張るつもりだ」

愚痴っぽくならないよう淡々と言った。すると、柿原登がばつの悪そうな顔で眼を伏せた。

「……すまん。昭ちゃん。お互い様やな」

「ああ、お互い様だ」

そうは言ったものの、苦しくてたまらなかった。毎日、どれだけギターを抱えても、どれだけ五線紙に向かっても、もう音の一つも浮かんでこなかった。夜、眠れなくなり体重は八キロ減った。己が心身共に疲弊しているのに気付いたが、それを認めることはできなかった。一度休むともう二度と動き出せないような気がしたからだ。

頭の中ではいつも脈絡なく音が響いていた。それはバラバラの雑音のままで、どれだけ集中して感覚を研ぎ澄ませてもまとまらなかった。ヒット曲を作らなければ。素晴らしい旋律を作らなければ。売れなくて苦しんでいる歌手の願いを叶えなくては。そんなことばかりがぐるぐると頭の中で渦巻いていた。

音楽事務所のプロデューサーも作詞家も、そして演歌ファンもみなこう言った。

「なに書いても結局『アモーレ相合橋』の二番煎じやないか」

ならば、と「アモーレ相合橋」とはまったく違う雰囲気のド演歌やら都会的な洒落たポップスを作った。だが、それらはさらに不評だった。

「昭ちゃん、あんたやっぱり編曲の方が向いてるわ。作曲は諦めて今までどおりアレンジャーに徹したほうがええ」

ミキサーのオカケンが忠告してくれた。

杉本昭彦の曲に再起の望みを懸けた歌手もみな消えていった。俺のせいだ、と思った。俺がもっといい曲を書いていれば、と。

「かもしれません。でも、今、俺が諦めたらみんなを失望させる。俺の曲が欲しいと言ってくれる人がいる限り辞めるわけにはいかないんです」

スタジオにこもりきりになり、悶々《もんもん》としながら五線紙を無駄にする日々が続いた。鏡を見るたび憔悴《しょうすい》していくのが自分でもわかった。ちづるの顔も曇りがちになった。

ある夜、白紙の五線紙を前に頭を抱えていた。夜食を差し入れに来たちづるはしばらく黙って立ちつくしていたが、やがて思い切ったふうに言った。

「なあ、昭ちゃん。なんでもかんでも引き受けるのはやめて。NOを言えるようにならな。焦らんでええやん。無理せんとき」

「いや、今度こそヒットさせるんだ。俺に頼んでくれる人の気持ちを考えたら休んでるわけにはいかない」

売れない歌手は日本全国にごまんといた。「アモーレ相合橋」で柿原登を一躍売れっ子にした男、杉本昭彦の許にはそれでも依頼者が絶えなかった。

「すこしゆっくりしいや。しんどいときは休んだらええねん」

「今、休んだら約束を破ることになる。それに、これくらいで休むのは甘えだ。逃げてることになる」

そのとき、スタジオの電話が鳴った。昭彦はびくりと跳ね上がった。依頼だろうか。それとも催促だろうか。冷や汗が噴き出し身体が勝手に震えだした。

すると、ちづるは壁のジャックから乱暴に電話線を引き抜いた。

「仕事の電話なんか出んでええ。誰にも気を遣わんでええ。嫌われてもええ。あたしがいてるんやから」

昭彦は驚いてその顔を見た。ちづるはまるで鬼女のような形相だった。

「ごちゃごちゃ言いな。しんどいときは休む。そんだけのことや」

「でも、俺は仕事をしなければいけないんだ。ヒット曲を作らなければいけないんだ。ちづるのための曲だって……」

「あたしの曲なんか後でええ。今はとにかく休んで。『「NO」と言える杉本』になるんや」

大声で怒鳴った。ちづるは傷ついた心を癒やす優しい言葉も、疲れた心に寄り添う温かい言葉も決して口にしなかった。ただ、休め、と叱った。頑なになって鈍麻《どんま》した昭彦の心に加えられた鮮やかな平手打ちだった。

「昭ちゃん。今は音楽のことなんか忘れるんや。好きなことだけして。模型でも折り鶴でもなんでも……。そうや、姫路城を作ったらええねん。あたしが買《こ》うたるから……」

ちづるが思い切り抱きしめてくれた。ぎゅっと胸が押されて息ができなくなる。苦しい、潰れてしまう、と思った瞬間、ふいに内側から身体が破裂した。まるで水風船が弾けたように、両の眼からぼろぼろと涙が溢れ出して頰を伝う。ちづるのワンピースの胸が濡れるくらい大声を上げて泣きじゃくった。

もし、ちづるが慈愛に満ちた慰めの言葉を掛けていたら昭彦はきっと変われなかった。あのままもがき続けて潰れただろう。ちづるの直截《ちょくせつ》でむき出しの叱責、そして、迷いもためらいもない抱擁が昭彦を救ったのだった。

ちづるの勧めで一旦休むことになった。昭彦は久しぶりに模型を作った。はじめて作った城、姫路城だ。ブランクがあるのに自分でも驚くほどよく出来た。

スタジオの入口にガラスケースに入れた姫路城を飾った。ぱっとあたりが白く輝いて心が晴れるような気がした。

「すごいすごい。プロ並みやん。資料館とかにある模型みたい」

ちづるが姫路城と同じくらい晴れやかに笑った。


一九九六年の夏、世間は0157のニュースで騒然としていた。貝割れ大根が原因と決めつけられ、バッシングの対象となりスーパーから消えた。昭彦は一連の狂乱を腹立たしく見ていた。子供の頃、単価の安いモヤシと貝割れ大根は食卓の常連だった。祖母と一緒に千羽鶴を折りながら、モヤシの炒め物と貝割れ大根のサラダを食べたものだ。

テレビで貝割れ大根を食べる厚生大臣のパフォーマンスを観ながらふっと思った。そうだ、ちづるのために千羽鶴の歌を書こう。ちづるが鼻の上に載せた鶴だ。なにもかもここからはじまったのだから。

仕事を休んで一年経っていた。気付くと体重が元に戻っていた。昭彦は仕事を再開することにした。曲のイメージはすでにある。ちづるの声にぴったりの曲、綺麗で切なくて憶えやすいメロディだ。

昭彦は作曲に没頭した。そして、自分でも会心の一曲が完成した。タイトルは「千羽鶴に乗って」とした。

終わった愛だと、ほんとはわかってるけど。

あたし、いつまでも願っているの。

千羽鶴に乗って、もう一度あなたに会えたなら。

一日だけでも会えたなら。


「これ、ほんまにいい曲やねえ。切なくて、寂しくて、でも、空を飛んでるような清々しさもあって素敵な曲やわ。ありがとう、昭ちゃん」

ちづるが喜んでくれて昭彦はほっとした。これまで支えてきてくれたことに恩返しができたような気がした。

「これはちづるのデビュー曲になるんだ。ただ出して終わりにしたくない。きちんとプロモーションをしてくれる事務所を見つけよう」

だが、なかなか条件のよい事務所は見つからなかった。ちづるは二十八歳。もう決して若くはないし、容姿が優れているわけでもない。演歌歌手なら遅咲きでも話題になるが、ちづるは中途半端な昭和歌謡の歌い手だった。

そんなとき、柿原登から連絡があった。用件は予想通りまた借金の申し込みだった。

「昭ちゃん、頼む。五百万、いや、三百万でええから」

ちづるには聞かせたくない。留守の時間を指定して会うことになった。

一年ぶりに見る柿原登はすっかり面変《おもが》わりしていた。愛嬌があって人好きのする顔だったのに、荒《すさ》んで卑屈な影ができている。スーツはやたらと派手だったが皺だらけでくたびれて見える。

「柿原さん。歌のほうはどうなってるんだ？」

「それどころやないんや。ちょっと怖い人から取り立てがあってどうしようもないんや。これまで借りた金も返さんままで、顔出せた義理やないんやけど……。ハナコにも愛想つかされてもうて……」

ハナコと別れたと聞いて驚きつつも心の底では納得してしまった。噂では、さんざんハナコの情につけ込んで泣かせることばかりしていたという。ハナコが貸した金はきっと昭彦が貸した額の比ではないはずだ。

「お金はいいが心配なのはこれからのことだ。もう一度ちゃんと歌でやり直したらどうだ」

「そうせなあかんと思ってる。でも、今さら僕を使《つこ》てくれるとこなんて……」

柿原登がはっと顔を上げた。

「なあ、僕に新しい曲くれへんか？　なあ、頼む。昭ちゃんの曲やったら歌えるような気がするんや。頼む。大急ぎや。怖い人に見せるんや。杉本昭彦の新曲をもろた、って」

柿原登はいきなり土下座した。床に頭を擦りつけ、泣きながら頼んだ。

「昭ちゃん。一生の頼みや」

昭彦は葛藤した。今、手許にあるのは「千羽鶴に乗って」一曲だ。きっと売れる、と自負している。柿原登を救うことができるだろう。

「頼む。このままやとほんまにヤバいんや」

柿原登は床に這ったままだ。ヤバい、というのは嘘ではないだろう。芸能界ではよく聞く話だ。昭彦は見捨てることができなかった。

「立って下さい。わかりました。今、あなたに渡せるのは一曲だけです。ちづるのために書いた曲です。それを渡すんですから決して粗末にしないでください」

「ほんまに曲をくれるんか？　ありがとう、ありがとう……。大事に歌わせてもらうわ。絶対ヒットさせる。やり直すんや」

柿原登は泣きながら頭を下げ続けた。

見送りがてら二人で一緒に外に出た。この辺りは寺が多い。夜は静まりかえって街中とは思えないほどだ。ふと立った秋の夜風にぶるっと身体が震える。知らぬ間に季節が進んでいた。

「昭ちゃん、見てみ。月が綺麗や。ウサギが餅ついてる」

見上げると、驚くほどに明るい月がビルの向こうに出ていた。杵《きね》を振り上げたウサギがはっきり見えるようだ。昭彦も思わず月に見入った。書き割りのように嘘くさいがなぜか惹きつけられた。

「なあ、昭ちゃん、壺中日月長し《こちゆうじつげつ》、って知ってるか？」

「コチュウ……？」

「壺中日月長し。小さな壺に見えても中には桃源郷《とうげんきよう》が広がってて、そこでは悠久《ゆうきゆう》の時間が流れてるってことや。僕らの才能の壺は一見小そう見えるけど、もしかしたら実は中は結構広うて永遠の時間が流れてるかもしれんな」

壺中日月長し。

柿原登の言葉がなんの抵抗もなくするりと腑《ふ》に落ち、それから身体中に染みていった。昭彦はもう一度空を見た。もしかしたら、あの模型のような月が自分の小さな壺の中にも輝いているのかもしれない。

「ああ、そうだ。柿原さん。俺もあなたもまだまだやれる」

「よし。僕ら、頑張ろな。紅白出るんや」

柿原登は楽譜を受け取ると、笑って手を振り軽い足取りで歩いて行った。スタジオに戻って昭彦は思った。そうだ、頑張るんだ。頑張るしかない。「アモーレ相合橋」「千羽鶴に乗って」を超える曲を作らなければ。

だが、そのことを聞いたちづるは顔色を変えた。

「お金はあげたもんやと思えばええ。でも、新曲はあかん。あれだけでも返してもろて」

「すまん。でも、柿原さんはその筋の人と揉めてるらしくて……今、俺が見捨てたら大変なことになるんだ」

「そんなん自業自得やん。あれはあたしの曲やなかったん？　ねえ」

「本当に悪いと思ってる。でも、ちづるにはもっといい曲を書く。だから、勘弁してくれ」

「あたし、あの曲、すごい好きやったのに……」

ちづるが突然床に座り込み号泣した。昭彦は驚いた。どんなときも明るく前向きなちづるが取り乱すのをはじめて見た。慌てて懸命に詫びたが、ちづるは泣きじゃくるばかりだった。

今さら当たり前のことに気付かされた。苦しんでいたのは自分だけではない。自分を支えてくれたちづるだって苦しんでいた。甘えるばかりの自分は、ちづるの一番大切な願いを踏みにじってしまったのだ。

「……あたし、自分が才能ないことくらいわかってる。でも、この曲やったら売れるかもしれへんと思て……。最後のチャンスやと思てたのに……」

この一件が大きな亀裂になった。ちづるは一週間後、荷物をまとめて出て行った。

その後、柿原登とも連絡が取れなくなった。新曲の楽譜も貸した金も何も返ってこなかった。

今度こそ自分が空っぽになったことを悟った。もう音符の一つも浮かんでこなかった。

昭彦は夕陽丘のスタジオを引き払い、日本橋の外れに模型の工房を開いた。

＊

柿原登の「お別れの会」はミナミのホテルで行われた。

昭彦は早めに着いて受付を済ませ、会場には入らずロビーでちづるを待っていた。すると、吉澤弁護士が近づいてきた。すこし表情が硬い。背が高くて細身の三十半ばくらいの女性、それにホテルの担当者を伴っている。昭彦は控室に連れて行かれた。

「実は、昨日、ハナコが倒れまして入院したんです」

背の高い女性はハナコのマネージャー、斉藤蘭子と名乗った。額の真ん中で分けたワンレンがよく似合っている。グレーのパンツスーツを颯爽《さっそう》と着こなし、いかにもやり手に見えた。

「大丈夫なんですか？」

「意識はしっかりしてますが、念のためしばらく入院して検査をすることになりました」

「そうですか。大事がなければいいんですが」

「ありがとうございます。それで本日のお別れの会なんですが、閉会の挨拶をハナコがすることになっていました。急で申し訳ないのですが、代わりに杉本さんにお願いできたらと」

「いや、そんな締めの挨拶なんて僕には荷が重い。他にプロダクションの人とかレコード会社の人とかいるでしょう？」

「もちろん、その方たちにもご挨拶はしてもらうつもりです。ですが、是非、杉本さんにと。これはハナコの希望です」

「ハナちゃんが？　僕に？」

「ええ。生前、柿原さんは杉本さんのことを一番の恩人だと言っておられたそうです。ハナコが言うには、病室でも杉本さんのことばかり話していたそうで」

斉藤蘭子がわずかに顔を歪めた。ワイドショーの司会者のようなわざとらしい表情ではなく、心の底から痛ましく思い、それを押し殺しているのが感じられた。

「杉本さん、私からもお願いします。ハナコの言うこと聞いてやってください。あの子は小さい頃からずっと我慢ばかりしてきたんですわ。優しすぎるからあんな男に欺されて面倒見ることになって……ほんまに不憫《ふびん》で」

吉澤弁護士が頭を下げた。弁護士としてではなく、昔からの知り合いとしてハナコを心配しているようだった。

「わかりました。じゃあ、なんとかやってみます」

一番の恩人と思ってくれていたのか。胸がつかえてうまく言葉が出なかった。

「ありがとうございます。病室でハナコのビデオメッセージを撮ったので、会場で流します。杉本さんにはその後に閉会のご挨拶をお願いします」

打ち合わせの後、慌てて戻ってちづるを探した。だが、ロビーにも受付にも会場にも姿はなかった。

やがて、「お別れの会」がはじまった。だだっ広い宴会場には柿原登のアルバム曲がエンドレスで流れている。参列者の数も花の数も少なく、オカケンも来ていなかった。生前、柿原登に迷惑を掛けられた人が多かったということだ。みなが交代で適当な挨拶をした。

姉のチョーコの姿はなかった。実生活ではハナコと仲が良くないというのは本当のようだった。

予定時間の半分が過ぎた頃、スクリーンにハナコが映った。きちんと着替えて化粧をしている。

背後の白い壁さえ映ってなければ病室だとはわからなかっただろう。

「本日はお忙しい中、柿原登のお別れの会にお集まりいただきありがとうございます。『カサブランカ』ハナコと申します」

ハナコはテレビで観るいつもの笑みを浮かべ、倒れたばかりとは思えないほどはきはきと話した。柿原登と六つ違いだからもう三十七歳のはずだが、芸能人だけあってかなり若く見えた。

「うちが堅苦しくしてもしゃーないからね、不謹慎とか言わんといてね。いや、最近うるさいでしょ。この前もね、ちょっと同時多発テロのネタ入れたら、えらい叩かれて。政治とか宗教とかほんまに大変。……そうそう、それでね、うち、ほんまに登ちゃんには泣かされましたわ。ちょっと眼え離したら勝手にうちのお金ボンボン遣うんですわ。それも胡散臭い儲《もう》け話ばっかり。お洒落なフランス料理ではウサギ食べるから、言うてウサギの飼育はじめたんですわ。でもね、途中で情が移ってやっぱり殺すのはかわいそうや、なんて言い出して。結局、設備投資しただけで会社潰れて大赤字。その次はクルーザーのレンタル業はじめるとか言い出して。本人は船舶免許も持ってへんどころか泳がれへんし。アホかー、とりあえず泳げるようになってからや、言うて叱りつけたら、次の日にスイミングスクールに入会してきて」

会場内に笑いが生まれた。さすがハナコの話術はたくみだった。

「なんか阿呆みたいに高いワイン買い漁《あさ》ったり、銀座とか北新地の綺麗なおねーちゃんと遊んだり。もうね、メチャメチャ浮気されましたわ。あんな酷い男おりません」

ハナコが眼を伏せた。みなの顔から笑みが消えた。会場がしんと静まりかえる。

「ほんま最低やわ」

ハナコがいきなり大声で怒鳴った。かんかんに怒っているふりをしながら、惚気《のろけ》る演技をした。

「でもね、歌《うと》てくれたんです。――たとえどんなに冷たく別れても、ハナコが僕には最後の女～、って。ほんまええ声やったわー。マジで惚れ直してもうたやん」

山本譲二の「みちのくひとり旅」のサビの替え歌を歌うと、わざとらしく身をくねらせた。会場が安心したようにどっと笑った。

「いろいろ迷惑掛けられたかたもいてはるやろけど、後のことはこのハナコがケジメつけます。よろしく」

ケージーメー、とハナコが近藤真彦の真似をした。懐かしい芸にまたみなが笑った。


ビデオの中でハナコは最後まで涙を見せなかった。病室での追悼即興コントはちゃんと笑えた。笑えたからこそ哀しかった。

昭彦はごく簡単に閉会の挨拶をした。だが、ハナコのビデオの後では蛇足でしかなかった。挨拶の後、もう一度会場を確認したがやはりちづるの姿はなかった。

帰り際、もう一度斉藤蘭子と話をし、ハナコから預かったという「謝礼」の封筒を受け取った。

「それから、これはハナコが直接お渡ししたいと言っていたのですが……」

斉藤蘭子は昭彦に紙袋を渡すと、もう一度丁寧に礼を言って去って行った。

昭彦は中を確かめた。すると、ボロボロの茶封筒、それに真新しい封書が一通入っている。どきりとした。茶封筒には見覚えがある。以前、柿原登に渡した物だ。恐る恐る確認すると、やはり「千羽鶴に乗って」の楽譜だった。

昭彦は楽譜を開いた。瞬間、息を呑んだ。楽譜はどこもかしこも書き込みでいっぱいだった。

柿原登の字だ。古く掠れた鉛筆の跡もあれば、まだ新しいインクの字もある。小さく。跳ねて。流れるように。優しく。甘く。思い切り声を張る。潰して下からえぐるように。切る。

何度も消して書き直した痕跡がある。工夫に工夫を、研究に研究を重ねた跡だ。楽譜を持つ手がぶるぶると震えた。

余韻を残す。切なく揺らす。感謝をこめて。

感謝をこめて。

その字は特に大きく、繰り返し繰り返し上からなぞった跡があった。

俺が渡したのは注釈なしの楽譜だった。

楽譜を持ったまま立ち尽くした。柿原登はこの歌を歌うために懸命に一人で稽古した。なんとしても歌いたかったからだ。

その気になれば俺にもその手伝いができたのではないか。もっと他にもなにかできることがあったのではないか。俺のほうから手を差し伸べていれば、柿原登は死なずに済んだのではないか。懸命に歯を食いしばって堪えた。今になって後悔にさいなまれる。金と曲を持ち逃げされたのは事実だ。だが、その後、一度も捜そうとはしなかった。結果的にはこちらから見限ったのと同じだ。

最後の小節の横には鉛筆で書かれた掠れた文字が読めた。

壺中日月長し。

柿原登は決して諦めていなかった。小さな壺の中に広がる桃源郷と永遠を信じていたのだ。

だが、もう遅い。遅すぎた。できることはない。天を仰いで大きく息を吐き、震える手で楽譜を茶封筒に戻した。それから、もう一つの真新しい封書を開けた。


杉本昭彦様。

病室からの走り書きになりますが、どうかご容赦くださいませ。

楽譜を返すのが遅くなりましたことをお詫びいたします。この曲はもともと誰か別のかたのために書かれたものだったそうですね。それを登が無理矢理に奪ったのだ、と。そのことを登はずっと悔やんでいました。

今さらどんな言い訳も見苦しいだけと承知しております。ですが、登の本当の気持ちを杉本様には知ってもらいたいのです。

「千羽鶴に乗って」は傑作だ、と登は常々言っていました。私もそう思います。登にはこの曲を歌って、もう一度ヒット歌手に返り咲くという夢がありました。だから、死ぬまでこの楽譜を手放さなかったんです。

なのに、登は歌いませんでした。歌う勇気が出なかったんです。この曲を歌ってヒットしなければ、今度こそ三流歌手の烙印《らくいん》を押されてしまう。それが怖かったんです。

私は登が楽譜を返さないことを咎《とが》めませんでした。最期まで彼に夢を見させたかったんです。

ですから私も同罪です。本当に申しわけありません。心からお詫びを申し上げます。でも、もしも――。

手紙には先程のビデオとはまるで違うハナコの姿があった。昭彦は便せんをのろのろと封筒に戻すと、楽譜を抱えてエレベーターでロビー階まで下りた。地上階へのエレベーターに乗り換えて工房に戻ろうとすると、呼び止められた。

「昭ちゃん」

振り向くと黒のフォーマルワンピースを着たちづるが立っていた。五年前に別れたときよりも痩せたようだ。目元のくまと皺が目立ち、生活の疲れが隠せない。今、三十三歳のはずだが三十七歳のハナコより老けて見えた。

「来てくれたのか……。ありがとう。『お別れの会』はさっき終わって……」

平常心を保とうとしたが声が詰まった。喉がひくひく震えるのが自分でもわかる。

「知ってる。ずっと前から来てた」

ちづるは首を小さく左右に振った。にこりともせず、強張った顔でこちらをじっと見ている。落ち着かなければ、と己に言い聞かせた。すくなくともちづるは感動の再会を望んでいるのではない。

「じゃあ、どうして顔を出してくれなかったんだ」

「勇気がなかった。中に入る勇気も、黙って帰る勇気も」

ちづるの眼には怒りと混乱と怯えがない交ぜになっていて痛々しかった。眼の前に突きつけられた事実に今さらだが打ちのめされる。……俺が付けた傷はまだ塞がっていない。ちづるはずっと傷つき続けている。

「本当にすまない。何度謝っても取り返しのつくことじゃないが」

ちづるは返事をしない。謝罪を受け入れるつもりもないということだ。

「これを渡さないといけない。ハナコから返してもらったんだ」

ちづるに楽譜を渡した。だが、ちづるは楽譜を見もしなかった。

「今さらこんなの貰《もろ》ても仕方ない」

「ハナコからの手紙だ」

手紙を見せると、ちづるは黙って読んだ。それから大きなため息をついた。

「今さらなに言うてるん。受け取る方の気持ちはどうなるん。最後まで身勝手やん」

ハナコの手紙の最後にはこうあった。


――もし、今からでもこの曲を歌われるのなら、私にできることならなんでもします。CDを出すのなら宣伝のお手伝いもいたします。


「今さらだ、ということはよくわかっている。もちろん、ご主人がどう思われるかいろいろあるだろうが、迷惑を掛けるつもりはないから」

「あたし、離婚してん。子供連れて実家に帰って、父親の面倒見てる。介護しながら子育てして働いて、それだけで毎日手一杯やねん。歌のレッスンする余裕なんてないわ」

今、着ているフォーマルワンピースはサイズが合っていなくて、すこしくたびれている。首元に真珠のネックレスはない。バッグは布ではなく明らかに間に合わせの合皮だ。

「すまん」

俺にできることがあれば、と言いかけて口をつぐんだ。自分にはそれを言う資格すらない。

ちづるが顔を上げた。真っ直ぐな眼でこちらを見た。

「昭ちゃんのこと、ずっと怨んでた。裏切られた、って思てた」

「すまん」

「結婚して、離婚して、気付いた。昭ちゃんが柿原さんを平気で見捨てるような人やったら、あたしは好きになってなかった。NOが言われへん人やから好きになったんや、って。それからずっと後悔してる。でも、もう遅すぎた」

ちづるの言葉が胸に刺さった。そうか、こちらも遅すぎたのか。昭彦はなにも言えず唇を噛むことしかできなかった。

「昭ちゃん、模型を仕事にしはったんやってね。奈津子さんから聞いた」

「ああ、一人だからなんとか食えてる」

「あの姫路城、綺麗やったもんね。やっぱり昭ちゃんは偉いわ。根気があるからなんでも成功する。それに比べてあたしはなにやっても駄目みたい」

「そんなこと言うなよ。駄目なんてことはない」

懸命に言ったがちづるは返事をしなかった。ひとつため息をついて腕時計を見た。

「……今さら言い合いしても仕方ないでしょ。とりあえず、これを受け取ればいいんやね」

さらりとした、どこか薄っぺらな声だった。ちづるの中ではもう完全に終わったことだ。昭彦は眼を伏せた。……俺にできることはもうない。諦めるしかない。

「ああ。ありがとう。もう行くのか？」

「ええ。子供のお迎えの時間やから」

「そうか、大変だな」

「じゃあね。昭ちゃんもお元気で」

ちづるが背を向けた。昭彦は慌ててその背中に声を掛けた。

「君も元気で。今日は本当にありがとう」

ちづるの姿がエレベータードアの向こうに消えるのを見送った。

すこし間を空けてから帰ろう。ラウンジでコーヒーでも飲むか。昭彦は歩き出した。ラウンジの入口まで来たところで気付いた。周りの人がみな自分を見ている。なんだろう。顔になにか付いているのか、と思って頬に手をやり驚いた。濡れている。

俺は泣いている。勝手に涙が溢れている。俺は号泣している。

まただ。祖母が死んでも母が死んでも泣けなかったのに、ちづるがいるなら泣ける。ちづるのことでなら泣ける。

昭彦はロビーを駆け出し、なかなか来ないエレベーターを苛々《いらいら》しながら待った。一階で降りると御堂筋線なんば駅を目指して走り出した。

地下街はどこも人でごった返している。前からやってくる人がみなこちらを見た。笑う人、眼を背ける人、驚いて辺りを見回す人もいる。テレビのロケか？　という声が聞こえた。

涙が止まらない。嗚咽が止まらない。人混みを掻き分けて走りながら、ちづるの後ろ姿を懸命に捜した。

やがて、なんば駅の改札前にちづるの姿が小さく見えた。

「ちづる」

叫ぶとちづるが振り返った。昭彦はちづるに駆け寄ると、身をかがめ荒い息をついた。汗だか涙だか鼻水だかわからない。顔がぐちゃぐちゃだ。慌てて手の甲で拭う。

「ちづる、待ってくれ」

なんとか声を絞り出す。ちづるは驚いた表情でこちらを見ているだけだ。なにも言わない。

「もしも……もしもでいい。気が変わって歌いたくなったら、いつでも連絡してきてくれ。ほんのすこしでも可能性があるなら……遅すぎることなんてない。今さらじゃないんだ。俺にできることがあればなんでもする。やっぱり、壺中日月長しなんだ……」

それ以上言葉が続かなかった。ちづるが眼を細め、ふっと笑った。

胸が熱くなった。ああ、やつれていても変わらない。スーパーのカゴにミカンを放り込んだような笑顔だ。

「じゃあね」

ちづるは背を向け、改札の向こうへ消えた。

昭彦は長い間動けなかった。かあっと燃えていた全身の熱が引いていき、じんわりとした温かさに変わった。

そうだ。言うべきことは言った。

ゆっくりと歩き出す。地上に出て道頓堀を目指した。外はもうすっかり暗かった。観光客で賑わう戎橋を通り過ぎ、相合橋まで足を進めた。

遠くから途切れ途切れに懐かしい旋律が聞こえてきた。


いつまでも（いつまでも）、愛は永遠に〜。

相合橋のたもとに新しくたこ焼きの屋台が出ていて、長い行列ができている。地べたに置かれたＣＤラジカセからエンドレスで「アモーレ相合橋」が流れていた。

橋の中程に佇み、欄干に寄りかかった。水面《みなも》には七色のネオンが映っている。あの夜と同じだ。揺れる水面から空に眼を移した。びっくりするほど大きくて丸い月が出ていた。

僕のアモーレ、君のアモーレ。愛が出会う。ああ、二人の愛の相合橋〜。

あちこちから「アモーレ相合橋」が聞こえた。みなが声を合わせて歌っているように見える。男も女も若者も年寄りも歌っている。

なあ、柿原さん、聞こえるか。俺たちの歌が響いているよ。「アモーレ相合橋」はこんなに愛されてる。俺たちは一発屋じゃない。消えなかった。ちゃんとみなの心に残った。歌い継がれてるんだよ。なあ、柿原さん、あの歌声が聞こえているか。

夜風で涙はすっかり乾いた。ようやく長年の胸のつかえがとれたような気がする。これでなにもかも終わった。

いつまでも……。

みなの歌声の中にひときわ澄んだ声があった。すこし古臭くて懐かしい、正統派の昭和歌謡の声だ。

……いつまでも願っているの。

はっと振り返ると、楽譜を握りしめたちづるが立っていた。両手をジュディ・オングのように大きく広げると、橋の上に声を響かせた。

千羽鶴に乗って、もう一度あなたに会えたなら。
一目だけでも会えたなら。

俺たちの歌はきっと月まで届く。相合橋が縁切橋だなんて嘘だと思った。

道頓堀ーズ・エンジェル

二〇一八年十月二十六日　午後九時

最後に着物を着たのはいつだったか、喜佐《きさ》は思い出せない。姪の結婚式だったか義母の葬式だったか。喪服か留袖か、それすら曖昧《あいまい》だ。

大阪ミナミの劇場では「細雪」の夜の部がちょうど終わったところだった。舞台は四姉妹のまとう絢爛《けんらん》豪華な着物が評判だ。特に「カサブランカ」チョーコ演じる三女雪子の儚《はかな》げでありながら艶《あで》やかな姿は悔しいほどに美しかった。

チョーコが初の本格舞台出演をした「細雪」は大ヒットして満員御礼になった。

物語の中で、雪子は美人で電話もできないほど内気でおとなしいが、不思議なしたたかさを感じさせる女性だ。市川崑《いちかわこん》の映画版では吉永小百合が演じた役で、気の強いチョーコとのギャップが話題になった。

チョーコは今、五十六歳。喜佐の二つ下だ。なのに三十過ぎの純情で奥ゆかしい女性を堂々と演じていた。実際のチョーコは若い頃から恋愛スキャンダルを繰り返して魔性の女と言われている。今回の舞台でも「板倉」を演じた若手男優との噂が立っていた。戦隊ヒーロー出身の人気急上昇中のイケメンはチョーコに夢中、とのことだ。

芝居がはねて、喜佐は劇場裏口に回った。出待ちをするなど人生ではじめてのことだ。チョーコはファンにも塩対応だという。きっと無視されるだろう。だが、それでも近くで見てみたかった。

楽屋口には「板倉」目当ての女性が列を作っている。しばらく待つと「板倉」が出てきた。今風の整った顔立ちでスタイルがいい。ファンが歓声を上げる中、手を振りながら車に乗り込み去って行った。

「板倉」ファンが解散すると残ったのはわずかな人数になった。二十代から六十代くらいまでの男性が五人、それに四十代手前といった小太りの女性が一人だ。

チョーコが出てきたのは一番最後だった。男性ファンが揃って無言でチョーコに頭を下げると、チョーコは一瞥《いちべつ》もせずに通り過ぎた。

喜佐は打ちのめされた。生のチョーコは想像よりもずっと美しかった。舞台化粧を落としても並の人間とは存在感がまるで違う。やはり恋多き女性は老けないのか。だとしたら、夫しか知らない自分は太刀《たち》打ちできない。女性として完全に負けている。

そのとき、小太りの女性が動いた。チョーコの前に立ち塞がり、白い包装紙の掛かった小さな箱を突きだした。チョーコは一瞬足を止めたが、すぐに女を無視して歩き出した。

女が追いすがってチョーコになにか話しかけている。男性ファンたちは心配げに二人の様子を注視していた。

女は懸命になにか言っているが、あたりの喧噪のせいでよく聞こえない。だが、ほんの一声だけチョーコの苛立《いらだ》たしげな声がはっきりと聞こえた。

「……軽蔑するわ」

その言葉が耳に届いた瞬間、ざあっと肌が粟立って背筋が震えた。あたりの人も物も、すべてが色を失って凍り付く。今、無理に動いたら粉々に砕けてしまいそうだ。

まるで時間が間延びしてしまったかのように、ゆっくりと女の手から箱が滑り落ちて地面に落ちる。

つとチョーコの動きが止まった。落ちた箱をじっと見下ろしている。

「あなた、ちょっと」

ワンレン、黒のパンツスーツ姿の背の高い細身の女性が駆けつけ、二人の間に割って入った。小太りの女は放心状態で立ち尽くしている。

「チョーコ大丈夫?」

パンツスーツの女性は五十歳くらいで、チョーコのマネージャーのようだ。艶のあるワンレンボブヘアがよく似合っている。落ちた箱を拾って女に手渡した。

「ごめんなさい。チョーコは直接のプレゼントは受け取らないんです」

女は箱を抱えたまま動かない。チョーコとマネージャーを乗せた車は走り去った。

午後九時三十分

喜佐がプロポーズされたのは二十八歳のときだった。

一九八八年当時はバブルの真っ直中《ただなか》で、「花金」のミナミは人でごった返していて、誰もが幸せそうに見えた。

喜佐は大阪生まれだが、山の手のお洒落な雰囲気に憧れて神戸の短大に進学した。卒業後は公務員になり大阪市役所で働いていた。そんなときにコンパで知り合ったのが昌也《まさや》だ。関西電力の関連会社に勤めていて喜佐の二つ年上だった。

喜佐と昌也はなんばＣＩＴＹのイタ飯屋でちょっとしたコース料理を食べた後、南海通、千日前商店街を歩いて道頓堀までやってきた。

十月の終わり、街はもうすっかり秋の気配で夜になると風が冷たいほどだった。喜佐と昌也はしっかりと手を繋いでいた。安い赤ワインのボトルを一本空けた後なので喜佐はすこし酔っていて、昌也の手を握っていないと真っ直ぐ歩けないような気がしていた。

店を出て以来、昌也は無口だった。普段からあまり喋るほうではないが、特に静かだ。思えばイタ飯を食べていたときも様子がすこし変で、甘い物が好きなくせにデザートのアイスクリームも手を付けないまま残していたのだ。

二人とも無言のまま戎橋の上までやってきた。

ランナーが手を上げてゴールインポーズを決める、大きなグリコの看板が頭上に輝いている。橋の中程で昌也が足を止めた。なんだろう、と見上げると、眉と頬のあたりに引き攣れた影がある。泣き出す一秒前の赤ん坊のような中途半端で危なっかしい表情だった。

突然、昌也が繋いだ手を振りほどいたかと思うと、喜佐の真正面に立って睨《にら》むように見下ろした。

――結婚してください。絶対にあなたを幸せにします。

なぜか突然標準語になった昌也は緊張しすぎたせいか、まるで怒っているように見えた。その勢いに押されるように、間髪《かんはつ》入れずに「はい」と答えてしまった。なんだかその「はい」も標準語になったような気がしたものだ。それから、グリコの看板を見上げた。あたし、今、ゴールイン決まったん？

昌也が突然笑い出した。

――ほっとしたら腹減った。緊張してさっきは食べられへんかったから。あー、肉吸い食いたいなあ。でも、あそこ、昼だけやったか。

――肉吸い、ってなに？

――肉うどんのうどん抜き。「千《ち》とせ」の名物。新しいなんばグランド花月の近くにあるねん。吉本の芸人さん御用達の店や。

――そうなん。じゃあ、また今度一緒に来よ。

だが、結局その機会は訪れず、喜佐は肉吸いを食べないままだ。

あれからちょうど三十年。五十八歳になった喜佐は一人で道頓堀にやってきた。先程まで観ていたチョーコの舞台に当てられてしまったようで、まだ頭がぼうっとしている。

人で溢れる戎橋を中程まで渡った。欄干に空いたスペースを見つけると、早速もたれて一息つく。アーケード横の大型ビジョンにはさっきから「Ｌｅｍｏｎ」が流れていた。最近の歌はわからない。それにみんな名前が変だ。「米津玄師《よねづけんし》」の正しい読み方は何度聞いても覚えられない。

グリコの看板に眼を移した。ゴールインするランナーが水面に揺れている。

さあ、思いっきり泣こう、と息を吸い込んだ瞬間、すぐ隣で派手な泣き声が上がった。なんだろう、と顔を見て驚いた。さっき劇場でチョーコに追いすがっていた小太りの中年女だ。

近くでまじまじと女を見た。カントリー調の小花柄のワンピースに、ぺたんこで茶色のリボン付きバレエシューズを履いている。髪は黒くて胸までのストレートだが、もともと癖があるせいか毛先に中途半端なうねりが出ていた。斜め掛けにしたピンクのレスポートサックのショルダーバッグには、カピバラのマスコットがぶら下がっている。正直言って、垢抜けない外見だった。

うわあぁん、と女が声を張り上げ泣き続ける。どこか泣くことを楽しんでいるように見えた。完璧にヒロインの泣き方だ。だが、悲劇ではない。喜劇のヒロインだ。

道行く人のほとんどがちらと見るだけで無視していくが、ときどき足を止めて凝視する者もいる。だが、話しかける者はいない。

そうだ、気にするな。自分だって泣くためにここに来た。さあ、気を取り直して思い切り泣こう、と息を吸い込んだ瞬間、横の女の泣き声が一瞬止んだ。ようやく落ち着いたか、と思ったら、女はバッグの中からティッシュを取り出すと洋画のコメディシーン並みに思い切り音を立てて洟《はな》をかんだ。

思わず吸い込んだ息をそのまま呑み込んだ。川の匂い、ソースの匂い、煙草の匂いなどが混じり合って肺に充満する。喜佐は口を半開きにしたまま立ち尽くした。今にもこぼれそうだった涙は完全に引っ込んだ。もう出てこない。

せっかく泣こうと思ったのにすっかり気が削《そ》がれた。勘弁してよ、と別の意味で泣きたくなる。怨めしくなって女を見つめた。すると、女がこちらを見た。

「……あ、すみません……」

蚊の鳴くような声で詫びる。涙でぐちゃぐちゃの顔は妙に愛嬌があった。悪い人ではない。「細雪」を観た後、わざわざこんな場所を選んで泣きに来るのにはきっと理由があるはずだ。あっという間に親近感を覚えていた。

「私に気い遣わんとどんどん泣いて。私も訳ありやから」

「え？」

「さっきチョーコの出待ちしてた人でしょ？　私もあなたと同じ。訳ありでわざわざここへ泣きに来てん」

すると、女がティッシュを鼻に当てたまま心配げな顔で喜佐を見た。恐る恐るといったふうに訊ねる。

「……あの、なにかあったんですか？」

「それはこっちの台詞《せりふ》や」

「いや、お互い様やと思いますけど」

たしかにそうだ。妙に納得し、うなずいて女に向き直った。

「私は橋本喜佐。五十八歳。公務員。夫の隠し子疑惑が発覚して泣きに来た」

それを聞くと女も大真面目な顔でうなずいた。

「あたしは田島都《たじまみやこ》。三十八歳。会社員。結婚詐欺に遭《お》うて泣きに来ました」

顔を見合わせ思わず噴き出した。

「どっちも洒落にならへんねえ」

喜佐が言うと、都が笑ったせいで新たにこぼれた涙を拭い、ため息をついた。

「みんなチョーコのせいなんです」

「あら、あなたも？」

「え、そちらも？」

二人で顔を見合わせた。そのまましばらく見つめ合い、どちらからともなく、ふへへ……と情けない声で笑った。

「ねえ、私はチョーコが演《や》るんやったら雪子やなくて妙子やと思ててん。ちょっと歳は取り過ぎてるけど性格的には合《お》うてるやんと思て。でもね、実際に観たら文句言われへんようになったわ」

「あたしもです。ぐうの音《ね》も出えへん。一見清楚でなよなよしてて自分の意思なんかないように見えて、実は頑固で、なんか口では言えん魅力があってタチが悪いというか……」

「ほんま魔性の女やよねえ」

二人でしばらく道頓堀川に映るグリコの看板を見下ろしていた。

男運のない女が二人、道頓堀、戎橋に泣くためにやってきた。どちらも「チョーコのせい」だという。これは奇跡か、それとも神様のいたずらだろうか。

ふっと夫の言葉が脳裏に浮かんだ。

――あれが神様のお告げやったんかもしれへん……。

いや、これはただの偶然だ。奇跡でも神様のいたずらでもない。

「ここでぼーっと突っ立ってるのもアホみたいやわ。都さん、このあたりでどこかええ店知ってる？　私、ミナミはようわからへんのよ。若い頃に入ったことのある古い喫茶店くらいしか思いつけへんわ」

「喫茶店やともう閉まってますねえ。あたしもあんまり詳しないんですけど、とりあえず近場で」

二人で一番近い二十四時間営業のファミレスに入った。

午後十時二十分

ピザ、フライドポテト、サラダ、ほうれん草のソテーとビールを頼んだ。

ボックス席はほぼ埋まっていた。真横の席にはまだ付き合いはじめて間がないような大学生カップル、斜め前にはビールと唐揚げ定食を前にうつむいている疲れ切ったサラリーマン、斜め後ろには新聞を開いたまますっかり眠りこけている老齢の男性の姿があった。

「喜佐さん、ミナミはわからへんて言うてはりましたが、いつもはどの辺で？」

「家が高槻《たかつき》やねんよ。そやから出るんやったら梅田、キタやねえ」

結婚するまで喜佐の職場は淀屋橋、昌也は心斎橋だったのでキタとミナミの両方で遊んだ。だが、結婚して高槻にマンションを借りたのをきっかけにミナミには行かなくなった。だから、難波、道頓堀まで来たのはほとんどプロポーズの日以来になる。

「高槻？　それやったら地震、大変やったんと違います？」

六月十八日、大阪北部地震が起こった。震度は六弱だったが、震源が直下だったのでかなり揺れた。結婚して五年後に買った築二十五年の小さな木造二階建ての家は、瓦が落ちて外壁には亀裂が入った。阪神・淡路大震災では北摂《ほくせつ》地方はそこまで大きな影響はなかったので、はじめて経験する大きな地震被害だった。

「そうなんよ。うちの屋根まだブルーシートやねん。家ん中もちゃんと片付いてへんし」

「そうですか。はよ落ち着いたらええですねえ」

「ほんまに」

耐震補強をするか建て替えるか、夫と話し合っているところだった。だが、今、その話し合いも中断している。

ビールが来た。乾杯すると、おもむろに都が話しはじめた。

「今、思たら最初から計画的やったんですよね。デートとか全然してない。……君の手料理は最高、とか言うてずっとあたしのアパートで食べてました。食費は全部あたし持ち。喜んでた自分がアホみたい」

「例の結婚詐欺師のこと？」

「そうです。あたしの一千万持ち逃げした男です」

「え、一千万も盗られたん？　大金やんか」

思わず大きな声が出た。山盛りのフライドポテトを持ってきたウェイトレスがぎょっとして立ちすくんだ。

「はい。なんやかんやでそれくらい」

「大変やねえ。警察には行ったん？」

「行きました。一応、被害届出してきました。音沙汰ないですけど」

ため息交じりの口調はもうなにか開き直ったふうに投げやりに聞こえた。

「そうなん。ちょっとでもお金が返ってきたらええのにねえ」

ファミレスに来るのは何十年ぶりだろう。子供や孫がいない夫婦には縁のない場所だ。はじめて近所にロイヤルホストができたのは高校生の頃だったろうか。あの頃はとにかくお洒落なレストランだった。最初は家族で出かけ、その後は友達と行った。短大の頃はサークルの友人としょっちゅうお喋りをした。コンパの後に女性だけで反省会を開いたこともある。

熱いフライドポテトを口に運ぶとふいに胸が詰まった。ビールで口の中の油を洗い流す。胸焼けではない。懐かしさが痛いせいだ。

「チョーコのせい、て言うてはったやん。あれはどういうこと？」

「チョーコにはなんの罪もないんやけど……やっぱりきっかけはチョーコとしか言いようがないんです」

　都がピザを一切れ皿に取ってからタバスコを振った。びっくりするほどの量だった。

「あたし、子供の頃からずっと『御曹司』のリーチのファンやったんです」

「御曹司」というのは一九八〇年代に一世を風靡した男性アイドルグループだ。中でも一番人気はリーチこと川島理一郎で、童顔で声変わりしきれていないような甘い声が特徴的だった。歌は下手だったが、ダンスが上手で愛嬌がある。カッコいいイケメンではなく「教室で隣の席にいるような」「喧嘩ばかりしているけどかわいい弟のような」タイプだ。

「元々、四歳年上の姉がリーチの大ファンで、毎日、テレビを観てCD聴いてポスター貼ってキャアキャア言うてたんです。そんなとき、リーチとチョーコの熱愛が発覚して、姉がショック受けて大騒ぎして。あたしはまだ八つやったんですけど、姉と一緒にリーチの謝罪会見とか観たんです。それがリーチのファンになったきっかけで」

「謝罪会見で？　なんでまた」

「謝罪するリーチがすごく一所懸命に見えて母性本能くすぐられたというか、自分が守ってあげな、って思たというか……」

「ええーっ、八歳で？」

「嘘みたいやけどほんまの話なんです。で、歌番組録画して、CD買って、ファンクラブ入って、日本全国ライブ行って。『御曹司』が解散してリーチがソロになっても追っかけてました。……一昨年まで」

都が豪快にビールを飲み干しお代わりを頼んだ。喜佐はちびちびと飲みながらほうれん草を食べた。

「なんで急にファンやめたん？」

「リーチが硫酸事件の真相を告白したからです。チョーコに硫酸をかけたのはチョーコの親衛隊だったんだけど、実は僕のファンに焚《た》きつけられてやった。そもそも、チョーコが僕を誘ったんじゃなくて、僕がチョーコを落とした。チョロいもんだった、って」

タバスコで赤くなったピザを口に押し込むと、都が二杯目のジョッキを空にした。すぐにお代わりを頼む。どうやらかなりの酒豪のようだ。

「ああ、そんなんあったような、ないような……」

「自分のＹｏｕＴｕｂｅチャンネルで言うたんですよ。週刊誌やワイドショーではそこそこ話題になりました」

野菜も食べな、と都の皿にサラダを取り分けた。綺麗にパプリカを盛り付けると都が丁寧に頭を下げた。

「それがファンやめるきっかけ？」

「はい。なんかすごく言い訳がましくってみっともなかったんですよ。負け惜しみって言うか、僕は年上の美女を手玉に取ったんだぞ、っていう強がりに聞こえたんです。なんなんコイツって思たら突然冷めてもうて、若作りの気持ち悪いおっさんにしか見えへんようになって」

チョーコが魔性の女と言われるのは男たちを虜《とりこ》にするからだけではない。男たちを破滅させるからだ。チョーコが選ぶのはいつも年下の男。そして、男たちを夢中にさせた後、あっさりと振ってしまう。捨てられた男たちは傷つき、怨み、荒れる。自暴自棄になって仕事がダメになる者もいた。リーチだってそうだ。チョーコとの熱愛報道以降は目立って人気が落ちた。

どんなに恋を繰り返して男を渡り歩いても、別れ際の綺麗な女はいる。別れた相手から怨まれずに「ああ、いい女だった」と言われる慈母《じぼ》のような女だ。だが、チョーコはその対極だ。世間は、悪女としてのチョーコをあがめ奉《たてまつ》るファンと蛇蝎《だかつ》のごとく嫌う者とで二分されていた。

三杯目のジョッキを握りしめ、都が突然泣き出した。喜佐は慰めようかと思ったが、酔っているのだろうからしばらく放っておくことにした。ひとしきり泣くと顔を上げ、都は再び話しはじめた。

「でね、あたし、こんなことではあかん、と思て三十年近く集めたファングッズをすべてお焚き上げ供養に出したんです」

「うわー。そこまでするなんて、よっぽどの覚悟やねえ」

「三十年間の念がこもってるんですよ。そのまんま捨てたらあかんような気がして」

「まあねえ」

ただの念ではなくもはや怨念《おんねん》だろう、と思ったが口には出さなかった。

「アラフィフのアイドルより現実の男、と思てアプリで婚活はじめたんです。で、マッチングしたのが酒井《さかい》和人《かずと》。……偽名やったけど。カフェチェーンの店長をやってたけど激務で身体を壊したから、仕事辞めて静養中って言うてました」

ぐずぐずと洟を啜りながら都がうなずいた。

——すみません。最初に言うときますが、僕は病気で療養してたので今、お金がありません。

でも、やっぱりコーヒーが好きなんです。いつか自分のカフェを開きたいと思てます。

——いえ、正直に言ってもらえて嬉しいです。

——お菓子作りが趣味って書いてあったからダメ元でいいねしたんです。都さんみたいな人とマッチングできてほんまにラッキーやった。まさに運命の出会いです。

「あたしも運命やと思いました。リーチんときと一緒です。ダメなところを隠さずに告白する和人に惚れてもうたんです」

——僕がコーヒーを淹《い》れて都さんの手作りケーキを出す。完璧やと思いませんか？

——お菓子作りは好きやけどプロやありません。ええんですか？

——いかにもプロが作ったようなケーキやなくて、僕のコーヒーとのマリアージュを優先して欲しいんです。今、女性に受けてるのは焼き菓子。オーセンティックでありながらグラマラスでエロティック。見た目はシンプルでもファビュラスでリッチなお菓子です。

「……は？　ファブ……？」

思わず訊き返した。

「ファビュラス。なんかめっちゃゴージャスで素晴らしくて素敵、みたいな感じです」

他にもよくわからない単語があったようだがもう憶えていなかった。

「普通、そこで気い付きますやん。……なにがファビュラスやねん。この男、胡散臭いわ、って。でも、あたしアホやからぽかんとしてたんです。そしたらなんて言うたと思います？」

——要するに、見た目は都さん、でも味は叶姉妹。そんな感じのお菓子です。

「今、思たらめっちゃ失礼なこと言うてますよね。でもね、そんときはぽーっとしてもうたんです。あたし、叶姉妹と並べられたわ、って」

「あー、申し訳ないけど、それはアホや」

「でしょ？　でもね、あたしは舞い上がってしもて、和人とカフェやる未来しか見えへんようになったんです。喜佐さん、最近流行りのカフェってどんなんかわかります？」

「オバさんには入りにくいオシャレなやつ？　物がすくなくて無機質なインテリアで」

「そうです。その手の意識高い系のカフェか、昭和レトロのほっこり古民家カフェのどっちかです。でもね、その二つって正反対のようでも、意外とメニューは共通してるんです。パティシエの作る凝ったケーキやない。クロテッドクリームを添えたスコーン、カラメル苦めの固いプリン、ジャムを挟んだビクトリアケーキ、スパイスの効いたキャロットケーキみたいなやつです」

「へえー、なるほどねえ」

ようやく一杯目のジョッキを飲み干すと、すぐに都がお代わりを頼んでくれた。

「……って和人が言うてました。ほんまに口がうまかったんです」

——僕はコーヒーの勉強のために原産地を訪ねたこともある。そこで子供が酷使される農園の酷い状況も見た。僕はフェアトレードの豆を使いたい。

「熱く語る和人の眼は真っ直ぐで、思わず身体が震えました。こんなにも人を好きになったのはリーチ以外ではじめてでした」

——ねえ、店の名前どうしよ？

——そんなの決まってるやろ。和人の和、都の一文字ずつ使って和都《わと》珈琲店や。

「あたし、涙が出そうになりました。その半月後、すごくいい物件が出たので二人で見に行ったんです。老舗の洋食屋やったというレトロな物件です。煉瓦《れんが》造りでツタが絡まってて円窓があって。ほぼ居抜きで使えるから格安だ、と。とりあえず手付けで百万払いました。それから改装工事の依頼をして、新しいオーブンを買ったりとか。……知ってはります？　業務用の製菓オーブンってメチャクチャ高いんですよ。一台百万以上するんです。なんやかんやであっという間に五百万以上飛んで行きました」

「それ、みんな都さんが出したん？　おかしいと思わへんかったん？」

「そのときはほんまに思わへんかったんです」

——店をはじめたら運転資金で融資を受けたりすることもあるやろ。でも、そのときに僕の名前で借金があったら貸してもらわれへんかもしれへん。悪いけど、都が立て替えてくれへんか？

「ある日突然和人と連絡が取れへんようになりました。アパートも引き払ってて。そのときには、一千万以上を渡してました。それきりです。で、ずっと落ち込んでたときにチョーコが『細雪』に出るって聞いたんです。くそ、すべてのはじまりはこの女や、って腹立って……ケンカ売るくらいの気持ちでわざわざ高いチケット取ったんです」

「気持ちはわかるけど、それ、八つ当たりやん」

「でもね、あの人、もう五十六ですよ。あたしより十八も上。そやのに、あたしよりずっと綺麗で若く見えるんですよ。腹立つやないですか」

うわあん、と都が泣き出した。横の幸せそうな大学生カップルがこちらを見た。サラリーマンと老人は顔も上げなかった。

「そんなん言うたら、私かてチョーコより二つ上なだけや。惨めになるから言わんといて」

チョーコは若い頃から変わらず美しい。妹のハナコとは不仲がささやかれていたがコンビを解消することもなく、舞台では姉妹漫才を披露していた。

チョーコは男が途切れたことがないと言われ、三度結婚してすべて離婚した。相手はいつも年下で、最近では親子ほど歳の離れた若い売れっ子小説家と籍を入れた。半年しか続かなかったのだが、振ったのはチョーコのほうだという。

それだけならただの年下好みだが、チョーコは二股三股が当たり前だった。昔、三角関係の修羅場を写真週刊誌に激写されたこともある。自分を平手打ちした女を表情一つ変えず冷ややかな眼で見下すチョーコは完璧な悪役だった。

さすがに三杯目になるとピッチが落ちた。都のビールはジョッキにまだ半分ほど残っている。

「すみません、あたしばっかり喋って。喜佐さんはチョーコのせいで隠し子疑惑とか言うてはりましたが……」

「そう。実は半月前の検査で夫にガンが見つかってん。ステージ4でもう手遅れなんやって」

「えっ……」今度は都が絶句する番だった。

「保《も》って半年らしいわ。それで、告知を受けた夫が隠し子のことを告白したわけ」

今年の六月のことだった。夫は人間ドックで引っかかり総合病院で再検査の指示が出た。そんなとき、あの地震が起こった。夫は関西電力の関連会社に勤めていた。ライフラインの復旧に奔走し、しばらくは家に帰って来ることもできなかった。

電力供給が回復し仕事が落ち着くと、今度は損壊した自宅のことで忙しかった。自宅の被害はひどかったが半壊までは認定されず一部損壊となった。ようやく病院に行くことができたのは半月前のことだった。

一週間後、夫婦で結果を聞きに行った。どちらもある程度の覚悟はできていたはずだった。だが、そんな覚悟など頭でっかちの根拠のない妄想にすぎなかった。やっぱり二人とも打ちのめされたのだ。

助かる可能性はほとんどないと言われたが、夫は闘うことを選んだ。手術をし、抗がん剤での治療をすることになった。喜佐はできるだけ普段通りに振る舞った。こちらが気遣いをしていると悟られぬよう、わざとらしい慰めや励ましで夫に負担を掛けぬよう、何事もなかったかのように、と。

入院前日のことだ。話がある、と夫が切り出した。

——あの地震がなかったら、もうすこし長く生きられたかもしれへん。もしかしたら助かったかもしれへん。でも、しゃあない。こんなことになったのも罰が当たったからやと思う。

——罰？　一体なんのこと？

——実は僕には子供がいてるかもしれへん。

青天の霹靂《へきれき》という言葉はこんなときのためにあるのだな、と夫の妙に自信に満ちた顔を呆然と眺めていた。だが、その雷鳴はずいぶん遠くから聞こえてきた。かすかな響きは現実味がなくて、まるで他人事のようだった。

——ずっと黙ってて喜佐には悪かったと思てる。でもほんまに最近予感があったんや。チョーコのことや。あれが神様のお告げやったんかもしれへん。

——チョーコ？　チョーコってあの「カサブランカ」の？

——そうや。再検査で病院行った日の朝、テレビにチョーコが出てたやろ。「細雪」の舞台の宣伝で。

あれからずっと遠い雷鳴を聞いている。一向に近づいてこない。まるで自分が生乾きの洗濯物になったような気がするのだ。

「チョーコのことが神様のお告げ、ってどういうことですか?」

都が途方に暮れたような表情をした。まるで我が事のように親身になって困ってくれている。いい人だ、と思った。

十月二十七日　午前零時三十分

日付けが変わってミナミの街もすこし人が減った。

外で飲んだのは久しぶりだ。酔いが気持ち良く回って全身がふわふわとしている。互いに愚痴を吐き出して、喜佐は久しぶりに胸のつかえが取れたような気がした。

「ちょっとぶらぶらせえへん?」

「ええ、酔い覚ましに歩きましょか」

二人は戎橋筋を南に下ってなんば駅までやってきた。ほんのすこし胸が苦しくなる。駅の向こうにはなんばCITYがある。イタ飯を食べた店はまだあるのだろうか。

都は勤めている包材卸売会社のことを話している。給料は安いけど休みだけはきっちり取れるからホワイト企業なんです、と。

駅前ロータリーはタクシーが行列を作っている。酔客の笑い声を聞きながら南海通に入った。なんばグランド花月をちらりと横目で見て千日前筋へ曲がる。再び北上した。

結婚前、夫とよくミナミを歩いた。甘党の夫のお気に入りは「純喫茶アメリカン」と「丸福珈琲店」のホットケーキだった。どちらもバブルに取り残されたようなレトロな老舗喫茶店で、二人で分厚いホットケーキを食べながらたわいない話で盛り上がった。あの頃は心の底から夫を信じていた。裏切られる未来が来るなど想像もしなかった。

夫の告白を聞いた夜、眼が冴《さ》えて眠ることができなかった。ベッドを抜け出し、深夜の居間でつくねんとソファに座っていた。

夫の気持ちを受け止めきれず、また自分の気持ちの遣り場も見つけられない。ずっと裏切られていたこと、ずっと隠し事をされていたことは辛いし悔しいし腹立たしい。だが、そんなことよりも喜佐の心を傷つけたのは、自分の夫が妊娠したかもしれない女を見捨てたという事実だ。

これからどうすればいいのだろう。過去の浮気だ、済んだ話だ、と許すべきなのか。それとも、きちんとケジメを付けるべきなのか。幸い自分には仕事がある。離婚しても金銭面での不自由はない。許す必要などないのだ。浮気夫、隠し子がいるかもしれない夫など捨ててしまえばいい。自分の意思でそのどちらも選べるのだ。……夫が末期のガンでさえなければ。

嘆息して天井を見上げた。蛍光灯の青白い光が白いクロスに反射している。そう、もう自分は選べない。ケジメを付けようと思えば、死に逝《ゆ》く夫を許せない狭量な妻、夫を見捨てた冷酷な妻になってしまう。

遠くから新聞配達のバイクの音が聞こえてくる。ふいに寒さを感じて身震いした。夜明け前の合皮のソファは滑らかだが冷たかった。

もし、すばるが生きていたら、と思う。すばるはかわいがっていたシェルティ犬で去年の秋、十五歳で死んだ。すばるならきっと慰めてくれただろう。隣に座って白とブルーグレーの毛皮で喜佐を温め、濡れた鼻を喜佐の頰に押しつけそっと舐めてくれたはずだ。

すばるを看取ったときを思い出した。老犬介護は想像以上に大変だった。有休を取って病院に連れて行き、家では昼も夜も懸命に世話をした。だが、今はもうあのときほどの気力は残っていないような気がする。

心の中ではもう夫を見捨てているのかもしれない。夫に寄り添うことができないかもしれない。ちゃんと看取らなければならないのに――。

どうやってケジメを付けたらいいのだろう。自分の心の落とし所を見つけられない。

次の瞬間、ケージーメー、と近藤真彦の真似をするチョーコの姿が浮かんだ。思わず舌打ちし、もう一度天井を見上げる。青白く輝くクロスが眼に痛かった。


気付けば再び道頓堀に戻ってきた。

キャッチに相手にされない二人は欄干にもたれて川を見下ろした。

橋の下は遊歩道になっていて若者が大勢たむろしている。みな、地べたに座り込み、思い思いの姿で寛《くつろ》いでいた。スカートから下着が見えている女の子もいる。昔ながらの不良は見当たらず、みな大人しい普通の子のようだ。ときどき突然甲高《かんだか》い笑い声が上がることもあるが、どちらかと言うとみな疲れ果てているように見えた。

そのとき、少女の取り乱した声がした。川沿いの遊歩道から橋へと上がる階段の上でなにかトラブルがあったようだ。

「お、痴話ゲンカですか？」

すこし酔っている都が手庇《てびさし》で言った。どれどれと喜佐ものぞいてみると、少女が少年グループに追いすがっているようだった。少年たちは無視して行こうとするが、少女は一人の少年の腕を摑んで離さない。

「大樹《だいき》のＬＩＮＥ教えてや」

「知らん。俺らも全部消された。あいつ本気で逃げたんや」

「嘘や。誰か知ってるはずや」

「知るか」

少年たちは揉めながらこちらに近づいてきた。

「離せや、俺らなんも知らん」

少年が無理矢理に少女の手を振り払い、駆け出した。

「待ってや」

叫びながら少女がよろけて都に突き当たった。足許が少々怪しかった都はどすんと尻餅をついた。肩からバッグが外れて飛んで、ぺたんこのバレエシューズが片方脱げる。その足に少女がつまずき、見事に都のお腹の上に乗っかった。都はぐえと言いながら、慌てて手で口を押さえた。

少女は都のお腹の上で動かない。呆然と雑踏に消えていく少年たちを見送っている。

「ほら、あなたも下りて下りて。……都さん、大丈夫？」

少女がのろのろと下りると、都はお尻をさすりながら半身を起こした。

「あー、ちょっと痛いけど大丈夫」

バッグとバレエシューズを拾い集め、都に手渡した。

「尾てい骨折れてへん？　昔、同じ部署で階段から落ちて尾てい骨折った人おったわ」

「そこまでは痛くないから折れてへんと思う」

「よかった」

靴を履き、ワンピースの裾を直して都が立ち上がった。次に少女に眼を遣ると、地べたに座り込んだまま動かない。

「どうしたん、どっか怪我した？」

少女はうつむいたままじっとしている。かがみ込んでその顔をのぞき込んで、はっとした。少女は声を立てずに泣いている。喜佐は都に眼で合図した。

……三人目。

都も眼を見開き、それから黙ってこくこくと二度うなずいた。

少女の髪は黒のストレートで胸のあたりまである。化粧はしているが極端に濃くはない。服装は綺麗なオレンジのシャツに黒のぴったりしたパンツ、それに白のスニーカーだ。ごく普通の格好だった。

「さ、立ちや。服が汚れてまうよ」

少女の腕を取って立ち上がらせようとした。少女がのろのろとお尻を上げると、下からぺちゃんこになったカピバラのマスコットが出てきた。

「あっ」都が声を上げる。

少女はひしゃげたカピバラをしばらく無言で眺めていたが、再び崩れるように座り込んだ。そして、号泣しはじめた。

ああ、と思わず胸を押さえた。子供だ。子供が泣いている。都も先程号泣したがそれとはまるで違う。これは赤ん坊の泣き方だ。全世界に拒否されたと感じたときの泣き方だ。自分には子供はいない。なのに、子供が苦しむ姿はどうしてこんなに辛く感じるのだろう。

「大丈夫、大丈夫、泣かんでええ」

少女の横に膝を突くと、精一杯優しく、精一杯軽く、精一杯なんでもないことのように言った。

「私ら、男運のない女やねん。しかも酔っ払い」

一瞬、少女の泣き声が止んだ。顔を上げこちらを見る。

「私は夫の隠し子疑惑が発覚した女。こっちの人は結婚詐欺に遭《お》うた女」

「そうそう。一千万盗られた女」都が加勢してくれた。

安っぽいドラマの台詞のようになったが、成功したようだ。少女の眼からすこしずつ緊張が消えていく。

「私らもさっき知り合《お》うたばかりやねん。橋の上で泣こうと思たら横の人に先に泣かれて。お互いに男運が悪いことがわかって意気投合して飲んでたわけ」

喜佐は逡巡《しゆんじゆん》した。人のプライバシーに平気で踏み込むデリカシーのない人間は嫌いだ。だが、今はその嫌な人間にならなければいけない気がした。

「で、あなたは？」

「え？」

少女が一瞬怯えたような眼をした。喜佐はもう一息押してみることにした。

「あなたも男運のない女と違うん？」

こんなの厚かましい「大阪のオバさん」だ。いや、「オバハン」だ。横で都がハラハラしている。自分よりも二十歳も若い都にはここまで図太い真似はできないのだろう。

少女は唇を固く結んで黙っている。だが、その眼には戸惑い、怒り、恐れ、といった様々な感情が浮かんでは消えていった。決して他人を拒んで石になっているわけではない。

「男運のない女同士や。安心し」

きっぱりと、でも笑いながら言った。すると、少女の顔がふいに緩んだ。しばらくためらっていたが、やがて絞り出すような声で呟いた。

「うちは彼氏に捨てられた。ＳＮＳも全部ブロックされて連絡つけへん。だれも連絡先知らんって」

それだけかと口に出しそうになって慌てて呑み込んだ。この年頃の女の子にとっては大事件なのだろう。都をちらと見る。やはりなにも言わない。だが、なにか拍子抜けしたような表情は隠せていなかった。

くだらない、と一言で片付けるのは簡単だ。でも、この年頃にはこの年頃にしかわからない辛さがある。子供には還暦女の惨めさがわからないように。

「……それで？」

「わからへん。もう嫌や。なんも考えたない」

少女が堪《こら》えきれずに泣き出した。それからはなにを話しかけても泣きじゃくるだけだ。喜佐も都も途方に暮れた。

午前零時四十五分

ぐすぐすと洟を啜る少女を連れて千日前筋のカラオケボックスに移動した。都がスマホを取り出し手続きをしてくれた。

「あたし、カラオケ好きやから会員なってるんです」

まず、レジ横のドリンクバーで飲み物を作ることにした。喜佐はジンジャーエール、都はコーラ、少女は氷抜きのメロンソーダだった。

113ルームに入ると思ったよりも狭かった。真ん中のテーブルを囲んでコの字型にソファが置かれている。三人がそれぞれの辺に座った。

モニターには見知らぬアイドルグループのインタビューが流れていた。都がマイクとデンモクを充電台から外してテーブルに置いた。

「とりあえず一曲歌う?」

マイクを少女に向けた。場の空気を読まずにウキウキしているように見えるが、都なりに気を遣っているようだ。少女は黙って首を横に振った。

「もしかしたらカラオケとか好きやない?」

「……滅多に来ることないから」

「へえ、最近の子はそうなん。あたしらんときは、なにかあったらとにかくカラオケやったわ。高校でも会社でも打ち上げとか二次会はカラオケ。とりあえず流行りの歌は練習せなあかんかったんよ。みんなが知らん歌を歌《うと》たらNGやから。……じゃ、喜佐さん、どうぞ」

ため息をつきながらマイクを回してきたが、ごめん、と断った。

「私もほんま言うといい思い出ないねん。若い頃はいろいろあったわ。上司とデュエットするために懐メロ演歌憶えて、そしたら勝手に肩組まれたり腰に手を回されたり。部署の忘年会の余興で『セーラー服を脱がさないで』をやらされたこともあったわ。女の子はみんなセーラー服着せられて踊らされて……。私、音痴やったから辛かったわ」

今ならセクハラ案件だ。でも、昭和なら当たり前だった。

「……キモっ。なにそれ。嫌すぎ」

少女が信じられない、と心の底から嫌そうな顔をした。それからぼそぼそとまるで言い訳するように呟く。

「カラオケ行くのはガチで歌好きな子。みんな自分の好きなのを歌う。他人の歌に文句なんか言わへんし」

「そうなん。ええ時代になったねえ」

「ほんまに」

都と顔を見合わせて、しみじみとうなずいた。

都がマイクとデンモクを片付けると、スピーカー音量をゼロにした。部屋の中が静かになって、他の部屋の歌が聞こえてきた。

「じゃ、仕切り直し。まずは自己紹介しましょか。私は橋本喜佐。五十八歳。夫がガンの告知をされてショックを受けてたら、実は隠し子がいるかもしれへん、と告白されてさらに衝撃受けてるとこ」

「あたしは田島都。三十八歳。アプリで婚活はじめたら彼氏ができた。結婚して一緒にカフェをやる約束をしたら一千万円持ち逃げされて呆然としてるとこ」

少女は小さなため息をつき、それからおずおずと口を開いた。

「西本サエ。十八歳。彼氏に捨てられて絶望してるとこ」

少女が口調を揃えてきた。無意識かもしれないがまだ余裕がある証拠だ。ほっとしたとき、都がふいにへえ、と声を上げた。

「今、発見した。十八と三十八と五十八。綺麗に二十歳差やん」

「あ、ほんまや。凄いわ」

サエが冷めた眼で見ているので、笑いながら言葉を足した。

「こういうのってただの偶然のようで偶然やないねん。なにかしら意味がある。後でわかることも多いけど。……そうそう、変なこと訊くけど、あなた、まさか『カサブランカ』のチョーコになにか心当たりある？」

「チョーコ？」

サエがきょとんとした表情をした。そもそも「チョーコ」を知らないようだ。

「ごめんごめん。若い人は知らへんかー。『カサブランカ』っていう漫才コンビ。チョーコとハナコっていう美人姉妹で若い頃はものすごく人気があってん。今でも時々テレビに出てるんやけどねえ」

ジェネレーションギャップにすこしショックを受けながら説明すると、都が苦笑した。

「最近の若い子はテレビなんか観《み》いひんからねえ。動画配信とかのほうが人気あるし」

「あー、ＹｏｕＴｕｂｅとか？　そんな面白いん？」

「テレビよりかは」

ぼそりとサエが答える。どちらもすこしも面白くなさそうに聞こえた。

そうか。これが若い子の価値観か。子供がいれば、きっとこんな会話を親子でしているのだろう。そんな些細《ささい》な日常を送っていたのだろう。子供がいれば。いや、サエの年代なら下手をしたら「孫」かもしれない。

サエはメロンソーダに口を付けないままだ。精一杯、明るく軽く言葉を続けた。

「えーと、話を戻して『男運のない女』大会やね。まずは私から。……すこし前、夫に病気が見つかって余命宣告されてん。でも、夫はあきらめずに手術を受けることにしたんよ。そして、こんな告白をしてん。もしかしたら隠し子がいるかもしれへん、て」

……当時、接待で使《つこ》てた「ユニバース」いうキャバレーで、ある女の子と仲良うなった。その子の本職は漫才師やけど、売れてへんからキャバレーでバイトしてたんや。「カサブランカ」の後輩で、チョーコのこと、姐さん姐さん言うて慕《しと》てた。

その子が心斎橋筋2丁目劇場に出た日のことやった。

客席は若い女の子ばっかりでアイドルのライブみたいですごい盛り上がりやった。そこへ出てきてピアノ弾きながら漫才したんや。相方の男との息もぴったりで、これまでで一番ウケてた。

その夜、その子と会うて晩御飯を食べた。小さいお好み焼きの店や。

――ほんまにピアノ上手いんやな。僕、びっくりしたわ。

――音大目指しててん。あたしがピアニストになるのが親の夢やったから。

せっかくウケたのに、すこし浮かない顔だった。

――へえ、ええとこのお嬢さんなんやな。でも、これからはピアノ芸で一発当てられるかもしれへんな。

その子は返事をしなかった。豚玉の上で頼りなく踊るカツオブシをじっと見ている。

――あたし、昨日、病院行ってってん。三ヶ月やって。

――え？

――妊娠してるって。

――まさか、僕の？

その子は黙ってうなずいた。

——そんないきなり言われても。

僕はすっかり動転してた。その子は豚玉を見下ろしたまま、こらえきれずに涙をこぼした。

——チョーコ姐さんにあれほど言われたのに……。

——ちょ、ちょお待ち。そんな簡単に決められること違うやろ。な、落ち着いて考えよ。相方には言うたんか？

——まだや。どうするか決めてから話そうと思て。

——どうするって……まさか産むつもりか？

——まだわからへんけど、でも……。

それきり僕は逃げた。会社も教えてへんかったし、あの頃は携帯もなかった。店に行けへんようになったらそのまま切れた。


夫の裏切りを聞かされ、ぶるぶると身体が震えだした。怒りやら絶望やら不信やら、ありとあらゆる負の感情が渦巻く氷の海に放り込まれたような気がした。

——そんな大事なこと、ずっと隠してたん？　昌也はずっと私に嘘ついてたん？

——すまん。怖くて言われへんかった。気にするな、忘れるんや、って自分に言い聞かせてたけど心の底にわだかまったままで……。でも、嫁入り前の娘の格好してるチョーコをテレビで見たら、その子がダブって見えた。そして、思った。……ああ、これは神様からの罰なんや、って。

テーブルには記入済みの入院書類が広げてある。その上にぽたぽたと夫の涙が落ちた。

——まさか産んでないと思う。でも、逃げたこと、心から後悔してる。病気になったんは罰が当たったからや。

　夫は顔を覆ってすすり泣いた。


　う̶ーんと都がうなって腕を組んだ。

「あたしが言うのもなんやけど、それ、あんまりチョーコ関係なくない？　あたしの八つ当たりとええ勝負やわ」

「八つ当たりと言われたらそうかもしれへんけど……夫の中では完全な因果応報《いんがおうほう》らしいわ。若い頃に浮気した。子供ができたかもしれへん女を捨てた。チョーコ観て過去を思い出したんは、天罰が下る、死期が近いっていう神様のお告げ、自分の運命なんや、って」

「まあ、たしかにそういう虫の知らせっていうのはあるかもしれへんからねえ」

「でもなんかね、罰が当たった、って言い方が無責任に聞こえたんよ。神様とかチョーコとかが悪いみたいで」

　ふいにサエが顔を上げ、じっとこちらを見た。

「じゃあ、入院してる人を見捨てるつもりなん？」

　にらんだ、と言ったほうが正しい。突然向けられた敵意に思わずたじろいだ。

「見捨てたわけやないよ。でもね、夫は自分が死ぬとわかったら過去の浮気を告白してん。病気にならへんかったら一生黙ってるつもりやったってこと。卑怯やと思わへん？」

「逃げる男は最低や。でも、ほんまにその人のことが好きやったら許すべきや。せめて入院してるときくらいそばにいてあげるべきや」

「手術の時はそばにいたよ。でもね、正直言うて、もう昔みたいな気持ちでは寄り添われへんねん。ほんまに好きやったかどうかもわからへんような気がして」

「……なにそれ」

サエが吐き捨てるように言うと顔を背けた。喜佐は当惑して口をつぐんだ。サエの激しい怒りが自分に向けられている。「男運のない女」たちはみな誰かに八つ当たりしている。自分と都はチョーコに。そして、サエは眼の前の喜佐に。

「まあまあ、サエちゃんもそんなに怒らんで」

都がおろおろと仲裁に入った。サエはそっぽを向いたままだ。

残ったジンジャーエールを飲み干した。氷が溶けて薄くなっているのに、なにかやりきれない甘ったるさが喉に残った。

「で、サエちゃんはどうしたん？　彼氏にブロックされただけ？」

サエはうつむいたままだ。もう一押しした。

「見ず知らずのオバハンについてくるなんて、よっぽど辛い事情があるんと違う？」

サエはすっかり泡の消えたメロンソーダを見下ろしている。カラオケボックスの薄暗い照明では綺麗なはずの緑は濁って見えた。

「大丈夫。あたしら、みんな男運のない女やん。愚痴大会やねんから遠慮せんでええよ」

都がのんびりと、でもやたらと説得力のある口調で語りかけた。

サエが一気にソーダを半分飲んだ。そして、ぽつぽつと話しはじめた。

「あたしのほんまの名前は房枝《ふさえ》。お母さんはもっとかわいい名前をつけたかったのに、お祖母ちゃんが嫌がらせで勝手に決めてん」

午前一時

サエは堰《せき》を切ったように話しはじめた。

「うちの家はお祖母ちゃんと同居してたんやけど、お母さんとあんまりうまく行ってへんかってんて。で、お母さんがあたしを産んで入院している間に、お父さんとお祖母ちゃんが勝手に名前決めて出生届を出したんやって。だから、お母さんはずっとお父さんとお祖母ちゃんを怨んでて」

「それはお父さんとお祖母ちゃんが悪いわ。お母さんがかわいそうや」

思わず声を荒らげてしまった。

「そうやそうや。亭主がマザコンなんて最低やん」

都も怒りを露《あら》わにした。サエは一瞬ほっとした顔をし、再び話を続けた。

「お母さんは房枝っていう名前が大嫌いやから、あたしを房枝って呼ばずにサエって呼んだ。病院の受付とかで本名を言わなあかんときは、ふサエって言うねん。『ふ』だけめちゃくちゃ声が小さい。まるで『ふ』が小文字みたいやねん。……小さい頃、はっきりと覚えてることがあって……。友達のお母さんがうちのお母さんに……房枝ちゃんママ、って話しかけてん。でも、お母さんは返事をせえへんかった。聞こえへんふりしてん」

サエの言葉がそこで途切れた。小さなため息をついて黙り込む。

「それはちょっとあかんわ」

「うん、自分の名前で八つ当たりみたいなんされたら傷つくわ」

喜佐と都が口々に文句を言うと、サエが慌てて言い訳をした。

「でも、そんだけやから。別に虐待されたわけやないから」

サエが母をかばう様子はほっとするような、でもかえって痛々しいような気がした。


子供が生まれたらどんな名前をつけようか。夫とそんな話をしたことがあった。

結婚して二年目に妊娠した。だが、その子は六ヶ月で流産してしまった。その後、一度も妊娠できなかった。病院で検査を受けたが特に問題はなしとのことだった。不妊治療をするかどうか迷ったが、夫は消極的だった。

――自然に任せようや。できたらそれでええ。もしできへんかったとしても、それは僕らがそういう夫婦、そういう運命ということや。

子供はエゴで持つものではない。夫婦の合意がなければ諦めるしかない。わだかまりを抱えつつも夫と暮らし、毎月生理が来るたびに静かに落胆していた。

転機は三十五歳になったときに訪れた。阪神・淡路大震災が起こったのだ。建物が倒壊し、人々が押し潰され、その上を火が襲った。短大時代の友人が何人も亡くなった。一番の親友の家は跡形もなく焼き尽くされ、夫婦と子供二人の全員が亡くなった。つい数日前に電話で話したばかりだった。春に長女が小学校に上がるというので入学祝いを贈るつもりだったのだ。

なんの罪もない膨大な人の死を目の当たりにし、しばらく放心状態だった。それから言いようのない焦燥を覚えた。そして、最後に自分でもどうしようもないほどの激しい欲求が湧き起こってきた。子供が欲しい、子供を産みたい、と。

夫は乗り気ではなく、今さら、と突き放した。だが、泣いて頼んだ。年齢的にこれが最後のチャンスだ。これを逃したら一生後悔する。すると、ようやく不妊治療に同意してくれた。

その矢先、自分の両親に相次いで病気が見つかり、介護が必要になった。仕事を続けながら実家に通った。不妊治療どころではなかった。

やがて実家の介護問題が落ち着くと、今度は夫の母が倒れた。夫と二人で夫の実家に通うことが増えた。

気付くともう四十を過ぎていた。夫はどこかほっとしたように見えた。

それからは、子供を諦めていく努力を意識的に行った。最初にしたことは犬を飼うことだ。何人ものブリーダーを回ってシェルティの子犬を家に迎えた。毛色はブルーマール。夜の大理石のように綺麗な犬で、すばると名付けかわいがった。時間は掛かったが、四十五歳になる頃には子のない人生を受け入れることができた。

夫婦と犬が一匹。互いに収入があって生活には困らない。趣味もある。友人もいる。

自分たちのように互いを名前で呼び合う夫婦は少数派だと知っている。短大時代の友人や職場の同僚は、子供がいるならほぼ自分のことを「お母さん」、夫のことを「お父さん」と呼ぶ。さらに、ママ友の間では「○○ちゃんママ」などと呼び合う。そんな話を聞くたび、胸の奥がちりちりした。自分の名が奪われてしまうような、あるいは自分から望んで捨ててしまうような、どこか居心地の悪さを感じたのだ。

しかし、あるとき、すばるの予防接種の際、同じシェルティを飼う若い女性と知り合った。

——ねえ、すばるくんママ。今度一緒にドッグランとか行きませんか？　あたし、車出しますよー。

一瞬面くらった。だが、不快ではなかった。「すばるくんママ」と呼ばれることを、ごく自然に受け入れたのだった。

「大樹とはミナミで……グリ下で声掛けられて付き合うようになっててん。大樹は大学生でめちゃめちゃカッコよくて優しくて、初めての彼氏やったから、うちは夢中になって……高校卒業したら結婚したいな、って」

「大樹君もそう言うたん？」

「ううん。笑ってただけ」

サエが口を閉ざすと113ルームが静まりかえった。他の部屋から昔のヒット曲が聞こえてくる。


もう一度あなたに会えたなら。

一日だけでも会えたなら。


タイミングが良すぎてみな、ぎょっとした。気を取り直した都が慰めるように明るく言った。

「そうなん。初めての彼氏に振られたんか。あたしと同じやね。でも、お金盗られてないだけマシやと思わな」

「男はそいつだけやないよ。サエちゃんにはもっといい男が現れる、ってことや。今は辛いかもしれへんけど、新しい男ができたら前の男なんかすぐに忘れて元気出るから」

わざと軽く、わざと蓮《はす》っ葉《ぱ》に言い切った。だが、サエは笑うどころか身じろぎひとつしない。

「違うねん」

はっと息を呑むほど硬い声だった。

「え？」

「違うねん。うち、妊娠してん。そしたら大樹に捨てられてん」

抑揚のない声があまりにも痛々しい。サエの血の気のない唇の端が震えているのを見ると、くだらない軽口を言った自分の頭をぶん殴ってやりたくなった。

「それで……産むん？」

都が恐る恐る訊ねると、サエは眼を伏せ首を横に振った。

「……来週、手術」

次の瞬間、サエが号泣した。大粒の涙が溢れ出してぼろぼろとこぼれる。瞬間、自分でもわけがわからないまま立ち上がって、サエの横に座ると強く抱きしめた。少女は驚いて震えたが、さらに強く抱くと力を抜いて身体をもたせかけてきた。そのまま激しく泣きじゃくる。うわあ、うわあん、とまるで幼い子供が泣いているようだ。

「手術せなあかんの。そうなん。辛いねえ」

辛いねえ、と言いながら、気付くと自分も泣いていた。何十年ぶりに掘り起こされた記憶だろう。まるで噴火だ。マグマも黒煙も身体の底から噴き出してくる。止められない。

「ご両親は知ってはるん？」

サエがうなずいた。そして、声を詰まらせた。

「お母さん、メチャクチャ泣いてうちに言うてん」

――あたしの育て方が悪かった、子育て失敗した。お祖母ちゃんのせいや。あんたの名前をお祖母ちゃんが勝手に付けたから。

「あんたをかわいがられへんかったから、あんたはこんなことする子になってしもたんや、って……」

サエが喉の奥から唸った。

少女を抱きしめたまま天井のスポットライトを仰いだ。歯を食いしばって顎を突き上げると、涙が耳の上を伝って頭の後ろへ流れていった。懸命に笑いながら言う。

「歳取ると涙もろなってあかんわ」

「ほんまに」

もらい泣きしていた都もうなずきながら洟をかんだ。

私は今日会ったばかりの子供のために泣く涙もろいオバハン？ それとも夫の余命宣告にも泣かない冷酷なオバハン？ 一体どちらなのだろう。


十月半ばに夫の手術は無事終わり、抗がん剤の治療がはじまった。

そして、五日前の日曜の午後のことだ。頼まれていた本を持って病院に行くと、夫はテレビを観ていた。それは「舞台『細雪』密着三ヶ月」と題された特番だった。

夫はチョーコを観ながらどこかうっとりしたような、安堵したような表情を浮かべていた。自分に罰を与えてくれた女神様に感謝しているようにも見えて、無性に苛々した。

――チョーコは僕らのこと反対してたみたいや。えらいキツいこと言うたらしいわ。それ聞いて「どの口が」て思たけど……当たり前やな。

またチョーコか。チョーコは魔性の女どころではない。死を告げる魔女だ。死神だ。

その気になって見ればいたるところにチョーコがいた。駅のポスター、電車の中吊り広告に「細雪」の広告があり、淡い色の上品な友禅を着た雪子役のチョーコが艶然《えんぜん》と微笑んでいる。大手メーカーのアンチエイジング化粧品のＣＭも眼に付いた。

チョーコを見るたびまた遠い雷鳴が聞こえてきた。もう生乾きの洗濯物どころではない。びちょびちょに濡れた雑巾のような気がした。

追い打ちを掛けたのは同じ部署で働く後輩で、昼休みにこんな話をしたのだ。……昨日、夫婦と娘二人で「細雪」の舞台を観に行った、と。

――すごく良かったですよ。チョーコがため息出るほど綺麗で。娘もびっくりしてました。あの人ほんまに五十六歳なん？　って。橋本さんも観るべきですよ。絶対に感動しますから。

その言葉を聞いた瞬間、猛然と反発心が起こった。

なにが感動だ。チョーコがどうした。負けてたまるか。そうだ、ケジメだ。ケジメを付けなければ。

ケージーメー、と頭の中で歌いながら、スマホを開いた。「細雪」のチケットを確認すると、当日キャンセルが出たのか奇跡的に一席だけ空きがあった。中央ブロック前から五列目。鼻息荒く購入ボタンをタップした。

夫の病院に呼ばれた、と嘘をついて午後休を取って職場を出た。

久しぶりにミナミに出て「なんばグランド花月」に行ってみた。正面には「カサブランカ　チヨーコ　ハナコ」の大きな看板が上がっている。ビルの中には「千とせ」の二号店が入っていた。プロポーズされた日、夫が言っていた肉吸いの店だ。あれから行く機会のないまま、いつの間にか「千とせ」は観光客が行列を作る店になっていた。

次に、浮気相手がバイトをしていたという店の前まで行ってみることにした。キャバレー「ユニバース」が入っていた味園ビルはまだあったが、テナントはすっかり変わっている。見たところ、若者向けのすこし変わった店が何軒も並んでいた。

千日前商店街をうろうろし、賑わう道頓堀まで来た。笑顔でゴールするグリコの看板を見ても、かに道楽の動くカニを見ても心は晴れない。それどころか、職場を出たときよりもいっそう混乱してきた。

呆然としたまま劇場に入り、椅子に座った。座席には着物姿の人が目立ち、華やいだ雰囲気が満ちている。通勤用の地味なパンツ姿なので居心地が悪い。

ベルが鳴って幕が開くと、チョーコ演じる雪子の美しさに打ちのめされ、徹底的に惨めになってしまったのだ。

午前一時三十分

「大樹は中学校からずっと私立で、いい大学に通《かよ》てた。家はお金持ちで、家族は仲良しで毎年揃って海外旅行に行くみたいな」

「イケメンでいいとこのボンボンってこと？」

「うん。大樹は今まで失敗したことがない、って言うてた。そやから、ひねくれたとこがなくて、自信たっぷりでいつもキラキラしてた。でも、他の男の子みたいにカッコつけたりイキったりするとこが全然なくて、うちにもすごく優しくしてくれた。大樹と一緒にいてると自分まで自信がもてるような気がした」

喜佐と都は顔を見合わせた。これは惚れるな、というほうが無理だ。

「大樹はね、うちの名前をバカにせえへんかった」

――サエ、ほんまは房枝って言うん？　うちの祖母ちゃんと同じや。運命感じるな。

「運命って言葉を聞いてうちは思ってん。うちがこんな名前付けられたんは大樹と出会うためやったんや、って」

運命。すすり泣くサエを見ながら、結婚指輪がはまったままの指を見下ろした。これほど便利な言葉があるだろうか。

夫との間に子供ができなかったことも運命。夫が病気になったことも運命。都が結婚詐欺師とマッチングしたのも運命。サエが房枝と名付けられて大樹と出会ったのも運命。

嬉しいときにも哀しいときにも、慰めるときにも欺すときにも、自分にも他人にも、いついかなるときにも使える。この世で一番陳腐《ちんぷ》でタチの悪い言葉だ。

過去の過ちを告白して夫は楽になれたかもしれない。だが、それはすべてこちらの感情を無視し、犠牲にして成り立つことだ。なのに、夫は罰が当たったから、これが自分の運命だと言う。罰を当てたのは神様。つまり自分は悪くないとでも言うのか。運命だから周りも黙って受け入れろと言うのか。

都がずっと黙っている。口角がすこし下がっていた。羨ましげにも、苛立たしげにも見えた。

「……で、そういう関係になって」

「避妊はしてたん？」

「してた。危ない日はちゃんとコンドーム着けてた。安全日でもちゃんと外に出してもらった。大樹も大丈夫やって言うてたのに……」

「そんなん全然避妊したうちに入れへんよ」

二人で声を揃えて言うと、サエの眼に涙が盛り上がった。

「……妊娠したから赤ちゃんを産んで大樹と家族になりたい、って大樹に言うたら、速攻ブロックされた」

サエは声を詰まらせ泣きじゃくった。その声は棘《とげ》だらけの鎚《つち》のように喜佐を打った。頭も胸も腹も手足も穴だらけのぺちゃんこになって血が噴き出ているような気がした。

「うちはほんまにいいお母さんになりたかってん。赤ちゃんの名前をちゃんと呼んであげたかった。かわいい名前。大好きな名前。いっぱい考えて名前を付けたんやよ、って言ってあげたかってん」

そうだ、あのとき私も産みたかった。ちゃんと産みたかった。ちゃんと産んであげたかった。でも、できなかった。

「そうよね、そうやよね。ちゃんと産みたかったよね……」

そう、これはもう三十年ほど前の繰《く》り言《ごと》だ。この子が生まれるよりも遥か遥か遠い昔、自分は真夜中の病室で涙をこぼした――。


昨日まではベビーベッドとベビーカーのことを考えていた。レンタルの申し込みをしなくては、と。なのに、もうそんな心配はなくなった。

そのとき、ふっと手に強い力を感じた。夫が手を握っていた。熱くて大きな手がしっかりと喜佐の手を握っている。優しくなんかない。不器用で力の加減もわからない手だ。その荒々しい力は普段の夫からは考えられなかった。

一晩中、夫の力を感じながら泣き続けた。夫はただ黙って手を握っているだけだが、力が流れ込んでくるような気がした。お腹の中の命を失うという事実を受け入れる、静かだけれど圧倒的な力だ。

――ごめん、明日も仕事やのに。

――そんなん気にせんでええ。今は眠るんや。

あの夜、自分の身体は冷え切っていた。点滴が落ちる音まで聞こえるほど静かな夜、夫と繋いだ手だけが熱かったのだ。

涙を拭いてサエを見ると、サエもじっとこちらを見ていた。

「赤ちゃんを殺さずに済む方法かてある。生まれたらすぐ養子に出すとか、赤ちゃんポストとか。でも、産む勇気なんかあらへん……」

サエが泣きじゃくった。喜佐はもう一度強くサエを抱きしめた。

本当に子供が欲しかったのなら夫ともっとぶつかって徹底的に話し合うべきだった。いや、離婚して別のパートナーを探すという道もあった。だが、夫との関係が壊れるのが怖かった。それまでの生活を捨てる勇気がなかった。

勇気という言葉は美しく尊い。しかし、勇気のない人、勇気が足りなかった人は責められても仕方がないのだろうか?

都がなにも言わず部屋を出ていった。戻ってきたときにはホットドリンク用のマグカップを三つ持っていた。

「はい、これ飲んで落ち着き」

「なにこれ」

「梅昆布茶。よう考えたら、お腹に赤ちゃんいるのに冷たいもん飲んだらあかんよね」

「どうせ手術するのに」

サエが顔を背け、わざと乱暴な口調で吐き捨てる。大人げないと思ったが許すことができなかった。

「どうせ手術するんやとしても、お腹の中にいる間は大事にしてあげるんや。来週までやったとしてもね」

落ち着いて優しく諭したつもりだが、言葉の最後がわずかに震えた。吐き捨てるふうにしか言えないサエの気持ちがよくわかる。でも、許すわけにはいかない。

サエが顔を歪めてうつむいた。

「あ、ちょっと待って。……ほんまは持ち込み禁止やねんけど」

都がバッグから白い包装紙の掛かった小さな箱を取り出した。出待ちの際チョーコに突きつけたものだ。

「都さん、これ、さっきの？」

見るからに高級感がある。箱には細い筆文字でなにか書いてあるが崩し字なので読めない。

「ええ。落ちたけどすぐに拾ったから大丈夫」都が箱を開けた。「ジャジャーン、これ、あたしのお気に入りのお菓子。喜佐さん、サエちゃん。食べてみて」

ジャジャーンという言い方がなんだかやたらとダサかった。だが、得意そうな都の顔を見ているると微笑ましく思えた。

「なると金時《きんとき》の芋きんつば。秋しか作ってへん期間限定。あたしの母親は徳島のサツマイモ農家出身やねん」

箱の中には上品な和紙の包みが並んでいる。きんつばにしては仰々しい、と思いながら一つ取った。サエはいらない、と首を横に振った。

和紙の包みを開くと、さらにセロハンで包まれている。

「なかなか勿体つけるやん。出入橋《でいりばし》のきんつばなんか剝き出しで箱に入ってるけどね」

いただきます、とすこし小ぶりの芋きんつばを一口食べてみた。

「……なにこれ。ただの芋きんつばと違う。美味しい。びっくりや」

口に入れるとねっとり、滑らかな舌触りだ。とても芋の香りが強く、砂糖は入っていない。芋本来の甘みだけだ。だが、表面の皮にはほんのすこしだけ塩味がついていて、それが芋の甘さを引き立てている。上品だけど、でもちょっと野性的な風合いのきんつばだった。

「でしょ？　これね、厳選サツマイモを使った超高級きんつばやねん。このお菓子はあたしの切り札。覚悟を見せるつもりでチョーコに渡そうとしたんやけど……そんなん伝わらへんよね」

「都さん、これ、なんて読むん？」箱の表書きを指さした。

「惺惺着《せいせいじゃく》です。ほらこれ」

都が箱に入っていた菓子の由来書きを手渡してくれた。

「あー、小さい字、老眼やから読みにくいわ」

眼を細めながら読んだ。惺惺着とは禅の言葉で己の心の奥深くに「しっかりしろ」と呼びかけている意味とある。己の世界の主人公は己自身。ちゃんと起きているか。己自身と向き合っているか。己を手放すな。静かに明らかであれ、と。

惺惺着、と心の中で繰り返した。じんじんと胸のあたりが痺れている。まさか芋きんつばに活《かっ》を入れられるとは思わなかった。そうだ、しっかりしろ。たとえどんな理不尽な世界でも、どんな失敗作の世界でも、主人公は自分だ。ここにいる三人はそれぞれ主人公なのだ。しっかりしろ――。

梅昆布茶を一口飲んで、サエに語りかけた。

「これからのサエちゃんにできることは……もし、今後、サエちゃんに赤ちゃんができたとき、泣かずに笑って喜べる人間になることや。今回みたいなことをせんで済むように」

「そんなん無理や。あたしの人生終わってる」

取り返しの付かない過ちは影のようなものだ。自分にくっついて決して剝がせない。暗いところでは見えなくなるが明るいところに出た途端に姿を現して、こちらを威嚇《いかく》してくる凶悪な獣だ。飼い慣らす方法を自分で見つけるしかない。

「……そうやね。サエちゃんは一生かかっても……償《つぐな》われへん罪を犯した」

都が口ごもりながら話しはじめて、喜佐はぎょっとした。サエがうっと呻いて、両の眼に涙が膨れ上がる。

「都さん。あんた、ちょっとそれ言い過ぎやよ」

驚いて都をたしなめた。だが、都はこちらを見もせず、つっかえながらも懸命に言葉を続けた。

「あたしの通てた女子校はガチガチのカトリックの学校やってん。ほんま厳しくて……男の人に免疫がないのはそのせいもあると思うねん。……で、聖書の授業があったんやけど、そんときにこういう話を聞いてん。……イエスが律法学者に、罪を犯した女を律法の通り石で打ち殺すのはどう考えますか、と訊かれるねん」

突然の聖書に喜佐は面食らった。サエもわけがわからないといったふうだ。涙を浮かべたまま口をぽかんと半開きにしている。都がまっすぐサエを見つめたまま言葉を続けた。「訊かれたイエスが言うねん。……この中で一度も罪を犯したことのない人が石を投げよ、って。そうしたら、群衆が一人ずつ去り、誰も残らなかった、って」

都が一旦口を閉ざした。サエがすこし自信のない口ぶりで訊ねる。

「それって……一度も罪を犯したことのない人しか、石投げたらあかんてこと？」

「そう」

「そしたら、誰も石を投げられへんかった、ってこと？」

「そう。一度も罪を犯したことのない人間なんておれへん。そやから、誰も人を責める資格はないってこと」

サエは黙っている。だが、もうその濡れた眼にはわずかだが光が見えていた。

都さん、ナイスフォローや！　いきなり聖書の話をはじめたときは驚いたが、ちゃんとサエを励ますことに成功した。

「でもね、あたしはそれ、昔からおかしいと思ててん」

都の言葉に再び面食らった。都の顔を見ると大真面目だ。

「ちょっと、都さん」

慌てて遮ろうとすると、サエが口を開いた。すこしムキになっているように見えた。

「なんで？　イエスの言うことは正しいやん。自分らかて罪を犯してるのに他人を責めるなんてズルいやん」

「あたしもズルいと思う。でも、こうも思うねん。一度も罪を犯したことのない人こそ石を投げたらあかんのと違うか、って」

「え……どういうこと……？」困惑したサエが言葉に詰まった。頼りなげに視線が揺れていた。

「じゃあね、サエちゃんは自分が中絶せえへんかったら、中絶する女の子に石投げてええと思うん？」

「それは……」

「一度も罪を犯したことのない人は、たまたま罪を犯す機会がなかっただけ、罪を犯す必要がなかっただけの、ただのラッキーな人かもしれへん。もちろん、罪を犯しそうになったけど、思いとどまったメチャクチャ強くて正しい人かもしれへんけど」

都の口調は話しはじめたときとはまるで違っていた。穏やかだが説得力があり、なんだか低反発クッションのような包容力まで感じさせた。

「そやから、罪を犯したことのない人は、罪を犯した人を非難したらあかん。思いとどまったメチャクチャ正しい人も、一度は罪を犯しそうになったことがあるんやから、非難したらあかん。罪を犯した人の気持ちを理解できるはずなんやから」

都の話を聞いて混乱していた。まるで自分が石を握りしめたまま、他人から石をぶつけられたような気がした。

しばらくの間、三人とも黙りこくっていた。隣の部屋から繰り返し聞こえてくるのは「カモンベイビーアメリカ」という能天気な歌声だ。

「なんでこんな話をしたかと言うと……」

都がほんの一瞬顔を歪めて泣き出しそうな表情を浮かべ、それから勢いよく頭を下げた。

「ごめんなさい。実はあたし、いろいろ嘘ついてた。偉そうなこと言うたけど、ほんまはとっくに会社を辞めて無職やねん」

はっと息を呑み、サエと二人で都の顔を凝視した。すると、都がふへへと恥ずかしそうに笑った。自虐とは言い切れない奇妙な鷹揚《おうよう》さがあった。

「結婚詐欺で一千万盗られたことがショックでボロボロになってん。会社にも行かれへんようになって、仕事辞めてアパートで引きこもってた。服も着替えへん、お風呂も入らんと、お菓子ばっかり食べてた。ほんまにだめになってたんやと思う」

都は朝御飯代わりのポテトチップスを食べていた。もう三日も部屋を出ていない。そろそろコンビニに行かなければ。いや、ネットでなにか注文するか。最近噂に聞くＵｂｅｒ　Ｅａｔｓというのを試してみるか。そんなことを考えていると、いつの間にかポテトチップスの袋は空になっていた。

油で汚れた指を適当にシャツで拭ってスマホを手に取った。ぼんやりネットニュースを眺めていると、こんな文字が眼に飛び込んできた。

――チョーコ、人気小説家と半年で破局。

チョーコの相手は三十歳近く歳の離れた人気若手小説家だった。その作家は都のお気に入りだった。チョーコと結婚したと聞いたときは不愉快で、持っていた本をすべて処分しようかと思ったほどだ。離婚を望んだのはチョーコで、小説家はまだ未練があるようだ、と記事は結んでいた。

瞬間、かーっと頭に血が上った。またチョーコだ。あたしが好きだったものをメチャクチャにする。これは当てつけか？　あたしを嘲笑《あざわら》っているのか？

リーチに夢中になって青春を無駄にしたことも、彼氏ができなかったことも、和人に欺されたことも、仕事が上手く行かなかったことも、一千万盗られたことも、なにもかもチョーコのせいだ。許せない。あたしが一千万失ってボロボロになって、こんな惨めな生活をしているのに、チョーコは我が儘勝手に生きている。たまたま美人に生まれただけなのに、こんなの不公平すぎる――。

日に日にチョーコへの憎しみがつのった。そんなときに「細雪」の舞台がはじまった。都は迷わず残り少ない貯金をはたいてチケットを取り、殴り込みに行くつもりで劇場に足を運んだ。そして、チョーコの美しさに徹底的に打ちのめされたのだ。

都は怒りと惨めさで混乱しながら出待ちをした。だが、間近で見るチョーコはさらに圧倒的で到底近づけない。仕方なしに離れたところから渾身《こんしん》の力でにらみつけた。なのに、チョーコはちらともこちらを見なかった。

高額なチケットを買う余裕はもうなかった。それでもあきらめることができない。毎日劇場に通って入り待ちと出待ちを続けた。それでも、チョーコが都に一瞥すら与えることはなかった。バカにするな。都の怒りは頂点に達し、とうとう切り札を使うことにしたのだ。

――あたしの一千万返してください。

都は切り札の「惺惺着」を突きつけた。自分の覚悟をチョーコに示したつもりだった。だが、チョーコは都を無視して行こうとした。

――船場のお嬢さんにはわからへんかもしれんけど、二十年も掛けて必死で貯めたお金なんです。ブランド物も買ってへんし海外旅行もしてへん。食べる物も切り詰めて貯めたお金を盗られたんですよ。あんたがリーチと付き合えへんかったら、こんなことにはなれへんかった。しょうもない男に引っかかって一千万盗られることもなかった。

すると、チョーコがゆっくりと都を見た。その眼の冷たさに心臓が止まるかと思った。

――うちが一千万円払《はろ》てあんたの気が済むんなら、なんぼでも払たるわ。でも、それであんたはまともな男と恋愛できるん？

都は息を呑んだ。身体が動かない。声も出ない。チョーコの冷ややかな声と眼に氷漬けにされたようだ。

――自分の恋愛の失敗を他人のせいにするような人間、うちは軽蔑するわ。

その声がミナミの夜空を突き抜けて天に響くような気がした。あれほど容赦のない苛烈《かれつ》な言葉を突きつけられたのは生まれてはじめてだった。

一言も言い返せず都は立ち尽くした。すると、チョーコは都から眼を逸らし、まるで独り言のように呟いた。

――人はな、自分がこれまで生きてきたとおりにしか恋愛できへんねん。うちも、あんたも。

それだけ言うとチョーコは車に乗り込んだ。

都が大きなため息をついてうつむいた。

「きつかったわ。自分の生きてきたとおりか、って。アイドルに現実逃避してたのを見抜かれたような気がして……」

しばらく黙っていたが、やがて顔を上げて、あははと頭を掻いて大きな声で笑った。

「チョーコに言われて思た。男運のなさを他人のせいにするのはやめよ、って。……その点サエちゃんは偉い。他人のせいにしてへん。あたしよりずっと偉い。そやからこんなに傷ついてるんや」

「そんなん言われても今更……」

サエが声を詰まらせた。また目に涙が溢れる。都が箱に残った芋きんつばを掌に載せるとどこか恥ずかしそうに口を開いた。

「あたしの母親は専業主婦で、あたしと一緒で地味で引っ込み思案でなんの取り柄もないタイプ。父親は亭主関白で……誰のおかげで食べていけると思てるねん、なんて平気で言う人で。そんな母のたった一つの自慢がこの惺惺着っていうお菓子」


——この芋きんつばの芋はな、うちの畑で作ってるんや。小さい頃はあたしも芋掘りの手伝いをしたもんや。美味しいやろ？　これはうちの芋の味なんや。


「毎年毎年繰り返し繰り返し言うねん。家族全員うんざりしてた。でもね、自分が結婚詐欺に遭うてボロボロになったとき気付いた。このお菓子は母のプライドや。母は徳島からだれも知り合いのいない大阪に出てきて就職して、結婚してモラハラ亭主に仕えて子供産んで育てた。孤独な母を支えたんはこの惺惺着や。お菓子一つが生きてく切り札、覚悟になるんや、って。で、あたしも真似してみた。……ちょっと使い方間違えたけど」

「一千万返してくださぃ、って要するに恐喝みたいなもんやんか。通報でもされたら、ほんま、えらいことになってたかもしれへんやん」

大げさに突っ込んでやると都が嬉しそうな顔をした。

「そうそう。でも、大真面目にチョーコに一矢《いっし》報いるつもりやってんよ。……そやからサエちゃんも今は辛くても絶対になにか切り札がある。絶対に見つかるはずや」

この人はきっとカフェ経営に向いている。自分のようにサエの肩を抱いたり、励ましの言葉を掛けたりはしない。一見、おろおろしているばかりのように見える。だが、静かで控えめな心配りは押しつけがましくなくて心地よい。学校や会社では競争に負けるかもしれないけれど、自分の場所さえ確保できればしぶとく頑張れる人だ。

「もうええ、ほっといてや」

サエが首を横に振った。

「ほっとかれへんから言うてるんやろ」

思わず声を荒らげ立ちあがった。

「あんたが泣いてるの見たとき、どんだけ胸が痛んだか。ほっとけるわけないやろ」

手と足の先が痺れて震えている。怒っているのは自分。怒られているのも自分だ。

「……私は大昔、流産したことがある。そんとき泣いた。産みたかった。ちゃんと産んであげたかった、て。そやからサエちゃんの気持ちはわかる。わかるからほっとかれへんのや」

「そうや。あたしもサエちゃんのことがほっとかれへんねん。理屈やない」そう言って、都が持っていた惺惺着をサエに差し出した。「ほら、芋きんつば食べて梅昆布茶飲み。温かいもんと甘いもんはいつでも女の味方や」

その言葉を聞くと、胸の奥でかちっと音がした。今、心のどこかに部品が取り付けられた。なくてもかまわないけれど、あれば幸せになれる小さな部品だ。

「都さん、ええこと言うやん。——温かいもんと甘いもんはいつでも女の味方。その通りやわ」

「でしょでしょ？　あたし、食べ物に関してはちょっと偉いねん」

都がオーバーに得意げな顔をする。さっきから彼女なりに精一杯の冗談を言っている。それが伝わったのだろう。サエはしばらく躊躇《ちゅうちょ》していたが、やがておずおずと手を出した。惺惺着を受け取り、口に入れる。ぼろぼろ涙をこぼしながら梅昆布茶で呑み込んだ。

温かい物と甘い物はいつでも女の味方か。芋きんつばを食べるサエを見ていると、胸の奥からじんわりと温かみが広がっていくような気がした。

「私、サエちゃんに御礼言わなあかん」

「あたしに？　なんで？」

サエが洟を啜りながら、きょとんとした顔をした。都がティッシュを差し出すと、受け取って洟をかんだ。

「サエちゃんのおかげで、私、思い出した。流産したときに夫が手を握ってくれたこと、一晩中そばにいてくれたこと。これは私にとってものすごく大切なことやった。思い出すことができたんはサエちゃんのおかげや。サエちゃん、ありがとう」

喜佐は頭を下げた。サエが堪えきれずに涙をこぼし、それから大きく口を開けて笑った。

午前五時

結局、一曲も歌わずカラオケボックスを出た。サエを家までタクシーで送って行くことにして、御堂筋に向かった。

再び道頓堀まで戻ってくると、さすがに街は静かになっていた。

夜明け前の街は人影もまばらで、戎橋のあたりにたむろしていたグループも、チケットを手にしたキャッチの男たちもいない。代わりに、朝の早い老人、早朝出勤のくたくたな人たちの姿が眼に付いた。

かに道楽の前を通り過ぎようとしたとき、ふいに男の声がした。

「サエ」

大学生くらいの男が立っていた。黒髪ツーブロック、白の長袖Tシャツとカーキのカーゴパンツ、ドクターマーチンのショートブーツを履いている。ごくシンプルな物を身に着けているのに垢抜けて見えた。イケメンでセンスが良くて、遊び慣れているようだ。

「あ、大樹……」

サエが反射的に背を向け逃げだそうとした。

「待ってくれ、サエ」大樹が慌てて駆け寄り、サエの前に立った。「あの、聞いてくれ。俺、妊娠って聞かされた瞬間ヤバい、って思て。どうしよ、ヤバいってパニックになって」

大樹の声は上ずっていたし、身体をわずかに揺すっておどおどと落ち着きがない。すっかり混乱して途方に暮れているのがわかった。

「そやから、サエをブロックして速攻でメアドも変えた。このまま逃げ切るつもりやった」大樹は一息に喋り続けた。言葉が溢れ出して止まらない様子だった。「……でも、女子高生が赤ちゃん産んで殺した、っていうニュースを聞いた。よくある話や。昔やったらなんも思わへんかったはずや。でも、もしサエがそんなことしたらて、思て。こんなこと誰にも相談できへんし……」

「……ひどい」

サエが半分裏返った声で呟いた。全身がぶるぶると震えている。大きく見開かれた眼に、また涙がにじんだ。

横で聞いているだけで頭に血が上った。怒りで眼の前が真っ赤になる。怒鳴りつけようと思ったとき、再び大樹が話しはじめた。

「俺は関係ない。このままほっといたらええと思てた。でも、どんどん怖くなってきたんや。サエの顔が浮かんで……俺、ほんまにこのままでええんやろうか、って」

「大樹……」

「きっとサエも怖い。俺よりもずっと怖いはずや。そう思たら、このまま逃げたらあかんような気がして……サエと話さなあかんと思て」

都が無言でサエを大樹のほうに押しやった。サエと大樹は向かい合った。二人はしばらく無言で見つめ合っていた。

最初に動いたのはサエだった。サエが手を伸ばし大樹の手を取った。大樹は一瞬驚いたが、すぐにしっかりと握り返すのがわかった。

二人は手を繋いで川沿いの遊歩道へと下りていった。

次第にあたりが明るくなってくる。カラスが飛び交い、鳴き声があちこちで聞こえた。これから、また、一日がはじまろうとしている。

「私らの悩みなんてあの子らのせいで吹っ飛んでしもたと思えへん？」

「そやね。喜佐さんの旦那の隠し子疑惑も、あたしの結婚詐欺一千万持ち逃げも全然たいしたことないように思えてきたわ」

汚れて変形したカピバラを握りしめ、都が小さくうなずいた。その後ろを臙脂《えんじ》のジャージ姿の老人が腕を振りながら歩いて行った。早朝ウォーキングのようだ。橋の下でうずくまっていた若者たちよりもずっと生に貪欲に見える。もうすぐ還暦の自分の眼からもひどく歪《いびつ》な日常に見えた。

「でも、喜佐さん。あの大樹とかいう子がほんまに責任取る根性があるとは思えへんのやけど」

「いきなりそんなんは無理やろうね。これはたぶんあの子が経験するはじめての困難やろうから。でも、そんな男の子が怖い、って感じたのはすごい変化やない？　ほんまに無責任な人間やったらなんも感じへんままやと思うわ。怖い、っていうのは人間が生きていく上でメチャクチャ基本的な……大事な感情やと思うわ」

「なんか難しいこと言いはるやん。でも、わかる気がする。あたし、実は今でも夜が怖いねん。毎日怖いのが基本」

　都が丸い肩をすくめて、小さな溜息をついた。

「私も。夜が怖いし一人が怖いし、朝も怖いし人混みも怖い。でも、その怖さがあるから、楽しいことを考えようとするし、誰かのことを考えたりできるような気がする」

　橋の下に眼を遣った。サエと大樹はぴったりと肩を寄せ合って身動き一つしない。まるで、決して動いてはならぬと定められた太古から続く神聖な儀式を行っているようだ。

「昔はああいうとこに集まる子らの気が知れんと思ってたけど、今はわかる。こんな鈍感で厚かましくなったオバハンでも夜が怖いと思うんや。若い子らがあんなふうに集まってきても当然や」

　家にいたくない、いられない。一人でいたくない、いられない。サエよりも深い絶望を抱えてうずくまっている子だっているのだろう。昨日の夜、橋の下で疲れた顔で馬鹿騒ぎをしながら、思い思いの姿勢で座り込む子供たちを思い出した。

　橋の下に眼を遣ると、サエと大樹が手を繋いだまま、戎橋の下に座って話し続けているのが見えた。周りはゴミだらけでカラスがあちこちで餌を漁っていたが、二人の周りはぽうっと白く輝いて見えた。

「あの子ら、綺麗やねえ。若いってそれだけで切り札やわ」

「ほんまに」二人から眼を離さず、都が羨ましそうに言った。

午前八時

四人になった。

お腹が空いた、と都が言ったので軽く食べてから帰ることになった。

「ねえ、肉吸い、食べていけへん？　私、まだ食べたことないねん」

都もサエも大樹も食べたことがないというので、みなで揃って行ってみることにした。

眼に付いたカフェチェーンに入り、四人であくびばかりしながら店が開くのを待った。

「ねえ、都さん。私とカフェやらへん？」

「喜佐さん、それ本気？」

「うん。私はこれから全力で亭主を看取るつもり。で、半年先か一年先かわからへんけど、一人になって落ち着いたら都さんの手伝いができたらええな、って」

「ええん？」

「もちろん。都さんはスイーツ担当。私がコーヒー淹れるわ。お金のことはまた考えよ」

すると、サエが割って入った。

「じゃ、あたし、バイトさせてくれる？」

「ええよ。あんまり時給は出されへんけど」

「店の名前、どうする？」

みなですこし考えていると、都がふっと思い立ったように言った。

「ねえ、肉吸いのあとはパンケーキでも食べへん?」

「行く行く」サエが乗っかった。

「二人ともカフェの名前はどこ行ったん」

ツッコミを入れつつ、喜佐も乗った。大樹はなにも言わないが当然一緒に来るだろう。みんなまだ別れたくないのだ。たった一夜の出会いだけれど終わりにしたくない。

「ねえ、私ら『チャーリーズ・エンジェル』みたいやと思わへん?」

高校大学の頃、よく観ていた。一九七〇年代はアメリカのテレビドラマが何本も放映されていたものだ。

「洋楽?」サエが大あくびしながら訊ねた。

「違う違う。昔やってたアメリカのテレビドラマ。三人の美人探偵が活躍するねん。憧れてたわー」

「え? 映画やないの? たしかキャメロン・ディアスが出てた」

都が怪訝《けげん》な顔をした。

「大昔はテレビドラマがあってんよ。映画はリメイクと違う?」

「へえー、そうなん」都が歩きながらスマホで検索をはじめた。「あ、ほんまや。あるわ。一九七七年から一九八二年まで放映。映画は二〇〇〇年」

「そんなん知ってるわけない」

二〇〇〇年生まれのサエがぼそりと呟く。

「初代はねえ、ファラ・フォーセットが人気やってんよ」

「あー、なるほど。時代感じるわ」

都がサエにスマホを見せた。

「え、めっちゃかわいい」

サエの言葉に驚いた。まさか、あんな大昔のセックスシンボルが現代の若者にウケるとは思わなかった。

「流行は繰り返すって言うけどほんまやねえ。じゃ、私たちはエンジェルで、大樹くんがボスレー」

すると、都が噴き出した。大樹が怪訝な顔をしてスマホを取り出し、検索する。冴えない見た目の中年男が出てきて顔をしかめた。

「……え、俺、これなん?」

「まあまあ、それ、実はすごくええ役やから」

そやけど、と呟いて大樹は釈然としない様子だ。だが、それ以上はなにも言わずスマホをポケットに突っ込んだ。

そのとき、またふっと思いついた。

「ねえ、カフェの名前やけど『道頓堀ーズ・エンジェル』ってどう?」

「却下」

「なし」

二人が容赦なくダメ出しをする一方、大樹は黙って肩をすくめただけだった。

都とサエがどこのパンケーキを食べるかで議論をはじめた。分厚くてふわふわタイプの生地か、薄くて生クリームたっぷりのハワイアンタイプの生地か。二人とも真剣だ。大樹はとても魅力的なうんざり顔をしながら礼儀正しく待っている。

もう秋なのに真夏のような陽射しが眩しい。すこし汗ばんだ自分の手をじっと見た。

夫に会いに行ったら手を繋ぐ。決して離さない。最後のその日までそばにいる。決して互いに後悔をしないように。

惺惺着。

まずはパンケーキを食べて元気になろう。そして、夫に言う。外泊許可が出たら今度こそ一緒に肉吸いを食べに行こう、と。

「昔ながらの喫茶店のホットケーキもええよ。バターとシロップたっぷりのホットケーキ。この辺やと『純喫茶アメリカン』か『丸福珈琲店』かな」

それ美味しそう、と都とサエが声を揃えた。

「……俺、ホットケーキなんか何年ぶりやろ。小学生のとき以来と違うか」

大樹がぱっと眼を輝かせた。

男も女もない。温かい物と甘い物は、いつでも困っている者すべての味方だ。

黒門市場のタコ

兵庫県明石市出身の母は「玉子焼」を作るのが上手かった。

明石では明石焼とは言わずに玉子焼と言う。母も子供の頃はずっと「玉子焼」と言っていたが、父と結婚して大阪に住むようになると、いつしか大阪ふうに「明石焼」と言うようになったそうだ。翼《つばさ》も父も母の作る明石焼が大好きで、日曜日の昼食はこれと決まっていた。

翼は髪をまとめて低めのポニーテールにすると、タコを小さく切りはじめた。隣からはシュッシュッと小気味いい音が響いている。父が鰹節《かつおぶし》を削っているのだ。料理などなにもできなかった父だが、今では昆布と鰹節で綺麗なお出汁《だし》を取れるようになった。

父の顔は真剣だ。その表情は診察時と似ていると思う。父が患者の耳や鼻の穴を覗くときと同じだ。

「お母さんはそこまでやってへんかったやん。パックの削り節使《つこ》てたよ」

「まあな。でも、一度言うてたことがあるんや。……ちゃんと鰹節削ってお出汁取ったら、もっと美味しいんやろうね、って」

「お母さんが言うてたん。それやったらしゃあないね」

「そう。頑張るしかないやろ」

同じ大きさになるように丁寧にタコを切った。明石、魚《うおんたな》の棚商店街まで二人で出かけて買って来た新鮮なタコだ。

「明石のタコを使たらお母さんも喜んでくれるやろ。……なあ、翼。タコのオスとメスの見分け方知ってるか？」

「私、知らんわ。どうやって見分けるん？」

「吸盤を見るんや。メスは小さな吸盤が綺麗に二列に並んでる。オスの吸盤はメスより一回り大きい。並び方もメスみたいに揃てへん。一つだけメチャクチャ大きい吸盤があったりするんや。で、メスのほうが身が柔らかいそうや」

「へえー、じゃ、これはメスやね」

父が薬味の三つ葉を刻んで小皿に盛り、薄口醤油と酒で味を調えた熱いお出汁を徳利《とつくり》に注いだ。これでお出汁の準備は完了。あとは焼くだけだ。

熱く焼いた銅の型にたっぷり生地を流し入れた。じゅわっと音がして煙が上がると、さっき切ったタコを手早く入れていく。明石焼の生地は浮き粉とたっぷりの卵で作るからとても柔らかい。両手に一本ずつ菜箸《さいばし》を持って生地を優しくまとめていると、いつの間にか父がスマホを構えていた。

「えー、お父さん、こんなん撮らんといてや。恥ずかしい」

「恥ずかしがる必要なんかないやろ。こうやってビデオに撮っといたら、あとで見返すことができる。お母さんと比べてどこが悪かったか研究できるやないか」

「お母さんと比べたら、私、下手なん当たり前やん」

「そりゃそうや。お母さんは二、三十年も明石焼を焼いてたんや。美味しくできて当たり前。でも、翼かて最初に比べたら上手になった。ちゃんと進歩してる。心配せんでええ」

「うん……」

「ほら、翼。手許がお留守になってるで」

父と話していたら菜箸が止まっていた。このままでは焼きすぎて固くなってしまう。箸を動かすことに専念した。

「……はい、出来上がり」

上げ台を左手に持ち、明石焼器の上にかぶせるようにしてから、くるりと右手を返した。

「綺麗にできたなあ。どんどんお母さんに近づいてきたんと違うか」

「うん。今日は結構上手にできた気がする」

見た目だけなら母と大差ないところまでできるようになった。問題は食感だ。母ほど手際がよくないので焼きすぎてしまうのか、微妙に固いような気がするのだ。

「お父さん、熱いうちに食べてや」

「ああ。ありがとう。じゃ、お先に」

父は徳利から器にお出汁を注ぎ、薬味の三つ葉を浮かせた。焼きたての明石焼をお出汁に浸けてから口に運ぶ。すこしの間、口の中でほうほうと熱を逃がしていた。

「翼、最高や」

父がにっこり微笑んだ。すぐに二つ目に箸を伸ばす。

「よかった」

ほっとした。再び油を引いて新しい生地を流す。明石焼器が一つしかないので、一度に一人分しか焼けない。母が生きていたときは、翼、父、母の順番で母が焼いてくれた。

生地にタコを入れていくと、一つ余ったので最後は二個入りにした。

「お、二個入りか。残り物には福がある、やな」父がまた微笑む。

「うん。ラッキー」

やがて、自分のぶんも焼き上がった。ドキドキしながら口に運ぶ。……やった、柔らかい。大成功や。

「これまでで一番の出来や。我ながらようできた」

「そうか。よかった。さすが翼や。きっとお母さんも喜ぶはずや」

上機嫌の父を見ながら、二つ目を口に運んだ。

そうそう、と父がスマホを手に取って操作する。すこしして、LINEに動画が送られてきた。

「それ、お母さんが焼いてたときの動画。翼も観たら勉強になるから」

父が微笑みながらこちらの反応を見ている。期待して疑わない表情だ。

「うん。早速、観るわ」笑って、画面をタップした。

明石焼器が映った。柔らかな生地が銅板の縁ギリギリまで流し込まれる。そこへぽんぽんぽんとリズミカルにタコが落ちていった。次に菜箸を構えた母が映る。あっという間に生地を返していった。

——充《みつる》さん、なんで今さら撮るん?

——いいやろ?　僕は君のその箸さばきが大好きなんや。

——箸さばきだけ?

——タコを入れるところも好きや。

――そこだけ？

――お出汁を取るところも好きや。

――もう。

眼の奥がじんと痺れて涙が出そうになったが、なんとか堪えた。

「たまたま翼がおらんときに撮ったんや。恥ずかしくて今まで翼にはよう見せんかったけど……やっぱり明石焼の勉強になるかと思てな」

ぎゅっと胸が締め付けられた。いつか私はこれを微笑ましく観られるようになるんやろか。笑い話にできる日が来るんやろか。お母さんが死んで六年経つけど、そんな日がやって来るような気いせえへん。

「やっぱりお母さんは上手やね。……お父さん、ありがとう。この動画大事にするわ」

すこし大げさに喜んで感謝を伝えると、父の顔がぱっと輝き心から嬉しそうに笑った。

「翼の役に立ててよかった。お母さんの明石焼は唯一無二やな。早《は》よ翼もお母さんみたいに焼けるようになれたらええな」

「うん。そうやね」

「お父さんも頑張らなあかんな。お母さんのお出汁には程遠い」

「そんなことないよ。お父さんの作ってくれたお出汁はお母さんのと同じくらい美味しいって」

「翼」

父がふいに真顔になった。思わずびくりと震え、箸でつかんでいた明石焼を落としてしまった。ぽちゃりと音がしてお出汁が跳ね、中からタコが飛び出した。

「頼むからそんなこと言わんといてくれ。お母さんがかわいそうや。僕のお出汁はお母さんのお出汁の足許にも及ばへん。お母さんの明石焼はこの世で一番」

ねえ、お父さん。自分で言ってることの矛盾に気い付いてる？　お母さん目指して努力しろ。でも、どれだけ努力しても無駄、って言ってるんと同じやよ。私、毎回比べられるのはしんどいねん。認めてもらわれへんことがわかってるのに、目指し続けるのはしんどいねん。

「うん。お母さんの明石焼はこの世で一番。私も頑張らな」

父を真似て懸命に微笑んだ。


父、福永充《ふくなが》は福永耳鼻科医院の三代目だ。戦前、曾祖父が船場で開業して以来、ずっと同じ場所で診療を続けている。親、子、孫の三代にわたって通ってくる患者も多く、船場では有名な耳鼻科だ。

船場というのは大阪市中央区にある昔ながらの商売の街だ。御堂筋と交差する中央大通沿いに延びる、船場センタービルを起点に南北に広がっている。様々な問屋が集中し株取引も盛んで、戦前までは日本の金融経済の中心だった。今では本町、堺筋本町、淀屋橋、北浜といったビジネス街になり、高層ビルやタワーマンションが建ち並んでいる。

ビルの隙間《すきま》に建つ福永医院の外観は昭和初期に建てた頃のままだが、中はすっかりリノベーション済みで好評だ。年配の患者が言うには、古い診察室はホラー映画のようで怖かったそうだ。

看護師さんや受付事務の女性たちはみなベテランで、先代のときから働いている人がほとんどだ。今でも父を「若先生」と呼んだりする。

――若先生は腕もいいし、優しいし、シュッとしてはる。

――そうそう。こっちの話も聞いてくれるし、説明も丁寧やし、とにかくシュッとしてはって男前やわ。

いずれ四代目を継ぐことになっている翼は高校二年生で、医学部を目指して勉強中だ。高校では文芸部の部長を務めていて、夏の引退までに今は年二回発行の部誌を季刊にできないかと頑張っている。

二月の風の冷たい日、授業が午前中だけだったので昼過ぎに帰宅した。ちょうど午前診が終わって、看護師たちが掃除の最中だった。コロナ禍になって、なにもかもを消毒しなければならなくなり、仕事が増えて大変そうだ。

診察室をのぞいて、パソコンに向かっている父に声を掛けた。

「お父さん、あとで買物に行ってくるけど、なんか買《こ》うてくるものある?」

「寒いのにまた出かけるんか? 多恵子《たえこ》さんに頼んだらどうや?」

「ノートとかルーズリーフとかいろいろ欲しいから、自分で行こと思て」

「じゃあ、次の日曜日、お父さんと一緒に買いに行こか。パルコに入ってるハンズに行ったらいろいろあるやろ。僕も新しいペンが欲しいと思てたんや」

マスクの上に見える父の眼は本当に楽しそうに笑っている。返事ができず立ち尽くしていると、父がわずかに眉を寄せた。

「なあ、翼。無理せんでええんやで。多恵子さんに来てもらう日を増やそうか?」

「ううん。ええよ、お父さん。買物行ったり御飯作るのは気分転換になるから」

「でもなあ、翼に家のことばっかりさせて申し訳ないし」

「大丈夫。料理は嫌いやないから。それに、掃除と洗濯はお父さんが手伝ってくれるやん」

「そうか。でも、ほんまに無理はあかんで」

父が再びパソコンに眼を戻した。診察室を出て待合室に戻ると、掃除をしている看護師二人に話しかけられた。六十代の古本と五十代後半の石井という看護師だ。

「ほんま若先生はえらいわ。あんなお父さんおったらファザコンになってまうわ」

「ほんま。並の男では太刀打ちでけへん。彼氏作る気なんてなれへんわ」

口々に父を褒められると悪い気はしなかった。

「でも、過保護で困ってるんです。そろそろ子離れしてもらわんと」

冗談めかして謙遜《けんそん》すると、ふいに二人が真面目な顔になった。

「そんなん言うたらバチが当たるよ。翼ちゃんは自分がどんだけ恵まれてるか、わかってへんのや」

「ほんまほんま。あんなに大事にしてもろてるんやから、せいぜい勉強して恩返しせな」

二人は古株なので翼がこの家に来た経緯を知っている。悪い人たちではないが歯に衣《きぬ》着せぬところはすこし苦手だ。

翼は自分の本当の父親のことを憶えていない。翼が生まれると、突然株のトレーダーになると言い出して会社を辞めたらしい。だが、三ヶ月で資金は底をつき、ありとあらゆるところから借金をした挙げ句、最終的には首を吊った。翼が二歳の時だった。

母は介護の仕事をしながら翼を育てた。当時の住まいは２ＤＫの市営住宅で、周囲には両親の揃っている家庭のほうがすくなかった。はっきり言って環境は最悪で閑静な住宅街の対極にあるような場所だった。朝っぱらから大喧嘩、子供の泣き声、夜中の花火、改造バイクのエンジン空ぶかしなど、昼も夜もなにかしら音がしていた。

母は現在の父の恩師が勤める病院で介護士として働いていたとき、父と知り合い結婚した。翼は小学校一年生だった。父は初婚だったから子連れの母との結婚にはずいぶん反対があったという。年配の人たちにとっては、母は財産目当てに近寄った女で翼はその連れ子だった。だから、父の親戚などは今でも悪気なくこう言う。

——あんたはほんまに恵まれてる。ただの連れ子やのにかわいがってもろてるんや。文句を言うたらバチが当たる。お父さんに感謝して恩返しせな。

昭和も平成もとっくに終わって今は令和だ。なのに、いまだに血のつながりに囚《とら》われて連れ子だの継子《ままこ》だの言う大人がいる。

一体いつの時代の話をしてるん？　知らんの？　今はステップファミリーて言うんや。そやから昭和の人間は苦手や——。

心の中で毒づいた。だが、旧家の人間関係は難しくて父の顔を潰すわけにはいかない。だから、ずっと「継父に恩返しする良くできた連れ子」の役を演じている。結局、それが一番楽だったからだ。

「……あの歳でなんであんなに綺麗なん。羨ましすぎて腹立ってきたわ」

古本看護師が手を止め、待合室の天井から吊されたテレビを見上げて呟いた。なんだろう、と眼を遣ると有名メーカーのアンチエイジング化粧品のCMが流れていた。

白のドレスを着てクールビューティに決めているのは「カサブランカ」のチョーコだ。「カサブランカ」は船場の商家の出身で、地元の有名人だ。以前、看護師たちがチョーコの出演する舞台「細雪」のことで盛り上がっていたことがある。

「あたしらとどこが違うんやろ。同じ化粧品使《つこ》たらちょっとは近づけるんやろか」

石井看護師もため息をついた。

「あかんあかん。うち使てるけどこの有様や。アンチエイジングのアの字もあらへん」

「え、あんな高いいん使てるん？　すごいやんか」

「効き目があろうがなかろうが、マスクしてたら意味ないわ」

美白効果について語りはじめた二人に軽く会釈して、待合室を出た。奥にある母屋に向かう途中で、ぽん、と通知が鳴った。文芸部のグループＬＩＮＥだ。いつも部内の連絡係を務めてくれている、副部長の木之本《きのもと》陽菜《はるな》からだった。背が高くてぱっと見は運動部っぽく見えるがかなりの本の虫だ。クラスも同じで一番仲がいい。

——明日は次号の短編のテーマについて話し合いをします。できるだけ出席お願いします。各自、候補を考えてきてください。

個人チャットならスタンプを返して終わりだが、部員が見ているグループだからあまり適当ではいけない。「お疲れ様。了解です」と返して母屋に入った。

短編のテーマか。なにがいいやろう。「ステップファミリー」はどうやろうか。でも、なんか重くなりそうな気がする。もっと軽くて書きやすいテーマのほうがいいか。

前回の部誌のテーマは「プレゼント」だった。

陽菜の短編は楽しかった。姉弟の話だ。弟は誕生日プレゼントにもらったゲームに熱中していた。そのデータを誤って消してしまった姉は一晩でリカバリーしようとするが……というドタバタ劇だった。

一方、もう一人の二年生、高田《たかだ》結花《ゆいか》の短編は暗かった。父親が見知らぬ女の子に自分が欲しかったコートをプレゼントするのを目撃する、気持ちがどんよりする話だった。

翼はコロナの話を書いた。ワクチン接種で高熱が出たときに見た夢の話だ。なぜだか海の中を泳いでいると、神様がやってきて「翼」をプレゼントしてくれる。海の中では無意味だと思ったが、神様相手に文句も言えず、仕方なしに邪魔っけな「翼」を背負って泳ぐのだった。

母屋の台所では多恵子が忙しそうに働いていた。

花崎《はなさき》多恵子は五十歳、家政婦歴は三十年のベテランで、週に二度、福永家の家事をしてくれる。母が亡くなったときはまだ小学生だったので、平日は毎日来てもらった。中学生になると週に三度、高校生になると二度に減らした。

——もう大きいんやから家のことくらいできるはずや。あの子、いつまで甘えてるんやろね。

——充っちゃんも人がええから。女の子はちゃんと躾《しつけ》をせなあかんのに。

自分がきちんとしなければ父が親戚に悪く言われる。父は無理をするなと言ってくれたが、できるだけ家事をするようにした。実際、お手伝いさんに来てもらえる家は多くはない。子供が家事や介護すべてを担っている家だってある。だから、自分が恵まれていることには違いない。文句を言うとバチが当たるというのは正しい。

「多恵子さん、ただいま」

「お帰りなさい。お昼御飯の用意はできてますよ」

「ありがとう。後で父と一緒に食べます」

父は午前診と午後診の間に慌ただしく昼食を取るので、すぐに食べられるものをお願いしている。食卓にはおにぎりと簡単なおかず、それに味噌汁が並んでいた。

「今日の夕食はブリの塩焼き、水菜の辛子和《からしあ》え、イカと里芋の煮物に切り昆布の味噌汁です。ブリは冷蔵庫に入ってますから、軽く塩を振ってから焼いてくださいね」

「わかりました」

「今日は早めに晩御飯の用意ができたから作り置きのおかずを準備してます。今、作っているのはセロリのきんぴらです。これは二、三日なら保つから」

「ありがとうございます」

多恵子がセロリを炒めて水分を飛ばしている。真剣そのもので、この作業が「家事」ではなく「仕事」だとはっきりわかる表情だ。

父を待つ間、多恵子の話を聞くことになった。

「昨日から夫の腰がまた悪うなってね、トイレ行くのも一苦労で」

以前、多恵子から聞いたことがある。夫は長距離トラックの運転手だったのだが腰を痛めて働けなくなり、今では多恵子が一家の大黒柱だという。

「大変ですね。運転してると腰が悪なるんですか？　ずっと座ったままやから？」

「座ってるだけでも悪なりますよ。それに、トラック運転手って運転だけが仕事やないんです。荷物の積み降ろしもせなあかんのですよ。重たい段ボール箱を何十何百と荷台に積んで、着いたら降ろして……。そら腰も悪なりますわ」

「運転手さんがしてるなんて知らんかった。きつい仕事なんですね」

「でも、昔はトラック乗ってたら稼げたんですよ。その辺のサラリーマンなんか足許にも及ばんくらい儲かりました。よかったんはね、バブル前に家を建てられたことですわ。そら、ここのお宅と比べたら小さい家ですけどね、それでも夫が稼いでくれたから五年でローン返せたんです。でも、それは昭和の話。今は無理ですね」

へえ、とかつて日本が沸いたという時代の話を遠く思った。

「トラック降りてからは主夫です。夫と書く主夫」

「多恵子さんの家で主夫ですか。レベル高そう」

「男が家事なんて、て最初は文句言うてましたけど、今は慣れたもんです。立派にやってます」

短編のテーマは「バブル」はどうやろう。資料を調べて自分たちが生まれる前の時代を書くのは勉強になるかもしれへん。面白そうや。

「多恵子さんはどうして家政婦をしようと思ったんですか？」

「うちの母親も家政婦やったんですよ。このあたりのお屋敷で働き続けて家政婦一筋。そやから自然とうちもこの仕事に馴染みができました。こちらと同じですよ。翼ちゃんはお父さんの跡を継いでお医者になりはるんでしょ？」

「なれたらええんやけど」

「大丈夫、なれますよ。真面目やから。うちは何軒も回ってますけど、こちらが一番やりやすいですよ。全然手が掛かりません。これでお給料もろてええんか、っていうくらい」

「手の掛かる家ってあるんですか？」

「そらありますよ。とにかく注文が多くて文句ばっかり言うとこもあるし、家の中がギスギスしてて行くだけで頭痛くなるようなとことか」

「へえー」

仕上げです、と多恵子がセロリのきんぴらの火を止め、ぱらりと白ゴマを振った。

「身内を褒めるのはなんやけど、母親はメチャクチャ腕のいい家政婦やったんです。そやから、おうかがいするお宅の中には難しいところも仰山《ぎょうさん》ありました」

「難しいって、注文が多いってことですか？」

「というよりは、他言無用、秘密厳守のお宅です。芸能人とか政治家の二号さんの家とか。うちにも詳しくは教えてくれへんのですよ」

「守秘義務ですね」

「そうです。うちの母親はほんまもんのプロでしたから」

多恵子が誇らしげに言い切った。鍋を火から下ろしてこちらに向き直る。

「セロリは冷めたら容器に移して冷蔵庫に入れてください」

「わかりました。ほかに私がせなあかんこと、なにかありますか？」

「いえ。特にないですよ」

「そうですか。ありがとうございました」

礼を言うと、多恵子がエプロンを外しながらしみじみと言った。

「ほんまにようできたお父さんと娘さんやわ。お二人ともお上品で。昔のＮＨＫのドラマに出てくるみたいな」

ふいに息が詰まった。もしかしたら、私とお父さんは演技してるように見られてるん？　わざとらしいと思われてるん？

「えー、全然上品と違いますよ」

笑ってごまかした。

多恵子は嫌みを言ったのではない。勝手に自分が卑屈になっているだけだ。そう思いながらも、押さえつけられるような重苦しさは消えなかった。

＊

翌朝、学校に行こうと本町から地下鉄に乗った。だが、発車してまだ次の駅にも着かないのに、突然列車が動かなくなった。またか、とほぼ満員の車内に小さなため息が広がる。しばらく待ったが動き出す気配がない。すると、アナウンスが入った。

「ただ今、森ノ宮駅で発生した接触事故のため運転を見合わせております。お急ぎのところご迷惑をお掛けいたしますが……」

今度は乗客の大きなため息が巻き起こった。最悪、なんやねん、という声も聞こえた。スマホを取り出し通話をはじめる人もいる。谷町四丁目駅までたった二駅なのに、とうんざりした。これなら歩いた方がマシだったかもしれない。

スマホを見ると、SNSには早速「#中央線事故」の呟きが流れている。LINEで陽菜に連絡した。

——事故で地下鉄動かへんから遅刻するかも
泣き顔の絵文字を付けて送ると、すぐに返信が来た。

——り! 先生に言っとく
地下鉄を利用する生徒は多いから、きっと遅刻者が大勢出るだろう。誰も咎められはしないが、それを見た陽菜が文句を言う様子が想像できた。

——徒歩通学って損やん。毎朝、遅刻せんように必死で歩いてるのに。大雨の日とか遅刻認めてほしいわ。

一限目は古文だ。授業の最初に小テストがある。助動詞の活用の確認テストだ。クラスLINEをチェックすると、間に合わない、遅刻、小テストが、と悲鳴が上がっていた。

そのとき、新しい通知が来た。

――翼、なにかあった？　まだ学校に着いていないようだけど。

父はＬＩＮＥだとなぜか標準語になる。書き言葉で大阪弁は違和感があるというのだ。

――地下鉄が事故で停まってます。学校には遅刻するかもしれません。

――翼が無事と聞いて安心したよ。学校には連絡した？　お父さんからしておこうか？

――大丈夫。ちゃんと自分でやります。

――了解。遅延証明書が出るならそれをもらって提出した方がいいね。翼にはこんなアドバイスは不要だったかな。

――教えてくれてありがとう。提出しておきます。じゃあ、お父さんもお仕事頑張ってね。

ねじりはちまきをしたタコのスタンプを一緒に送った。

――翼も頑張れ！

父もタコのスタンプを送ってきた。そもそも翼が使っていたのだが、父が気に入ったのでプレゼントしたのだ。以来、父は「お揃いだ」と喜んで使っていた。

スマホを買ってもらったのは中学校に入学したときだ。その夜、父は一時間近く掛けてスマホの危険性についてレクチャーしてくれた。

――お父さんは翼を信じてる。翼ならちゃんとスマホを使えるやろ？

――うん。大丈夫。危険な使い方はせえへんから。

――お互いのスマホには位置情報アプリが入ってて、どこにいるかがわかるようになってるからな。なにかあったときにも安心や。

そのときは父に居場所を把握されることの意味がわかっていなかった。中学生なら当たり前か、と思ってしまったからだ。

はじめて父がＬＩＮＥで取り乱したのは夏休みに入った頃だった。

翼は塾の夏期講習の帰り、友達と心斎橋まで出て買物をしていた。スマホはリュックの底に放り込んでいた。買物が一区切り付いて取り出してみると、ＬＩＮＥの通知が二十件、着信が五件溜まっていた。翼は思わずぞっとした。父と直接話す勇気がなくＬＩＮＥで返事をすることにした。

――翼、なにかあったのか？　なぜそんなとこにいる？　至急返事を下さい。

――ごめんなさい。友達の誕生日プレゼントを探してただけ。夕飯までには帰ります。

――安心しました。でも、プレゼントならお父さんが一緒に選んであげるのに。

――みんなで選んで渡すことになったから。ありがとう。

――そうか。じゃあ、遅くならないように。気を付けて帰るんだよ。

混乱する父がありありと想像できた。きっと他のことに何も手がつかなくなるくらい心配しているのだろう。

わざわざ塾の帰りに友達と心斎橋に出たのは、日曜日を空けておきたかったからだ。日曜は父と過ごすと決まっているので、友達と会う約束は入れられない。

続けて父からスタンプが来た。泣き笑いするタコだった。

震える手で「ごめんなさい」のスタンプを送った。そして、すぐにスマホをリュックに放り込んだのだった――。

あれから四年が過ぎて高校二年生になった。今でも位置情報アプリが入っているし、ＬＩＮＥは最低でも一日十往復だ。スタンプの数も増えた。様々なタコのスタンプが五種類も入っている。みな、父とおそろいだ。

父がなにかを強制したことはない。勉強しろと言ったこともないし、成績のことで文句を言ったこともない。翼の作った食事に文句を付けたことは一度もなく、いつも美味しいと褒めて食後の皿洗いをしてくれる。

一緒に買物に行けばいつも好きな物を選ばせてくれる。アドバイスを求めたらちゃんと応えてくれるが、自分から口を出したりしない。常にそばにいて見守ってくれているだけだ。

そう、ずっとずっと見守ってくれてるだけや。でも、苦しいねん。しんどいねん。頭の上にすぐ天井があってぶつかりそうな気がするねん。小さいサイズの靴を履いて爪先が締め付けられてるような気がするねん。正直うっとうしいねん——。

だが、そんなことは絶対に言えない。父を傷つけるようなことは言ってはいけない。そんなことをすれば、死んだ母だって哀しむだけだろう。だから、絶対にいい子でいなければいけないのだ。たとえそれが演技でも。

ようやく学校に到着して遅延証明書を提出した。教室に入るとまだ半分ほどしか登校しておらず、授業開始は三十分繰り下げになるという。

「満員電車遅れてお疲れ」

陽菜が声を掛けてくる。翼も笑って返した。

「徒歩通学民は待たされてお疲れ」

「事故起こるって知ってたらあと三十分寝てたのに。……ねえ、高田さんからＬＩＮＥの返事ないねん」

「また？」

高田結花はあまり部室に顔を出さない。それに文系なので理系の翼や陽菜とはクラスが違う。

だから、同じ部活なのにほとんど話をしたことがない。

古文の小テストの後、授業がはじまった。

「過去の助動詞『き』の活用の憶え方やけどな、東京では『せまるきししかまる』って言うそうや」

村木という初老の古文教師が「せまるきししかまる」と棒読みで言うと、みなが驚き口々に文句を言い出した。

「えー、まんまやん。そんなん憶えられへん。『せぇまるきぃしぃしかまるぅ』やよな」

「僕が思うには、関西では自分らにそのつもりがなくても、無意識のうちにギャグを乗っけてる。古文の活用を憶えるのにも『面白さ』が必要条件で、インパクト重視のCMソングみたいにしてまうんやないかな。ほら、アレと同じノリやろ？　かんさいでんきほーあんきょうかい」

微妙に外れた音程で有名なCMソングを歌うと、みながどっと笑った。

「東京ではこのノリが通じへんから気い付けなあかん。ドン引きされるからな」

そのとき、ポケットでスマホが震えた。しまった。授業中は教室の後ろの個人ロッカーに入れておかなければいけないのに忘れていた。慌てて電源を切ろうとして、ちらっとホーム画面に通知が見えた。

――無事に学校に着いたようだね。安心しました。じゃあ、今日も一日勉強を頑張って。お父さんも頑張るよ！

やっぱりタコのスタンプ付きだ。ずん、と頭が重くなった。

放課後、陽菜と二人で文芸部の部室に顔を出した。現在の部員は二年生の翼と陽菜と高田結花の三名、一年生は五名だ。今日は一年生は全員出席で、高田結花だけが欠席していた。

みなで持ち寄った候補を出し合い、次号のテーマを話し合った。翼は「バブル」を提案したが不評で、投票の結果、一年生が出した「食卓」に決まった。一人三十枚、〆切は四月の始業式の日だ。

家に戻ると、父はまだ午後診の最中だった。食卓には水炊きの準備が整っていた。

「お鍋だ、やった。美味しそう」

翼が言うと、多恵子が嬉しそうな顔をした。

「冷蔵庫に冷や御飯が残ってたからお鍋にしたんですよ。シメは雑炊です。昆布出汁であっさり食べてくださいね」

博多風の濃厚鶏スープもいいが、父の好みは関西風昆布出汁で炊いてポン酢で食べるスタイルだ。薬味にはもみじおろし、柚子胡椒《ゆずこしょう》、すだち、かんずり、たっぷりのネギが小鉢に並んでいる。よりどりみどりだ。

「あと、作り置きおかずに柚子大根とキノコたっぷりのラタトゥイユを作りました。冷蔵庫に入ってます」

「ありがとうございます」

大根もキノコも翼が余らせたものだ。どう使おうか悩んでいたからほっとした。

「この前、うちの母親の話をしたの、憶えてはります?」

「ええ。すごく有能な家政婦さんやったんですよね」

「そうです、そうです。でね、実は……最近出た本に母のことが書いてあったんですよ。ほんのちょびっとやけど。翼ちゃん、文芸部でしたよね。読みはるかと思て持ってきたんです」

「多恵子さんのお母さんが載ってるんですか。すごい！　ぜひ読ませてください」

これです、といつも持ち歩いている大きなトートバッグからいそいそと本を取り出した。タイトルは『孤独《こどく》の飛翔《ひしょう》〜遥かなる夢〜』で著者は川島理一郎。知らない名前だ。

「翼ちゃん、『御曹司』いうアイドルグループ知ってはります？　ちょっと古いんやけど」

「いえ。すみません」

「そらそうやよねえ。今から三十年前、いや、もっと前かな。若い女の子がキャーキャー言うてました。その中の一番人気が川島理一郎、リーチです。そのリーチが自伝を出したんですよ。そこにうちの母親が登場するんですわ。実名は伏せてあるけど、明らかにうちの母親のことなんです」

「そんな大人気の芸能人の家にも行ってはったんですか。すごいですね」

「リーチの家に行ってたわけやないんです。そのへんは読んでのお楽しみです」

「わかりました。じゃあ、ドキドキしながら読ませてもらいます」

多恵子は本を手渡すと嬉しそうに帰って行った。どれだけ母のことを大切に思っているかが伝わってくる。ほんの一瞬、鼻の奥がつんとした。

父の診療が終わるのを待つ間、早速、本を開いた。表紙はスポットライトを浴びて立つ男のシルエットだ。タイトルはたぶん本人が書いた字だろう。下手でも上手でもない。帯には「世間を騒がせた硫酸事件の真実——」とある。そんなん知らんわ、と呟きながらページに眼を落とした。


あの頃、ボクはモテた。

なんなん？　と思わず小さな声を上げそうになった。この一文だけでうんざりして本を閉じたくなる。「ボク」がカタカナになっているのが特に嫌だ。でも、多恵子のお母さんが登場するのだ。我慢して読み進めた。

あの頃、ボクはモテた。

でも、ボクはアイドルだった。『御曹司』を応援してくれるファンを悲しませるようなことはできなかった。スキャンダルは御法度《ごはっと》で、突撃レポーターに怯える毎日だった。

「カサブランカ」チョーコと初めて会ったのはバラエティ番組の収録だった。チョーコは当時人気絶頂の姉妹漫才コンビの姉のほうで強力な親衛隊が付いていた。

以前、動画配信で語ったように、チョーコを落とすのは簡単だったし、チョーコはボクにベタ惚れでボクの言いなりだった。

マスコミに気付かれないよう細心の注意を払っていたが、とうとうボクたちの交際は気づかれてしまった。嘆き、怒るファンの姿を見てボクは我に返った。なんて酷いことをしてしまったんだろう。ボクを応援してくれたファンの気持ちを傷つけてしまった。

ボクは早速謝罪会見を開いた。マイクに向かうと、自然に涙が溢れてきた。ボクは懸命にファンのみんなに詫びた。そのボクの真摯《しんし》な気持ちが通じたのか、ファンのみんなは許してくれた。ボクはチョーコと別れ、今度こそファンのみんなを喜ばせるアイドルになろうと誓ったのだった。

だが、チョーコは大人の男と女が付き合って何が悪い、と開き直った。チョーコのファンは傷つき怒った。その結果、チョーコは自分のファンに硫酸をかけられてしまった。

……というのが当時のマスコミが報道したことだ。でも、本当は違う。ボクはずっと秘密を守り通していたけれど、嘘をつき続けることが苦しくなった。ボクは悪人になり切ることができなかったのだ。だから、配信するに至った。しかしある事情から、話し切れなかったこともある。今から真実を話そうと思う。

チョーコにはまるで妹のように可愛がっている後輩の芸人、Hがいた。そのHはチョーコのことを「姐さん、姐さん」と慕っていつもまとわりついていた。でも、チョーコがボクに夢中になると嫉妬するようになり、ボクたちの邪魔をするようになった。

チョーコは怒ってHを叱った。すると、Hはボクたちを逆恨みして、ボクたちが交際していると芸能記者にタレこんだのだ。その結果、ボクのファンとチョーコの親衛隊がぶつかることになった。そして、暴走した親衛隊員がチョーコに硫酸を掛ける事件に発展する。

Hの裏切りにチョーコは激怒し、Hを責めた。そのせいでHは引退してしまった。

今、Hがどうしているかは知らない。でも、これだけは言える。チョーコが硫酸を掛けられる被害に遭ったのは、ボクのファンや彼女の親衛隊のせいじゃない。Hの責任だ。

でも、ボクはHを怨まない。チョーコがボクに夢中になってHを邪険《じゃけん》にしたのは事実だし、やっぱりボクがファンのみんなを傷つけてしまったのも事実だ。

確かにあの頃、ボクはモテた。その結果、たくさんの人を傷つけてしまった。ボクは責められて当然の男だ。

全身がむずむずするような不快を覚え、思わず本を閉じた。理一郎ことリーチの自己愛垂れ流しの自伝はなんとも言えず薄気味が悪い。自意識が強いからアイドルになるのだろうか。それとも、アイドルをやるうちに自意識が強くなっていくのだろうか。それとも両方だろうか。

だが、それ以上に気になったのは「H」だ。今は引退したと言うが、元は芸能人だった以上すぐに特定されるだろう。バッシングされるのでは、と心配になった。

父はまだ戻ってこない。今日は患者が多くて診察が長引いているのだろう。もうすこし本を読み進めることにした。


チョーコは生まれながらの芸人だった。

料理も洗濯も掃除もまるでできず、家庭的な妹のハナコとは大違いだった。だが、ボクはそのことでチョーコを責めたことはない。人にはすべて役割があると思う。ボクにアイドル、エンターテイナーとしての役割があるように、チョーコには芸人としての役割があって、そのように育てられたのだ。

チョーコは船場のお嬢様だ。小さい頃に両親が離婚したので、家事はすべて家政婦さんがしてくれた。普通の女の子なら母親のお手伝いをして家事を学ぶが、チョーコにはその機会がなかった。家事は家政婦がするもの、という意識が染みついていた。

ボクはそれを否定するつもりはない。だが、すこし行き過ぎだと思うこともあった。

ボクは週に一度、大阪でラジオの仕事があったので、収録の後にチョーコのマンションで会っていた。部屋はいつも綺麗に片付いていて、テーブルには手作りの料理が並んでいた。どれも美味しくてボクは感動していた。

――意外だな。チョーコって料理もできるんだ。

――まさか。うちにできるわけないやん。子供の頃、うちの家はずっと家政婦さんを頼んでた。腕のええ人やったから、ここにも来てもらうことにしてん。

ボクは傷ついた。女性なら恋人に手料理を振る舞いたいと思うものではないか？　恋人の喜ぶ顔が見たいと思うものではないのか？　ボクはチョーコにとってその程度の男なのか？　怨み言を言いたかったがぐっと堪えた。

——おいおい、チョーコ。その人がボクたちのことを誰かに喋ったらどうする？

——失礼なこと言わんといて。あの人は誇りを持って仕事をしてはる。ほんまもんのプロなんや。文句あるんやったら帰って。ほら、今すぐ。

チョーコは気まぐれで横暴だった。普段はボクの言いなりだが、怒らせると取り付く島がない。ボクは彼女と付き合っている間、心の安まるときがなかった。

きっとこれが多恵子のお母さんだ。多恵子の言うとおり「ほんまもんのプロ」だったのだ。自慢したくなる気持ちがわかった。

「お待たせ。翼。遅くなってごめん」

診療を終えた父が母屋に戻ってきたので、慌てて本を閉じた。

次の日曜、明石焼を食べてから、いつものように父と買物に出かけた。ハンズで文房具を選び、バーバリーでスカートと薄いセーターを買ってもらった後、なにか甘いものでも食べようかと心斎橋筋を南に歩き出したときだった。

人混みの中でばったり高田結花に会った。特に仲が良いわけではないが、同じ部活だし眼が合った以上無視はできない。

「高田さん。お買物？」

結花は黒のジャケットにデニム姿だった。書店の名の入った袋を提げている。こちらをを見て戸惑ったような表情になった。

「……うん。ちょっと」

明らかに話しかけて欲しくなさそうだ。慌てて笑って誤魔化した。

「じゃあ、また学校で」

うん、と口の中で小さく言うと結花は早足で人混みに消えた。

「なんや。翼の友達と違うんか？　挨拶しよと思たのに」

「文芸部の子。挨拶なんかせんでええよ」

「そうはいくか。一緒にお茶でも誘ってあげたらよかったやないか」

「いいよ。そんなん」

結花がさっさと逃げてくれてよかった。父なら本気で三人でお茶をしかねない。

ひとつ深呼吸をした。人混みのせいか、マスクのせいか、なんだか頭が重くて息苦しい。思わず空を仰いだが、見えたのはアーケードのガラスの天井だけだった。

*

週明け、放課後に陽菜と二人で部室に顔を出した。

一年生がまだ二人来ていない。その代わりと言うのもおかしいが、珍しく結花の顔があった。昨日のことを思い出して居心地が悪かったが、当たり障りなく挨拶だけした。結花も小さな声で言葉を返したが、その後もちらちらとこちらを見ている。どこかざらざらした眼だった。

気にしても仕方ない。みなが揃うまで、陽菜とのんびりすることにした。

「最近、タコがメチャクチャ高くて困ってるねん」

「タコパでもするん?」

陽菜がクマの形をした赤いグミを口に放り込みながら言った。翼も一つ摘まんで口に運ぶ。黒のクマはコーラ味だった。

「タコ焼きやなくて明石焼。うちの家、日曜日のお昼ご飯は明石焼と決まってるねん。そやから、タコ買いに行ってお父さんとびっくりしてる」

「へえ、今、タコそんな高いん。タコ焼き屋さん大変やん」

「ほんまにそう思うわ」

陽菜と翼がグミを噛みながら話をしていると、結花がじっとこちらを見ていた。

「昨日、男の人と心斎橋歩いてたよね。あれ、お父さん?」

突然話しかけられてすこし驚いた。結花がいきなり他人の会話に入ってくることなど、これまでなかった。

「うん。お父さんと買物行っててん」

「しょっちゅう行くん?」

しょっちゅう、の言い方にはどこか非難のにおいがする。でも、考えすぎかもしれない。

「まあ。うちはお母さんがおれへんから普通に行くよ」

さらりと流して、グミを一つ口に放り込んだ。今度は黄色のクマだ。レモン味。

「お父さんと二人暮らしなん? 他にきょうだいは?」

どうしてこんなに絡んでくるのだろう。何気ないふりをするのがすこし面倒臭くなってきた。

「お父さんと二人暮らし。小学校五年生のときにお母さんが事故で死んだから」

ここまで言えば黙るだろうと思ったが、結花は引き下がらなかった。

「じゃあ、小五からずっと二人で暮らしてるってこと？」

勘違いではない。明らかに絡んできている。すこしむかついたが、気にしてはダメだと自分に言い聞かせた。

「うん。まあ、そういうこと」

陽菜は翼の家の事情を知っているので、やんわりと話を変えようとしてくれた。

「翼のお父さん、お医者さんで忙しいのにちゃんと家事をやってるんや。偉いわー。……それで先輩の送別会のことやけど」

「お父さんと二人きりなわけ？　そんなんキモいやん」

結花が空気を読まず食い下がってくる。あまり必死なのでなんだか怖くなってきて、思わず陽菜と顔を見合わせた。すると、やっぱり陽菜も当惑している。

「キモいって酷っ。仕方ないやん」

冗談めかして言い、ちょっと笑ってみせた。だが、あまり上手に笑えなかったような気がする。急に動悸がしてきた。キモいという言葉のダメージが想像以上に大きい。

自分は嘘つきだ。

本当は陽菜にも隠していることがある。一緒に買物に行くだけではない。日曜日は父と朝から晩まで一緒に過ごすのだ。

朝、起きると近所のカフェにモーニングを食べに行く。そして、昼は父と明石焼を作って食べる。午後は心斎橋をブラブラして買物をし、なにか流行りのスイーツを食べ、夜は何軒かある行きつけの店で食べることにしていた。

天気が良ければ父と明石までドライブしてタコを買いに行くことがある。明石の魚《うおんたな》の棚商店街は昼網《ひるあみ》で知られている。通常ならセリは早朝に始まるが、ここでは昼に行われる。水揚げされた魚がそのまますぐに店頭に並ぶのだ。

タコを買って家にとんぼ返りして、二人で明石焼を作って食べる。もう三時前だからほとんどお八つだ。お腹がぺこぺこで食べる明石焼はいつもの十倍美味しい。

母が生きているときは三人で過ごした。母が死んだから父と二人で過ごす。それだけのことだ。だが、誰にも話したことがない。話してはいけないような気がした。

「もうええやん。人の家のことキモいとか言うの止めときや」

これ以上結花を刺激しないように、陽菜が精一杯穏やかな調子で言って、立ち上がった。

「翼、トイレ行こ」

うん、と立ち上がって後に続こうとすると、結花がぼそっと言った。

「……ほとんどパパ活やん」

息が止まりそうになった。

私は普通にしてるやん。恵まれてるとかバチが当たるとか、言われたないから頑張ってるのに。きちんとしてるだけやのに——。

ふいに涙が出てきた。二人に見られないように、慌てて部室を出ようとして机の脚につまずいた。あっと思った瞬間、身体が傾いて机と椅子の間に倒れ込む。それきり気が遠くなった。

気がついたときには、白いカーテンの手前に父の真っ青な顔があった。

わけがわからなくてぼうっとしていると、父がいきなり半分涙声で語りかけた。

「大丈夫か、翼。僕がわかるか？」

「……お父さん、私、どうしたん？」

「学校で突然倒れたんや。救急車で病院に運ばれて、頭を打ってるかもしれへんから念のためにCT撮った。どこも異常はないそうや。多分、ただの脳貧血やろう」

なにがあったのか思い出そうとした。すると、不意に高田結花の顔が浮かんだ。

――ほとんどパパ活やん。

途端に頭がくらくらして、思わず眼を閉じた。

「大丈夫か、翼」

父の慌てた声が聞こえる。懸命に眼を開けて笑顔を作った。

「うん、ごめん、お父さん。心配掛けて」

「謝らんでええ。翼が無事でよかった。……ほんまによかった」

お父さんはこんなにも心配してくれてる。高田結花は間違《まちご》うてる。キモいなんて絶対に言うたらあかん。

病院の帰り、父は翼の身体を気遣って振動を与えないよう、ゆっくりと慎重に車を運転してくれた。

これ以上お父さんを心配させたらあかん、絶対にあかん。でも、あかんことばっかりや。

「晩御飯、食べられるか？　お粥《かゆ》かなんかのほうがええか？」

まだ頭がふらふらしているせいか、耳が詰まったように父の声が遠く聞こえた。

「大丈夫。なんでも食べれると思う。ありがとう、お父さん」

お父さんに感謝せなあかん。普通にせなあかん。頑張らなあかん――。

「ありがとう」と「あかん」を交互に心の中で繰り返しながら、シートにもたれて眼を閉じた。

数日後、学校で聞き取り調査があった。

翼、陽菜、結花の三人は別々に呼ばれて事情を訊かれた。翼と陽菜は正直に答えたが、結花は一言も口をきかなかったそうだ。他の部員の証言も突き合わせて結論が出た。結花の発言は問題だが、翼が失神したことに直接の責任はない。処分はどちらもなし、と。

だが、担任から経緯を聞いた父は納得せず、結花の両親を交えての話し合いを要求した。翼は何度も止めたが、父は聞き入れなかった。とうとう学校側と翼と父、結花とその両親と会うことになった。

面談室で長テーブルを挟んでみなが向かい合った。まず口を開いたのは結花の父親だった。

「娘さんはつまずいて勝手に転んだと聞いています。なぜ、うちの結花が非難されなければいけないのか理解できません」

言葉は丁寧だったが、声には明らかに不快が感じられた。

「そちらの娘さんが、うちの娘に『キモい』と言ったと聞きましたが」

「思春期ですから、父親とベタベタするのを嫌がるのは普通でしょう。気持ち悪いと言われても仕方ないんじゃないですか」

結花の父親は小太りで、一見「くまのプーさん」のような体つきをしている。だが、実際に話しはじめると、愛嬌のあるプーさんとはまるで違っていた。声は高くて金属質で、妙に早口だった。

「ベタベタという言い方は失礼ではないですか。父と娘が仲良くするのをいやらしいことのように考えていらっしゃる」

「だからと言って、勝手に転んで気を失ったことをうちの娘のせいにされては困るんですよ。あなたの言っていることはあれです。モンスターペアレント」

「僕は理不尽なことを言っているつもりはありません。娘が勝手に転んだことは認めます。ですが、気持ち悪い、キモいと言ったことをどうお考えですか。人を傷つけるような発言を許すことはできません。正式な謝罪を要求します」

「子供相手に正式な謝罪って……そういうのをモンスターペアレントと言うんですよ」

「ですが、娘さんは自分のしたことを一度も詫びていませんね。僕はその姿勢を問題にしています」

父が結花の父親に執拗《しつよう》に食い下がった。自分のことでこれほど父が真剣に怒っているのに、どこか他人事のような気がする。そっと視線を移すと、結花も結花の母親もやはり冷めた顔をしていた。

「福永さんは自分がモンスターペアレントだという自覚がないんですか」

「僕がこだわっているのは娘が傷つけられたことです。それについて謝罪を要求しているだけです。それをモンスターペアレントだとおっしゃるならかまいません」

「思春期の感情は理屈やないんです。うちの結花はとても繊細な子供なんです。気持ち悪いと感じてもおかしくない」

ほとんど両方の父親の意地の張り合いだ。そのとき、ふいに結花がしくしくと泣きはじめた。母親が慰めたが泣き止まない。

「見ればわかるでしょう。うちの娘はこんなに傷ついて泣いてる。繊細な証拠です。福永さんのところの娘さんは平気な顔をしている」

結花の父がこちらを見て、わずかに勝ち誇ったような表情をした。

平気？　まさか平気やない。平気なわけないやん。私だってほんとは泣きたい。でも、泣かれへんだけや。

ぎゅっと拳を握りしめた。あかん、しっかりせな。倒れたら、またお父さんが心配する。

「今の言葉、撤回してください。翼だって傷ついてます」

父が思わず声を荒らげたとき、結花が顔を上げた。

「うちの結花は繊細？　どの口が言うてるん」

みな、驚いて結花を見つめた。結花はぼろぼろと涙をこぼしながら、自分の父親を睨みつけていた。

「ほんまにキモいんはお父さんやん。あたし、知ってるよ。パパ活しとるんやろ？　あたしくらいの女の子にバッグ買《こ》うてあげたんやろ？」

「結花、なにを言うてるんや」

結花の父親がうろたえ、語気を強めた。母親も動揺しているようだったが、なにも言わなかった。

「お母さんもお兄ちゃんも知ってる。みんなお父さんのことキモいと思てるけど、知らんふりしてるだけや……」

結花がうつむき、肩を震わせた。父親は呆然としていて、違う、あれは、とかなにかモゴモゴ言っている。すると、母親が一瞬、凄い眼で父親を睨んだ。そして、いきなり結花を抱きしめ、ごめん、ごめんと涙を流しはじめた。

到底、冷静に話し合いができる状況ではなくなっていた。学年主任がなにか言おうとしたが、教頭が制止して口を開いた。

「お二人ともおっしゃりたいことはよくわかりますが、みな、繊細で傷つきやすい子供なんです。そして、他人を、気持ち悪いと非難するのは明らかに間違っています。学校は多様性を重んじています。この件は双方ともそれでご納得いただきたいと思います」

「ええ、それで結構です。じゃあ、これで……」

結花の父親がそそくさと立ち上がろうとしたが、結花の母親も結花もまるで無視して動かなかった。

父が結花に話しかけた。

「家族にはいろいろな形があるんです。そして、あなただけが傷ついてるんじゃない。そのことを忘れないでください」

父の声は静かだが、堂々としていて一分《いちぶ》の揺るぎもなかった。娘を思う父親として百パーセント完璧な言葉だった。

「たとえ血がつながらなくても、翼は僕のたった一人の大切な娘です」

きっぱりと言い切った。結花と両親は唖然とした表情で、ぽかんと口を開けたまま父と自分を見比べている。

「それでは失礼します。……翼。さ、帰ろうか」

父がにっこり笑う。言われるまま立ち上がって出口に向かった。

父の言葉はとても嬉しかった。なのに、その嬉しいという気持ちが自分の中ではなく、手の届かないどこか遠くにあるように感じる。身体がうまく動かない。ぬるま湯の風呂に浸かったまま、寝ぼけているような感じだ。夢の中で「翼」を背負ったまま泳いでいたときのようだった。

「今日の晩御飯はなんやろな。多恵子さん、なに作ってはるやろな」

学校を出ると、父がまるで何事もなかったかのように気持ち良さげに伸びをした。大阪城を見ながらのんびりと言う。

「私、温かいものがええな。おでんとか食べたい」

同じように何事もなかったかのように返事をした。でも、自分の声ではないように聞こえた。

「おでんか。ええなあ。大根、厚揚げ、こんにゃく。ああ、ほんまに食べたなってきた」

「私は卵とタコ、それにジャガイモ」

地下鉄でずっとおでんの話をした。百パーセント完璧な父と娘の会話だ、と思った。

*

翌朝、朝食の用意をしていると、突然、ぐおーっという低い唸りが聞こえてきた。

地鳴りだろうか。慌ててスマホを見た。だが、緊急地震速報の通知は来ていない。地震でないとしたらなんだろう。慌ててあたりを見回した。なにが鳴っているのかわからない。窓の外からだろうか、と歩き出そうとしてよろめいた。

なんだか床が変だ。ぐにゃぐにゃ柔らかくなって足許がおぼつかない。音もずっと続いていて、どこへ移動しようと一定の大きさで聞こえてくる。

郵便受けまで朝刊を取りに行っていた父が戻ってきた。

「お父さん、どこかで音が鳴ってる？　ごおー、ぶおー、みたいな」

「翼には聞こえるのか？　いつから？」

「ついさっきから。急に大きな音が聞こえてきて……それから足許がふわふわする」

すると、父が顔色を変えた。

「右か、左か？　どっちで聞こえる？」

「え？　どっちって……」

右耳を手で塞いでみた。だが、音はなにも変わらない。次に左耳を塞ぐと途端にくぐもって小さくなった。つまり、どこかで音が鳴っているのではない。これは低音の耳鳴りだ。しかも左耳だけ。

「左。左耳だけ音が聞こえるみたい」

「翼、すこし検査しよか」

すぐに診察室に連れて行かれて、検査を受けた。すると、左耳の聴力が低下して、低音域が聞き取りにくくなっていた。

「たぶん軽い突発性難聴やろうな。早く気付いてよかった。時間が経ったら治れへんからな。これくらいなら入院せんでも投薬だけでいけるやろ」

「入院ってそんな大変なん？」

「ああ。この病気は時間勝負やからな。治療が早ければ早いほど予後がええ」

「原因は？　私、なんでなったん？」

そこで父はすこし黙った。それから、痛ましそうな眼でこちらを見た。

「ストレスか疲労とかやな。やっぱり昨日のことが精神的にショックやったんや。……ごめんな。翼。お父さんがもっと翼を守ったらなあかんかったのに……」

父がとてつもなく辛そうな表情をしたので、慌てて笑って見せた。

「なに言うてるん。お父さんはちゃんと私を守ってくれたやん。メチャクチャ嬉しかったし。それに、すぐ診てくれたやんか。お父さんがおれへんかったら、私の左耳、聞こえへんようになったかもしれへんやん」

「でもな、翼がストレス感じてたとしたら、それはお父さんの責任や」

「違う違う。私、ストレスなんかあれへんよ。でも、もしかしたら部活のことかも。短編を書かなあかんのやけど、ちっともアイデアが浮かばへんから困ってんねん」

「そうか。でも、とにかく今日は学校を休んで身体を休めたほうがええな。それから、多恵子さんに来てもらう日を増やそ」

「大丈夫やよ。お父さん」

「翼。お父さんの言うことを聞くんや。無理したら治るもんも治れへんようになる。頼むからゆっくり休んでくれ」

父の顔は真剣だった。心の底から心配しているのだ。耳鳴りがまた激しくなったような気がした。

学校を休んでベッドに横になった。今日は一日安静だ。しばらくはスマホを眺めていたが退屈してきた。そして、『孤独の飛翔～遥かなる夢～』を開いた。

チョーコがボクのために家事をしてくれないこと。

それがチョーコとの間にできた最初の亀裂だった。もし、マスコミに二人の関係がリークされなくても、いつかボクたちは別れていたかもしれない。

だが、一番困ったのはチョーコの父親だった。チョーコの父親はチョーコを溺愛し、掌中《しょうちゅう》の珠《たま》のように大切にしていた。ステージも日常も二十四時間すべてを管理していたのだ。芸能記者にも見つからなかったボクたちの関係に気付き、マンションに乗り込んで来たこともある。あのときの騒ぎは三角関係の痴話ゲンカのようだった。あのとき感じた気持ち悪さをどう表現したらいいだろう。二人はどんな恋人たちよりも深く愛し合い信頼し合っているように見えた。あそこまでいくと異常だ。

普通の男と女なら別れることもあるだろう。でも、親子は無理だ。男女の愛ではないから別れることができないのだ。チョーコは決してボクのものにはならない。生まれたときから父親のもの、そしてこれからもだ。ボクの気持ちはすっかり冷めてしまった。

そのときボクが感じたことは間違っていなかった。ボクと別れてからもチョーコは男性遍歴を重ねたが、決して長続きはしなかったからだ。

ふいに耳鳴りが酷くなったような気がした。本を傍らに押しやり眼を閉じた。だが、眠ることができない。仕方なしに今度はスマホを開いてチョーコのウィキペディアを読んだ。

「カサブランカ」のデビューは一九八〇年。チョーコが十八歳のときだった。妹のハナコと姉妹漫才師としてブレイクする。二十六歳のとき、人気アイドル「御曹司」の川島理一郎との交際発覚。怒ったファンに硫酸を掛けられた。

「カサブランカ」は三年前、結成四十周年を祝ってYouTubeチャンネルを開設したとある。早速観てみた。過去の漫才が五本、ハナコの大食い動画が三本、それに「細雪」の舞台挨拶などの宣伝動画が上がっている。最近の動画はチョーコのメイク動画、ハナコの食べ歩きと温泉巡りなどで、それなりに再生数は稼いでいた。

新着の動画があった。サムネイルにはチョーコの横顔と「川島理一郎氏への反論」とある。早速再生してみた。

深緑の唐草模様のソファに白いレースのワンピースを着たチョーコが腰掛けていた。背後のカーテンはソファと共布で、それに細かい装飾のある木製の飾り棚が映っている。和洋折衷の調度はみな古びているが凝った造りで、大正時代の華族の屋敷のような雰囲気だった。

チョーコの前には紫檀《したん》のテーブルがある。その上には深い褐色の液体の入ったグラスがあった。とろりと揺らめいているので麦茶ではないだろう。

「今回は川島理一郎氏の『孤独の飛翔』について反論したいと思います。うちは『H』の名誉のために話をします。『H』はうちと川島理一郎氏との関係をマスコミに売ったりしてません。あれはうちの不注意によるものです。記者につけられてるのに気付かへんかっただけです」

ごくゆっくりとグラスを口に運ぶ。一口飲むと縁に真っ赤な口紅が付いた。純白のワンピースに身を包んだチョーコは大輪のカサブランカの花そのものだった。

「川島理一郎氏がなにを書こうが、うちは気にしません。どうでもええことです。でも、他の人に迷惑が掛かるなら話は別です。『H』なんてイニシャルにしたからなにを言うてもええと思てるんやったら大間違いです。そんな卑怯なやり方、吐き気がするわ」

チョーコがまっすぐにカメラを見た。射貫《いぬ》くような眼の強さに、はっと翼は息を呑んだ。

「川島理一郎さん、つまらない話題作りはやめてください。あなたのやってることは他人を傷つける最低の売名行為や。……うちは軽蔑します」

チョーコは白い炎に包まれているようだった。

観終わると動悸がして冷や汗が出ていた。感情的なのに徹底的に無感情に見える恐ろしさがある。それほどまでにチョーコの言葉は辛辣《しんらつ》で容赦がなかった。

コメント欄はリーチとチョーコのファンが互いに罵《のの》り合って炎上していた。すこし眺めただけで気分が悪くなってきたのですぐに閉じた。

チョーコは他人を巻き込むリーチを痛烈に非難し「H」を庇《かば》った。だが、父親との関係を明らかに異常とまで言われたのに一切反論しなかったのは何故なのか。

また、ハナコのことも気になった。リーチの書き方では父親がかわいがっていたのはチョーコだけのように読める。本当のところはどうだったのだろうか。

次にハナコの動画を観てみた。五十代半ばくらいの細身で背の高いマネージャー「蘭子ちゃん」と仲良く足湯に入ったりカラオケをしたり、新阪急ホテルの「オリンピア」のバイキングを楽しんだりしている。まったりのんびり面白いが、家族の話題はまったく出なかった。

そこで気付いた。「カサブランカ」の公式チャンネルなのにチョーコとハナコが揃って出ている動画はない。二人の顔が見られるのは過去の舞台映像だけだ。

もう一度チョーコの動画を観る。白い炎に身体が焼かれたような気がした。

チョーコに会《お》うてみたい。父に溺愛されていたというチョーコは自分と同じや。会うて話を聞いてみたい。そのときの気持ちを聞いてみたい。父との関係がどうなったか知りたい。

チョーコに会うにはどうしたらいいのだろうか。悩んだ挙げ句、翌日、多恵子に相談してみることにした。

「うちの母親はね、実は今でもハナコと付き合いがあるんです。優しい人でね、ときどき電話があるんです。……おばちゃん、元気にしてるか？　なんかあったら、なんでも言うてや、って」

「チョーコはどうですか。今でも連絡取ってるんですか」

「母のところには今でもときどき仕事の依頼が来ますよ。もう歳やから無理せんといてほしいんやけど、チョーコに頼まれたら断られへんみたいで」

「よっぽどチョーコは多恵子さんのお母さんが気に入ってるんですね」

「母は腕がいいですし、絶対に秘密を守りますからね。……要するに、チョーコから依頼が来るってことは彼氏ができたってことですよ」

「すごいなー。やっぱりモテるんですね」

「魔性の女ですからね。若いときからいろんな人と浮名を流してはりましたけど、お父さん死なはってからはいっそう派手に遊びはるようになって……。今も新しい彼氏がいてるみたいですよ」

どきんと心臓が跳ね上がった。チョーコが魔性の女になったんは父親が死んでからなん？ つまり、父から解放された反動ってこと？

「あの、多恵子さん、その辺の話、もっと聞かせてください」

思わず前のめりになると、多恵子が驚いた顔をした。唇の前で人差し指を立てる。

「ごめん、翼ちゃん、これ以上は無理。聞かへんかったことにしてね」

父が死んだら私もチョーコのように魔性の女になるのだろうか。いや、そもそも父が死んだら、なんて考えてはいけない。そんな恐ろしいこと考えてはいけない——。

また耳鳴りがしたような気がして、思わず片耳を押さえた。大丈夫、ちゃんと聞こえる。でも、これ以上誤魔化したらあかん。

「多恵子さん。私、チョーコに会うて話を聞きたいんです。なんとかお母さんに頼んでみてもらえへんでしょうか」

「え？　チョーコに？　いやいや、それは無理ですよ」

多恵子が驚いて眼を丸くし、それから大きく手を左右に振った。

「無茶なこと言うてるのはわかってます。そこをなんとかお願いします」

「そもそもなんで会いたいんですか？　チョーコのファンなんですか」

「私、文芸部で短編を書かなあかんのです。それで、芸能人に会うて取材したいと思て」

「でも、うちの母親が顧客の秘密を漏らしたってことになります。勘弁してください」

多恵子が困り果てているのがわかる。でも、諦めることができなかった。

「あの本を読んで私が勝手に会いたなったってことにしてください。仕事先の子から無理矢理頼まれた、どれだけ断ってもあかんかった、て言うてください。お願いします」

頭を下げて何度も頼むと、多恵子がじっとこちらを見た。もう困惑はしていない。憐《あわ》れみがこもっているが、見下しているのではない。セロリを炒めていたときと同じ表情だ。

「そこまで言わはるってことは本気なんやね。翼ちゃんにはどうしてもチョーコに会わなあかん理由があるんやね」

「そうです。お願いします」

「わかりました。うちにできるだけのことはしてみましょ。でも、あんまり期待せんといてくださいよ」

「ありがとうございます」

チョーコに会えるかもしれない。今から緊張で胸が苦しくなった。


一週間後、多恵子から返事があった。

「すみません。チョーコは連絡がつきませんでしたが、ハナコは短時間ならＯＫやそうです」

「それで結構です。多恵子さん、ほんとにありがとうございました」

チョーコに会えないとわかってがっかりしたが、ハナコなら妹の立場からチョーコと父親のことを語ってくれるかもしれない。とりあえず一歩前進だった。

十日後、学校帰りに船場センタービルの地下にある純喫茶ヒロでハナコとそのマネージャーと会った。

船場センタービルは阪神高速と中央大通の高架下にある。一号館から十号館まで東西一キロに亘って繊維問屋や小売り店、飲食店などが並んでいる。

まず口を開いたのはＹｏｕＴｕｂｅでも観たマネージャーの「蘭子ちゃん」だった。

「私はマネージャーの斉藤蘭子です。あなたが福永さんやね。花崎さんから聞いてます」

「はじめまして。福永翼です。我が儘言ってすみませんでした」

「こっちこそチョーコが愛想なしでごめんね」

ハナコは色白で決して美人ではないが、にこにこ笑っていてとてもかわいいおばさんだった。マネージャーは理知的な美人で黒のパンツスーツがよく似合っていた。

「福永耳鼻科さんとこの娘さんなんやて？　昔、中耳炎になったときにお世話になったわ。先代の先生やと思うけどシュッとしてはった」

「はい。それはたぶん祖父やと思います」

血のつながらない祖父だ。写真でしか見たことがない。

「いつの間にか遠い昔の話やねえ。時の流れを感じるわ。もし、うちに子供がおったら、福永耳鼻科に診てもろてたかもしれへんねえ」

ハナコがふっと一瞬細い眼をさらに細めて切なそうに笑った。ちらっと蘭子がハナコを見たがなにも言わなかった。

「でも、船場は変わったようで変わってへんから嬉しいわ。……この喫茶店ね、大昔は堺筋本町にあったんよ。うちは子供の頃から来てて、ここのプリンが大好きやねん。あとは平岡珈琲店のドーナツ」

「あそこのドーナツは父も大好きでよく行きます」

「そうなん。たしか創業百年超えてるんやね。うちのお父ちゃんも大好きで、しょっちゅうあそこでサボってたわ」

三人の前にプリンと紅茶が運ばれてきた。いただきます、と早速ハナコが食べはじめる。続いて蘭子も翼もスプーンを取った。

「花崎のおばちゃんから聞いたけど、ええ高校通てはるんや。……たしか、蘭子ちゃんとこの雪人《ゆきと》くんも同じ高校やったよね」

「ええ。今はもう大学生で今年卒業です」

「そうなん。知らん間に大きなっててビックリやわ」

ひとしきり蘭子の息子の話をして、ハナコが翼に向き直った。

「ごめんごめん。うちのお姉ちゃん、チョーコはめちゃめちゃ勉強ができてね。あなたの通てる高校も余裕で受かるて言われてたんやけど、お父ちゃんが反対してね。芸人に勉強はいらん、て。結局、うちもお姉ちゃんも中卒や。……まあ、うちは勉強できんかったけどね」

ハナコがプリンの横に添えられたバナナで生クリームをすくって食べた。とても美味しそうに見えたので早速真似をした。

「で、取材って聞いたけど、どんなことを訊きたいの？」

「お二人のお父さんのことを……ちょっとうちの父と似てるような気がして……」

「似てるってどういうこと？」

「……私、ものすごく父に大事にされてるんです。過保護って言うか過干渉って言うか、それが普通なのか異常なのかもわかれへんくらいで。チョーコさんもすごく愛されてた、って本で読んだので」

「そうなん」

ハナコの顔がわずかに曇った。蘭子はこちらをほんの一瞬うかがったが黙っている。

ハナコはスプーンを手にしたまましばらく言い淀《よど》んでいたが、やがて思い切ったふうに口を開いた。

「チョーコは父にメチャメチャ愛されてたせいでメチャクチャ苦しそうやった。失礼なこと訊くけど……あなたはお父さんに嫌なことされるん？」

「いいえ、まさか。そんなことは一度もありません」

驚いて言い返すと、ハナコがほっとした顔をした。

「気い悪うしたらごめんね。もしそうやったら大変やと思て。じゃあ、嫌なことされへんけど苦しいんやね」

「はい。でも、父は本当に私のことを心配してるんです。悪気なんてないんです」

「じゃあ、うちらのお父ちゃんと同じや。余計にタチ悪いよね」

タチが悪い。ハナコの言葉がずんと胸に沈んだ。

「大事にされることがごく自然で当たり前になってるなら、意識したりせえへんもん。大事にされてるってわざわざ感じるってことは、なにか不自然なところがあるんやろね」

ハナコは文句を言ったらバチが当たる、などとは言わなかった。苦しみを即座に理解してくれた。

なのに、今、自分はひどく傷ついている。本当はハナコに否定して欲しかったのだ。娘を大事にしすぎる父親など普通だ。よくある話だ、と。

「うちらのお父ちゃんはね、チョーコが生き甲斐で、しかもそれを口に出して言う人やった。……おまえだけが生き甲斐。おまえが僕の人生のすべてや、って繰り返し繰り返し言い聞かせてたんよ。友達と遊ぶのも寄り道も禁止。学校を欠席させられて、寄席やらお芝居やらに連れて行かれるのもしょっちゅう。とにかく、父親の手の届くとこにおらなあかんかった。でも、お父ちゃんには強制してるつもりなんてない。チョーコのためにやってると思てた」

ハナコの話を聞いていると、嫌な汗が出てきた。チョーコの父親の執着は想像以上だった。

「うちは除け者やったけどね、でも、そのぶん気楽やったよ」

「あの、それって辛くありませんでしたか」

「辛かったよ。毎日寂しくて、惨めで……お父ちゃんとチョーコを怨んだこともあった。でも、時間は掛かったけど、なんとか乗り越えることができたかな、って思う」

「どうやって乗り越えたんですか」

ハナコがスプーンを置いた。半分残ったプリンが揺れた。

「あなたが心の力を付けるしかないと思う」

「心の力？」

「そう。心の力。今はどうすることもできへんけど、いつか向き合うために心に力を付けるんや」

ハナコがバッグから一筆箋《いっぴつせん》と筆ペンを取り出し、さらさらと書いた。びっくりするほど綺麗な字だった。

「うちには好きな言葉がある。禅の言葉」

一笑《いっしょう》すれば千山《せんざん》青し

「悩んだり、苦しかったり、落ち込んで、ウジウジして周りが見えへんようになったときは、とりあえず笑《わろ》てみるんや。そうしたら、ぱっと眼の前が開けて遠くの山が綺麗に見える。まあ、笑う門には福来たる、みたいな言葉やね」

「とりあえず笑う……」

「そう。いかにも芸人の好きそうな言葉やな、ってバカにする人もいてる。ありきたりで単純や、って。でも、この言葉にうちは助けられてきた。教えてくれた人は大学出ていっぱい難しい言葉を知ってる人やった。……かわいそうに、その知識はあんまりその人の人生には役に立てへんかったけどね」

「大学で勉強しても無駄やった、ってことですか」

「無駄ではなかったわ。現にその知識でうちを助けてくれたからね」

ハナコがこけしのような顔で笑った。色白の顔に笑い皺がくっきりと浮かんだ。

「あなたはまだ若い。これからの人生、いいことも嫌なことも山のようにあるよ。でも、とにかく笑うんや。笑たら免疫力アップ。若返りホルモンも出る。心に力も付く。ええことずくめやろ？」

ハナコの笑顔には圧倒的な説得力があった。赤紫の花が描かれた一筆箋を見つめ、自分に言い聞かせる。……一笑すれば千山青し。ええことずくめや。

「これ、もらってもいいですか？」

「もちろん。……ちょっと待って。封筒あるから」

一筆箋と揃いの封筒だ。下向きに咲く花の花弁は大きくめくれ上がって、不思議な形をしていた。

「ありがとうございます。これ、なんていう花ですか」

「カタクリの花。片栗粉のカタクリ。この辺やったら葛城山《かつらぎさん》の群生地が有名やね。赤紫の花が一面に咲いててすごく綺麗やねん。笑たら遠くの山が綺麗に見えて、そこに綺麗な花が咲いてると思たら、なんかウキウキしてくるやろ？　ほら、やっぱりええことずくめや」

そこでハナコがわずかに眉を寄せて遠い眼をした。

「お恥ずかしい話やけど、お姉ちゃんとは今はもう仕事以外で口きいたこともない。修復は無理やと思うわ」

「ちょっと、ハナコ」

蘭子が慌てて止めたが、ハナコは軽く手を振って遮った。

「この人には正直に話してもええと思うわ」

それを聞くと、蘭子は小さなため息をついてこちらに向き直った。

「今回のことかてチョーコにも伝えたんやけど完全に無視されて。お役に立てなくてごめんなさいね」

「いえ、とんでもないです。ハナコさんのお話を聞いて、楽になったような気がします」

「よかった」

ハナコが微笑んだ。その顔のまま、一瞬眼を伏せる。それから、じっとこちらを見た。

「お父ちゃんはね、ほんまは自分が芸の道に進みたかったんやよ。でも、老舗の商家の跡継ぎやったから許されるはずもなく、その夢を自分の娘に託したわけやね」

「勝手に夢を押しつけられて嫌やなかったんですか」

「……若い頃はいろいろ思たけど、今になってわかることがある。結局、うちもチョーコもお笑いが好きやねんよ。うちはチョーコのおまけやったけど、子供の頃から芸の教養を付けさせてもろた。うちがこの世界で生き残れたんは、お父ちゃんのおかげやねん」

ふわっと光が降ってくるようにハナコの眼が輝いた。お父ちゃんのおかげ、と気負いなく言えるハナコの強さが眩しかった。

そこで蘭子がちらりと時計を見て、眼でハナコを促した。

「ごめん。もう行くわ」

そう言って、ハナコが残っていた水を一気に飲んだ。喉仏が一度だけ小気味よく動いた。小さな滝が落ちるような綺麗な飲み方だった。

「お忙しいところありがとうございました」

最後にハナコとツーショットを撮ってもらった。シャッターを切るやいなや、蘭子が伝票を摑んでレジに向かっていた。慌てて後を追ったが間に合わなかった。写真を見返すと、ハナコのピースは年季が入っていて、力が抜けているのになんだか気高く見えた。

「心の力、か」思わず呟いて店を出た。

家に戻ると、父が待ち構えていた。

「翼、今日、船場センタービル寄ってたんか。買物か?」

真っ直ぐ家に帰らなかったから、父が心配しているとわかっていた。

「ヒロでプリン食べた。小説の取材で『カサブランカ』のハナコに会うててん」

「ハナコ?」

「ほら、これ。ハナコの座右の銘とサイン」

一筆箋を差し出し、ハナコと記念撮影したスマホの写真を見せた。父は眼を丸くしてスマホに見入った。

「……ほんまや。ハナコや。でも、なんでまたハナコと」

多恵子の母親に紹介してもらった経緯を簡単に説明したが、父は渋い顔のままだった。

「なんで教えてくれへんかったんや。一言、言うてくれたらこんなに心配せずに済んだ」

「別に言うほどのことやないと思たから」

「言うほどのことやない? 翼、今日、僕がどれだけ心配したかわかってるんか」

一瞬、父は当惑したようだったが、すぐに強い口調で叱った。思わずごめんなさい、と言いそうになったが懸命に呑み込んだ。

「心配心配って、いつまでそんなこと言うん? 頼むから私を信用して」

震える声で言うと父の前から逃げ出した。後ろで父が呼んだが無視し、階段を駆け上がって部屋に飛び込んだ。そのままベッドに突っ伏して枕に顔を埋める。

父に言い返したのははじめてだった。ただこれだけのことで、罪悪感に押し潰されそうになる。動悸が止まらなかった。

その夜、ベッドに入ろうとしたときショートメッセージが来た。

——話があるなら連絡して。

差出人の名は蝶子だった。メッセージの最後には携帯の番号が記されている。まさか本当に本人なのだろうか。迷った挙げ句、スマホをタップした。

「もしもし、チョーコさんですか」

「ええ」

「あの、私、福永翼です。お忙しいのにすみません。メッセージをいただいて……」

「ハナコがあんまりしつこくマネージャーに言うてるらしいから。……あんた、父親のことで悩んでるんやって？」

「はい。それで」

「うちに悩み相談なんかしても無駄やよ」

息を呑んだ。チョーコの声は痛々しいほど鋭かった。まるで純白の磁器で作られたカサブランカの花だ。それが粉々に砕け散って周りに突き刺さる。ほんのすこし触れただけで皮膚が裂けそうだ。

「すみません。私はただ」

「親は愛情で子供を壊せる」

「えっ」

「自分を助けられるのは自分だけや」

ふいにチョーコの声が揺れた。真っ白な破片から真っ白な炎が立ち上がったような気がした。

「あんたはうちみたいにならんようにしい」

通話が切れた。携帯を握りしめたまま動けなかった。

＊

日曜日の朝、空はよく晴れて気持ちのいい天気だ。

一人でカフェに入り、モーニングを食べた。蜂蜜とチーズたっぷりのクロッフルにコーヒーとサラダが付いている。壁も家具も真っ白で漂白されたような清潔感がある。いわゆる「韓国っぽ」カフェだ。

スマホを家に置いてきたので父は心配しているだろう。何も手に付かずパニックを起こしているかもしれない。警察に捜索願を出しかねないので、昔ながらのやり方で食卓の上にメモを残した。ちょっと出かけてきます、夕方には帰ります、と。

ここは西区堀江、立花通、通称オレンジストリートの近くだ。御堂筋を越えて西側の地域になる。昔は橘通と表記され家具の街だったが、今はお洒落なカフェやショップが並んでいた。父は昔ながらの純喫茶が好きなので、あまりこのあたりには来ない。仮に行きたい、と言えば一緒に来てくれただろう。ただ、言わなかっただけだ。

時間を掛けてゆっくりと食事を済ませると、カフェを出た。

急ぐ必要はない。雑貨屋や古着屋を何軒も覗きながら歩いた。だが、一人でミナミを歩くのはやはり違和感があるような気がする。いつもは横に父がいるからだ。

湊町《みなとまち》のカフェでまた休憩し、それから南海なんば駅までやってきた。

「ねえねえ、どこ行くん？　待ち合わせ？」

大学生くらいの男二人組がマルイの前で声を掛けてきた。どきりとした。どちらも背が高い。威圧感がある。それほどチャラい格好ではないが、怖くてきちんと顔を見る勇気がない。

「……急いでるから」

なんとかそれだけ言って足を速める。男たちがあっさりと諦めてくれたので、ほっとした。スピードを落とさず歩き続ける。そう、横に父がいれば声を掛けられることもない。一人だからナンパされるのだ。

駅前ロータリーを歩いてなんば南海通に入る。アーケードの下は人で溢れていた。外国人観光客の姿が目立つ。十一時を過ぎたばかりなのに、タコ焼き屋、お好み焼き屋、ラーメン屋には行列ができていた。

右に曲がって「たこ焼道楽わなか」の行列を見ながら、なんばグランド花月の前に出る。劇場の前には人だかりができていて、翼の知らない若手芸人が声を張り上げていた。

――いつか向き合うために心に力を付けるんや。

――自分を助けられるのは自分だけや。

ハナコもチョーコも同じことを言っている。

劇場の前を通り過ぎ、道具屋筋に入ると、ここにも外国人観光客が大勢いた。タコ焼きの鉄板や食器、包丁、提灯や暖簾、食品サンプルなどをみな熱心に眺めている。人混みを掻き分け道具屋筋を通り抜け、なんさん通りに出た。

この先は日本橋でんでんタウン。昔ながらの電気街になる。今はマンガアニメゲーム関連のショップが並んでオタクの聖地だ。オタロードを横目で見ながら東に向かって歩いて堺筋に出た。

ここを越えると黒門市場になる。

こんなにも一人で歩くのははじめてだ。いつもなら横に父がいて、いろいろなことを教えてくれる。心斎橋にはソニータワーがあったこと、大丸の隣にはそごうがあったこと、道頓堀には遊歩道などなかったこと、千日前にも道具屋筋にも昔は映画館があったこと……。

父の話は確かに面白い。でも、自分の眼で見て歩くと、別のものが見える。アイドルの看板だったり、すれ違う女の子のスニーカーのブランドだったり、風俗の求人広告カーだったり、空き缶を集めるホームレスだったり、気持ちの良い物も苦しくなる物もなんでも見える。興奮で身体が火照《ほて》って薄く汗をかいていた。

まるで知らん街に来たみたいや。一人で歩くてこういうことなんや——。

堺筋を渡って黒門市場に入った。京都の錦市場ほどではないが通りの幅は狭い。そこに食べ歩きの観光客が押し寄せて、凄まじい混雑だった。

タコを売っている魚屋を探した。込み合っている店はどこも店先に食べ歩き用の炙《あぶ》った海鮮串や肉串を並べている。いわゆる普通の魚屋はなかなかない。

こんなに天気のいい日、父と一緒なら黒門市場には来ない。母の出身地、明石の魚《うおんたな》の棚商店街までタコを買いに出かけただろう。

母の思い出の味である明石焼を、遺された父と娘が協力し合って再現する。明石焼を通じて血のつながらない二人が心を通わせ、本当の親子のようになっていく。

これはいい話だ。心温まる物語だ。だれも文句が言えない正しいストーリーだ。

だが、血のつながらない二人が本当の親子のようになっていく、という物語が賞賛されるとしたら、それは血のつながらない親子は不完全であるという前提があることになる。完全な親子になるためには努力をしなければならないということだ。

どん、と後ろからぶつかられた。思わず転びそうになる。ぶつかってきたのは手に大きな肉串を持った家族連れで、謝りもせずに行ってしまった。

人込みから逃れようと、角を曲がって人通りの少ない通りに出た。アーケードがなくなって観光客向けではない店が並んでいる。

緑の庇の突き出た魚屋の前で足を止めた。鯛、鰆《さわら》、イサキ、イカなどに交じって生ダコと茹《ゆ》でダコの両方が並んでいる。

じっとタコを見ていると、ゴムの前掛けをした七十過ぎの店主が声を掛けてきた。

「なんにしましょ」

「生のタコを一つ下さい」

「はいはい、生ダコね。どれがええかな」

「こっちのメス」

即答すると、店主が驚いてこちらを見た。

「見分け方知ってはるんか。えらいな、お嬢ちゃん。なんか商売してはるんか」

皺だらけの顔で笑いながら、タコをビニール袋に入れてくれた。

これは父の教えてくれた知識。一人では知ることもなかったはず。父と一緒やったから知ったこと。

お店やってはるんなら、と店主がくぎ煮を一袋おまけしてくれた。

そう、ええことずくめ、と心の中で呟いた。

タコとくぎ煮を抱えて家に戻ると、父が玄関まで飛び出してきた。

「翼、一体どこへ行ってたんや」

父の声は震えていて、いつもの余裕はどこにもなかった。

「ごめんなさい」

「どれだけ心配したと思ってるんや。なにかあったんかと思て……事件に巻き込まれたならどうしようかと思て……」

父の青ざめ引きつった顔を見ると、胸が締め付けられた。だが、気付かないふりをして笑顔を作り、タコの入った手提げビニール袋を示した。

「……タコを買いに行っててん」

「タコ？」

父が呆気にとられたように眼を見開き、絶句した。

「うん。黒門市場で買《こ》うて来た。これ、生のタコ。下処理は済んでるから茹でるだけでいいって」

「黒門市場？　タコ買うんやったら魚《うおんたな》の棚まで一緒に行くのに」

「一人で行きたかってん。……私、一人っきりで行きたかってん」

きっぱりと繰り返すと、父はわずかに顔を歪めて苦しそうに眉を寄せた。それきりなにも言わない。

父の視線を背中に感じながら、大鍋に湯を沸かした。

「……しんどいねん。お父さんのこと大好きやけど、しんどいねん。高田結花の言うてたことは間違うてない。私もお父さんも気持ち悪い。……そう、キモいねん。自然な関係やない」

とうとう言ってしまった。もう引き返せない。

「気持ち悪い？　本気で言うてるんか？」

「本気やよ。突発性難聴がストレスのせいやとしたら、私はもう限界が来てるんやと思う。自分で自分の気持ち悪さに堪えられへんようになってるんや」

振り向く勇気がない。大鍋をじっと見下ろしながら話し続ける。

「翼。自分のことを気持ち悪いなんて思たらあかん。他人の言うことなんか気にする必要はない」

背中で聞く父の声はいつもよりもずっと苦しい。心の底から気遣ってくれているのがわかるから。

「私とお父さんの関係は不自然や。なんでかって言うと血がつながってへんことにこだわってるからや」

湯が沸騰したのでタコを放り込んだ。タコは見る間に赤くなり、足先がくるりと丸まった。

「翼。お父さんの方を見るんや」

そうだ。背中を向けているのは卑怯だ。……心の力、と自分を奮い立たせて振り向いた。

「……お父さん、ごめん。でも、私は言わなあかんねん。言わな壊れてまうねん。血がつながってへんことを一番意識してるのは私とお父さんや。面談の時も、わざわざ言わんでもええことを言うたやん。……たとえ血がつながらなくても、って」

たとえ血がつながらなくても、と言われて嬉しかった。でも、喜ぶのは間違いだった。

「私もお父さんも血のつながった親子みたいになろうと、必死でいい親子の演技してるんや」

父がはっと息を呑んだ。なにか言いたげに唇を動かしたが言葉は出てこず、困惑した表情で立ち尽くしている。

濃赤色になったタコを湯から引き上げ、ザルに取った。

「前に多恵子さんに言われた。昔のNHKのドラマに出てくる人みたい、って。私、そのときすごく傷ついた。なんで傷ついたか今ならわかる。図星やったからや」

父は押し黙ってなにも言わない。ただ唇と頬が引きつって震えている。でも、震えているのは自分も同じだ。

やがて、父がぼそっと言った。

「……そうやな。翼の言うとおりや。たしかに僕は演技してた」

私は我が儘だ。自分から口にしたことなのに、やっぱり認めてほしくなかった。

「僕はいい父親になろうと、本物の父親になろうとしてた。翼がそれに応えようとして、いい子になろうと、本物の娘になろうと頑張ってることにも薄々気付いてた。でも、気付かへんふりをしてた。せっかく上手く行っている関係が壊れてしまうのが怖かったからや。……悪かった」

頭を下げる父を見て、激しい罪悪感を覚えた。

違う、お父さんは悪ない。我が儘なんは私や。ごめんなさい――。

そう言いたくなるのを懸命に堪えた。このまま逃げたらまた同じ事の繰り返し、気持ちの悪い親子のままだ。チョーコの言葉を頭の中で繰り返した。

――親は愛情で子供を壊せる。自分を助けられるのは自分だけや。

「ねえ、お父さん。毎週、日曜のお昼は明石焼を焼くって決めてたけど、もう無理せんでええと思うねん。二人とも好きにしよ。私は友達と遊びたなったら遊ぶし、お父さんも好きなことをしたらええねん」

父が息を吸い込んだ。しばらく言葉に詰まっていたが、やがて、絞り出すように言った。

「……でも、明石焼はお母さんが遺してくれた大事な料理や」

父がどれだけ傷ついているか、翼には痛いほどわかった。いつものシュッとした人好きのする佇まいは消え、まるで別人のようにしょぼくれて見えた。

「二度と明石焼を焼けへんって言うてるんやないよ。食べたなったら一緒に焼いたらええやん」

「でも、お母さんが生きてた頃は三人で毎週焼いてたやないか。今さら止めたらお母さんがかわいそうや」

「じゃあ、日曜日に一緒に明石焼を焼けへんようになったらお母さんのこと忘れてまう、とお父さんは思てるん?」

父が大きく眼を見開いた。そのままじっとこちらを見つめている。

「一緒に明石焼を焼けへんようになったら私らは親子やなくなってまう、とお父さんは思てるん?」

「まさか。そんなことあるわけない」

「ねえ、お父さん、私らは血のつながってへん親子やよ。それは事実のまま。でも、毎週明石焼を作れへんかったとしても、たとえ一ヶ月口をきけへんかったとしても、十年会えへんかったとしても変わらず親子や。違うん?」

父が唇を嚙みしめ眼を伏せた。そのままじっと動かない。こんな苦しげな父を見るのは母が亡くなったとき以来だった。

長い長い間があった。

父がゆっくりと顔を上げた。そして、かすれた声を絞り出しながら、笑った。

「ああ。そうやな。翼の言う通りや……」

父の引き攣れた笑顔を見て、鋭い胸の痛みを覚えた。父はそれでも笑おうとしてくれる。父がこの世の誰よりも思ってくれている証拠だ。

ザルに上げた茹で立てのタコを見た。真っ赤な頭と足から湯気が立ち上っている。メスなので反り返った足には綺麗に揃った吸盤が並んでいた。

父が笑おうとするなら私も笑おう。一笑すれば千山青し、だ。

そっと小さく笑ってみた。すると、赤いタコの足が、ふいに満開で揺れるカタクリの花のように見えた。

「ねえ、お父さん、暖かくなったら葛城山に行けへん？」

「葛城山に？　なんでや？」

父が不思議そうな顔で翼を見た。

「カタクリの花の群生地があるねん。赤紫の花が一面に咲いててすごく綺麗なんやて」

「そやな、山もたまにはええかもな」

「じゃあ、決まり。お弁当持って一緒に山に行こ。明石焼を焼かへん日曜日もええと思うねん」

父が黙ってうなずいた。それから二人揃って笑い泣きをした。


タコが冷えたので切り分けた。父は横で小気味のいい音を立てて鰹節を削っている。

今日の夕食は明石焼だ。いつもは昼間に作るので、真っ暗な窓を見ながら生地を作るのはおかしな気持ちがした。

銅の型に生地を流し入れ、今日買ったタコを一つずつ入れていった。菜箸を操り優しくまとめていく。不安定で崩れそうだけど、ギリギリの柔らかさで形を保っている、それが翼と父の明石焼だ。

はじめて二人で明石焼を焼いたのは母の初七日を済ませた翌日だった。

油を引いて生地を流し込む。菜箸を使って懸命にまとめようとしたが、生地はすこしも形にならない。おまけに火加減が強すぎたらしく、あっという間に表面が焦げた。慌てて弱火にしたが手遅れだ。できあがったのは表面が真っ黒で中は生、タコが縮んで固くなっている大失敗の明石焼だった。

一方、父の作ったお出汁は、昆布とカツオの風味などなく醬油の味しかしなかった。

結局、母の明石焼とは似ても似つかぬなにかが出来上がり、とても食べられたものではなかった。

そして、二人で約束した。

——もっと美味しいお出汁ができるように、お父さん頑張るからな。

——うん。私も頑張る。お母さんみたいに美味しい明石焼が焼けるようになるから。

あのとき確かに明石焼が、あの約束が二人を救ってくれたのだった。

父がスマホから位置情報アプリを削除した。ほんのすこし寂しそうだった。

「私もお父さんも、いつか恋人ができるかもしれへんし」

父がなにか言い返そうとして、呑み込んだ。そして、小さなため息とも笑みともつかぬ息を漏らした。

そうや。今度の短編は明石焼を作る話にしよう。父と娘がタコを相手に奮闘するドタバタ劇。読んだ人が大笑いしてくれるような、幸せな食卓を描いてみよう。

出来上がった明石焼を上げ台の上にくるりと裏返して載せた。大成功。

「ねえ、お父さん。二人揃ってパートナーができたらええことずくめやね」

「そやな、ええことずくめやな」

父が明石焼を頬張りながら笑った。やっぱりすこしだけ寂しそうだった。

ミナミの春、万国の春

おじゃましますー、と玄関から彩の声がした。手土産は見なくても匂いでわかる。

ぱたぱたというスリッパの音を聞きながら、ヒデヨシは醤油とウスターソース、小皿を食卓に並べた。

「ヒデちゃん、こんばんは。豚まん買《こ》うてきたよ。みんなで食べよ。……準備早っ」

彩《あや》が食卓の上を見て笑い、それからソファに眼を遣った。

「奈津子《なつこ》おばちゃん、具合はどう？」

「ありがとう。朝から休んでたからだいぶ楽になったわ」

ソファで横になっていた姉の奈津子がそろそろと身体を起こした。姉は去年コロナにかかり、その後遺症で日常生活がままならなくなった。主な症状は倦怠感《けんたい》で、酷いときは動けなくなるほどだった。今はずいぶんマシになったが、それでも無理をしないように気を付けて働いている。ただ、今年、二〇二四年は記録的な猛暑で秋なのに真夏の暑さが続いたせいで、ここ数日はすっかりまいっていた。

豚まんを電子レンジで熱々に温めた。自分と彩は食卓で、姉はソファで食べはじめた。

「で、今日はどないしたんや？」

　豚まんをソースにつけてかぶりつきながら訊ねると、彩が困ったような顔をした。なにかあったのか、と不安になって重ねて訊ねた。

「なんかあったんか？　まさか吾郎《ごろう》さんになにか」

「違う違う」彩は辛子の小袋を持った手を、顔の前でぶんぶんと左右に振った。「……実はあたし、今度結婚することになってん」

「え？　結婚？　ほんまか？」

　驚きのあまりヒデヨシは声が裏返った。

「結婚？　ほんまやの？　いやー、びっくりしたわあ」姉がソファから身を乗り出した。「おめでとう。お相手はどんな人？」

「三ヶ月ほど前、仕事の知り合いから紹介してもろた人。なんか、トントン拍子に話が進んで」

「そうかいな。彩ちゃんが結婚か。そら、吾郎さんも喜んではるやろ……」

　食べかけの豚まんを皿に置いた。なんだかもう胸が一杯になっている。姉も同じようで、一口囓《かじ》っただけの豚まんを手にしたままじっとしていた。

「うん。ええ人や、て言うてくれた。それで、あたしらは簡単な食事会くらいで済ませるつもりやってんけど、向こうの親がちゃんと式を挙げなあかん、て言うてはるねん。広告会社やってはって付き合いが広いんやて。そやから、来年の春くらいに結婚式と披露宴をやろうと思て」

「そうか。相手のあることやからなあ」

「お祖父ちゃんは絶対に出る、言うて張り切ってる。それで、ヒデちゃんも奈津子おばちゃんも出席してほしいんやけど……ええかな？」

「彩ちゃんの結婚式やろ？　そんなん絶対行くわ」

姉が感極まったふうに声を震わせ、大きくうなずく。負けじと声を張り上げた。

「来年の春やな。日、わかったら教えてや。姉ちゃんが調子悪かったら、車椅子借りて連れてくから」

「うん。それやったら、式場の人に言うとくわ」

「ごめんな、彩ちゃん。せっかくのめでたい式に辛気くさいこと言うて」

姉が詫びると、彩が真剣な顔で否定した。

「なに言うてるん。そんなん来てくれるだけでありがたいわ。それに、当日、お祖父ちゃんも車椅子やねん。ヘルパーさんが式場まで連れてきてくれるって。……それで、よかったら親族席に座ってほしいねん。お祖父ちゃんが一番上座やけど、奈津子おばちゃんとヒデちゃんはその横に」

姉と顔を見合わせた。二人とも未婚で、彩とは血の繋がりすらない。そんな自分たちに両親の真似事ができるだろうか。

「吾郎さんはなんて？」

「ちゃんと頭下げてお願いするんやぞ、て」

彩を諭す吾郎の顔が浮かんだ。知り合った頃からすこしも変わらない。堅物で涙もろくて義理がたい。

「そうか。彩ちゃんと吾郎さんがええて言うてるなら、そうさせてもらうけど……」

それでもまだ、姉の声にはすこしためらいがある。自分も同じ気持ちだ。彩の結婚は我が事のように喜ばしいからこそ、心配になってしまう。今時、披露宴にこだわる家と彩は上手くやっていけるだろうか。

自分は今、六十四歳。介護福祉士だ。姉の奈津子は六十七歳。主任ケアマネージャーの資格を持っている。二人とも老健施設「清風園《せいふうえん》」で働いていた。定年のない職場だが、この先どうなるのだろう、と不安になるときがある。だが、考えても仕方ない。これからも粛々《しゅくしゅく》とやっていくだけだ。

「とりあえず豚まん食べよ。冷めてまうがな」

三人で黙々と豚まんを食べた。手を洗ってお茶を淹れてから、詳しく彩の話を聞くことにした。お相手は大手ディスプレイデザイン会社に勤める四十前の人だという。姉が彩を質問攻めにし、彩は嬉しそうにノロケていた。

時計を見ると、もう九時前だった。

「遅なったから家まで送ってくわ」

「大丈夫やよ」

「あかんあかん。嫁入り前になんかあったらどうする？」

「嫁入り前言うても、もう三十四。来年からアラフォーなんやけど」

「アラフォーでもアラフィフでも嫁入り前は嫁入り前や」

「嫁嫁って……。ヒデちゃん、今はそんなん言うたらあかんで」

「難しいなあ」

アパートを出て夜の町を歩く。彩の自宅までは歩いて三十分ほどだ。姉と二人で住んでいるのはゴミゴミした下町の２ＬＤＫの古いアパートで、彩は閑静な住宅街の一戸建てだ。

もともとは御堂筋線の昭和町駅、松虫通近くのアパートで暮らしていた。だが、吾郎の子育てに協力することになり、豊中市に引っ越してきたのだ。

シャッターの下りた商店街を抜けていく。

「嫁嫁言われるのはええ気持ちせえへんねんけど……でも、お祖父ちゃんが生きてる間に花嫁姿見せることができてよかった、て感じてしもたんは事実。だって、お祖父ちゃん、結婚する言うたら泣いて泣いて……」

「吾郎さんらしいわ」

泣く吾郎を想像しただけで眼の奥がつんとした。慌ててショーウィンドウに貼ってある万博ポスターに眼を遣ってごまかす。

くるぞ、万博。という文字の下には身体は青、顔が赤い輪っかで眼がたくさんある不思議なキャラクターが笑っている。二〇二五年の大阪万博のマスコット、ミャクミャクだ。

「……こんな気持ち悪いの、どこがええんやろうなあ」

思わず呟くと、彩にたしなめられた。

「あたし、ミャクミャク好きやよ。最初はなにこれ、って思たけど、慣れたらかわいらしく見えてきて。ほら、キモかわいい、ってやつ」

そう言えば、一九七〇年の万博でも同じことを感じた。最初、太陽の塔に付いてる顔が怖かったが、やがて慣れた。だから、そのうちミャクミャクにも慣れるのだろう。

「披露宴の余興なんやけど『はんだごて』のビデオを流そうと思うねん。心斎橋筋2丁目劇場でやったやつ。ええかな?」

「はんだごて」最後の舞台を撮ったものだ。彩が吾郎に引き取られたとき、身の回りの品と一緒に渡した。

「え、あれか？　そりゃ、ええけど……」

「ええけど？」

彩が不安そうな声を返した。気の毒だとは思ったが、思い切って訊いてみた。

「……向こうの家はどう言うてはるんや。彩ちゃんに親おらんこととか、気にしてはれへんのか？」

「全部話してる。母親は震災で死んだこと。父親は誰かわからへんこと。母親は昔『はんだごて』いう芸人で、その相方の男の人とお姉さんが五歳まであたしの面倒みてくれたこと。その後は祖父に引き取られたけど、引き続きお世話になってて今でもお付き合いがあること」

「あかんあかん。彩ちゃん、嘘ついたらあかんなー」

「え？」

彩が驚いた顔を向けた。

「付き合いはあるけど、僕らが別に世話してるわけやない。それどころか世話になってる方や。ほら、今日かて豚まん買うてきてくれたし」

そこで彩が苦笑した。

「ヒデちゃん。それ、ツッコミになってへん。ただのええ人やん。……はい、お疲れ様でした――」

容赦のないダメ出しに頭を掻いた。

「僕、ボケ担当やし」

「ボケにもなってへんやん。向こうはこっちの事情を全部理解してくれてん。そもそも、向こうのお義父さんはお笑い好きやねん。死んだ母は『カサブランカ』の後輩です、言うたら大喜びしてはった。大ファンやってんて」

「……はは。『カサブランカ』さまさまやな」

「ほんまに『カサブランカ』さまさま」

そう言って、彩がジャケットの襟元をかき合わせた。昼間は暑くても、のぼりを揺らす風はやっぱり秋だった。

「チョーコ、今度『香華』っていうお芝居やるんやって。観に行きたいなあ」

「漫才やってた頃が嘘みたいや。もうすっかり女優やな」

「ほんまに綺麗やね。お母さんが憧れた気持ちわかるわ」

「彩ちゃん、それは違う。ハルミはチョーコの顔に憧れたんと違う。芸にや」

すこしキツい口調になった。彩が当惑したようにうつむく。しばらく黙っていたが、顔を上げてすこし照れくさそうに笑った。

「お母さんにあたしを見てもらおうと思て。ビデオの中からやけど」

大げさにするつもりはない、といった彩の口ぶりだった。なのに、涙が出そうになった。

「そうか。ハルミも喜ぶわ……」

「この際、データ化しようと思うねん。そしたら、ヒデちゃんにも渡すから」

「そうか、助かるわ」

ボケもツッコミもできない。風にはためく万博宣伝のぼりを見るふりをしてごまかした。

ハルミが未婚のまま彩を産んだのは、一九九〇年のことだ。

シングルマザーとなったハルミが仕事で家を空けるときは、姉と交代で面倒を見た。だが、彩が五歳のとき、ハルミは阪神・淡路大震災で亡くなり、その後、祖父の吾郎が引き取ることになった。

——この子の好き嫌いやら癖やら、一緒に暮らす上で気を付けねばならないことをまったく知らない。申し訳ないがいろいろ教えてもらえないか。

深々と頭を下げる様子に感動し、思い切って吾郎の家の近くに引っ越すことにしたのだ。

二十年ほど前、姉は長年勤めたキャバレー「ユニバース」を辞めて、介護福祉士の勉強をはじめた。最初に勤めた施設では月に一度「笑おう会」という催しがあった。入所者相手にボランティアの人たちが歌ったり手品をしたり落語をしたり、というよくあるイベントだ。だが、回を重ねるごとにマンネリになってきて参加者が減ってきた。そこで、一応「吉本所属のプロ」であるヒデヨシに声が掛かったのだ。

二十一世紀に移っていくころ、世間では新しいお笑いブームが起こっていた。心斎橋筋2丁目劇場は閉館して「ｂａｓｅよしもと」が台頭し、「Ｍ－1グランプリ」がはじまった。

ハルミとコンビ解消した後、七つ年下のＮＳＣの後輩と「新はんだごて」というコンビを組んだ。だが、やっぱり仕事がない。劇場には出してもらえず、自費でライブをやってチケットが売れないから持ち出しばかり、という生活だ。

そんなときに、施設から声が掛かった。姉の頼みということもあって「交通費程度」の謝礼でも引き受けようとしたが、相方は嫌がった。

——たしかに安い仕事やけど、漫才させてもらえるんやで。バイトばっかりしてるよりマシやろ。

——老人ホームでボランティア？　刑務所へ慰問行くほうがずっとカッコええわ。ネタにもなるし。

——小さい仕事を大事にせな。どこで次の仕事につながるかわかれへんし。

——もうええわ。ヒデヨシさん。あんた、もう四十五やろ？　年齢だけ言うたら紳助さんと「ダウンタウン」に挟まれてる。NSCでは「ダウンタウン」の一年後輩やった。芸歴にはそれほど差がない。なのにどうや。今、天国と地獄ほどの差あるやろ？　オーディションも全滅で、MCどころかひな壇にも呼ばれへん。

——差あ付いたんは認める。でも、僕らには僕らの芸風がある。我慢して続けてたら絶対に当たる。「大助・花子」かて下積みの末に売れはったんや。あの人らな、「ダウンタウン」の新しい芸を見てすごい危機感を持ってはったそうや。でも、流行りに乗っかったりしはらへんかった。王道の夫婦漫才を貫いて成功しはったんや。

——王道？　そんなん言うてるから置いてかれたんや。あんたの言う王道はたんに古臭くてつまらんだけや。「カサブランカ」かてとっくに漫才辞めてタレント活動に切り替えてる。王道ではウケへんことがわかったからや。

これがきっかけで「新はんだごて」はコンビ解消し、相方は引退した。ヒデヨシはしばらくはピン芸人として活動を続けたが、身体を壊したことをきっかけに泣く泣く廃業を決意したのだ。そして、介護業界で再出発したとき四十七歳になっていた——。

仕事を終え、吾郎の入所しているホームへ面会に行った。

彩に迷惑は掛けられない、と自分から入所を決めたのは八十歳になったときだった。それから九年。足腰がすこし弱って歩行器を使って移動をしているが、記憶や認知機能に問題はない。趣味の漢詩鑑賞を楽しむ毎日だ。

陽光の差し込む明るい談話室には、ハーモニカアレンジの「ちいさい秋みつけた」が流れている。

「吾郎さん、彩ちゃんのこと聞きました。おめでとうございます」

「ああ、ヒデヨシくんか。ありがとう。これで安心してあの世に行ける」

もう吾郎の眼は潤んでいた。

「阿呆なこと言わんといてください。それより、彩ちゃん、披露宴で『はんだごて』のビデオ流したい、言うてます。ビデオの中からお母さんに見てもらいたい、て」

「そうか、そんなことを……」

声を詰まらせたので、慌てて吾郎の手を握った。

「ハルミも喜びますよ。ほんまによかった」

吾郎はしばらく震えていたが、やがて顔を上げた。

「……ヒデヨシくん、悪いが頼まれてくれんか」

「ええ、なんでも」

「彩に真珠のネックレスとイヤリングをプレゼントしたい。死んだ妻は嫁入り道具として立派なものを持っていたが、春美が持ち出してそれきりだ。遺品になかったから売ってしまったのだろう。……バカな娘だ。頼ってくれたらよかったのに」

「吾郎さん。もうその話はやめときましょ。……じゃあ、僕と姉とで真珠を見繕ってきたらええんですね」

「悪いが頼む」

吾郎が車椅子の上で深々と頭を下げる。握った手に力を込めた。

「彩ちゃんの嫁入り道具、任してください。彩ちゃんのために立派なええやつ用意しますから……」

自分まで泣いてしまいそうになって慌てて堪《こら》える。こんなときにギャグの一つも思いつかない。やっぱり芸人には向いてなかったんやな、と思った。

*

一九七〇年。大阪万博が三月に開幕し、日本中、特に大阪の人々は全力で浮かれていた。無論、反対する人もいたが、やっぱりきちんと全力で反対意見を表明していた。

都島《みやこじま》通の地下は地下鉄谷町線の延伸工事中で、露天掘りの開削《かいさく》工法で工事が進んでいる。掘り下げられた穴の上はコンクリートの分厚い覆工板《ふっこうばん》で覆われて、車がガタガタ揺れながら走っていた。

ヒデヨシの両親は都島通沿いで佐藤ふとん店を営んでいる。地下から響く工事の音を聞きながら、父は表のガラス戸に墨で大書したビラを貼った。

貸し布団、ご予約承ります。万博見物で御来阪の皆々様、当店の高級布団で朝までぐっすり。

ご丁寧に「万博見物」と「高級布団」の横には朱色の渦巻きで強調してあった。本当は「ぐっすりお休みください」と書きたかったのだが、紙が足りなくなったらしい。

佐藤ふとん店は三月、万博開幕と同時に繁盛した。万博見物に全国から人がやってきて、親兄弟、親戚、友人などが泊まりにくるからと、布団を一式買い求める家が多かったからだ。もちろん、客の為に費用を掛けられない、という家のためには「貸し布団」もあった。佐藤ふとん店は販売と貸し出しの両方をやっていたから、ずいぶん忙しかったのだ。

「なあ、万博連れていってや。組合で買わされた前売り券、あるんやろ?」

四月に入ってもうすぐ新学期という頃だ。繰り返し頼んだが、店が忙しい父はうんとは言わなかった。

「お父ちゃん。よう考えてみいや。お店が繁盛してるんは万博のおかげやろ? ほんなら、一回くらい顔出して、ありがとうございます、くらい言うてもバチ当たらへんのと違うか?」

「おまえはほんまに口が上手いな。噺家《はなしか》にでもなったらどうや」

「なるんやったら噺家より漫才師がええな。仁鶴や三枝もええけど『やすし・きよし』みたいになるねん」

今、夢中になっているのは去年はじまった「ヤングおー!おー!」だ。噺家も漫才師もみんなでわいわい騒いで、とても楽しい。

「おう、なってくれ。テレビに出て稼いでお父ちゃんを楽にしてくれ」

「まかしとき。『佐藤ふとん店』をビルにしたるわ」

「よーし、約束やで」

父と二人で笑っていると、姉が半分呆れたような顔で割って入った。

「その話は置いといて。お父ちゃん、ヒデヨシの言うとおりや。これからは科学の時代や。布団も進歩せなあかん。そやから万博行って人類の進歩と調和を勉強しよ」

「布団がどない進歩するねん。空でも飛ぶんか」

父が難しい顔をする。

「飛ぶ、てなんやねん。魔法の絨毯やあるまいし」

即座にツッコむと、姉が睨んできた。あー、怖あ、とふざけると「阿呆」と叱られた。

父はしばらく考え込んでいたが、やがて大きくうなずいた。

「よし、わかった。そこまで言うんやったら行ってみよか」どれどれ、と言いながら予約台帳を広げる。「せやな、十二日の日曜やったら今のところ配達の予定が入ってへん」

「ほな、十二日な。お父ちゃん、絶対に新しい予約入れたらあかんで」

「わかったわかった」

やった、と姉と二人で大喜びしたが、母は嬉しさ半分、面倒臭いのが半分という顔だった。

「絶対にアメリカ館行こな。月の石見るんや」

「わかったわかった」

父が予約台帳をバタンと閉じた。同時に、母がため息交じりに台所を見やった。

「……お弁当作らなあかん。何時に起きたらええんやろ」

「お母ちゃん、あたしも早起きして手伝うから」

「そうか。なら、奈津子、悪いけど頼むわ」

早速、母と姉が弁当の中身の相談をはじめる。

「おいなりさんか太巻きか、それともサンドイッチか。なにがええやろなあ」

その横で、父と会場までの足を検討した。

「車で行ったら混んでるやろか。地下鉄で行くほうが確実かもしれん」

去年買ったばかりのサニーで行きたいが、渋滞に巻き込まれて会場到着が遅れたら困る。アメリカ館の行列は凄まじいらしい。一家総出で計画を立て、結局、一番一般的な案に落ち着いた。四月十二日の日曜日、地下鉄、北大阪急行に乗って万国博中央口駅で降りる。開場は九時半だから、その十五分前には到着しておくこと。お弁当は焼き穴子たっぷりの太巻きとサンドイッチ。

「お母ちゃん、サンドイッチの玉子は厚焼きな」

「はいはい」

母はさも面倒臭そうに答えたが、なんとなく声が明るいような気がした。

早速、学校で自慢してまわった。開幕してまだ一ヶ月経っておらず、行っていない者の方が多い。みなの羨ましがる顔を見ていると得意でならなかった。

四月八日。夕刻。

放課後、いつものように友達と扇町《おうぎまち》公園で遊んでいた。姉と母は天神橋筋商店街に買物に出かけ、父は一人で店番をしている。いつもの夕方だった。

地下鉄の工事現場でガス漏れが起こって、作業員は退避した。すぐに大阪ガスのパトロールカーがやってきたが、小さな爆発が起こって車が炎上した。騒ぎに気付いた野次馬が続々と集まってくる。買物帰りの人も勤め帰りの人もみな、なにが起こったのか、と足を止め、都島通は騒然とした。

次の瞬間、轟音と共に一五〇〇枚ほどあった覆工板が吹き飛び、火柱が上がった。人や車が宙を舞い、通りに面した建物がなぎ倒されて火に包まれた。

ヒデヨシは騒ぎに気付いて帰ろうとした丁度そのとき、すさまじい爆発音と地面が揺れるのを感じた。慌てて家に駆け戻ると、眼の前にはこの世とは思えない光景が広がっていた。

道路はめくれ上がって地下鉄工事の穴が露出し、あちこちに血まみれの人が倒れている。佐藤ふとん店は爆風で半壊し、表のガラス戸は父の書いたビラごと粉々になっていた。父の姿はどこにもない。まさか、吹き飛ばされてしまったのだろうか。呆然と店の前で立ち尽くしていると、母と姉が血相変えて帰ってきた。母の買物カゴから突き出したゴボウと姉の手にした中村屋のコロッケが妙にとんちんかんで、思わず笑ってしまいそうになった。

「あんた、なに笑《わろ》てるねん」

母に叱られたが、引きつった笑いを浮かべたまま返事もできなかった。

死者七十九名、重軽傷者四百二十名。父は重軽傷者のうちの一人だった。父は爆発音を聞いて様子を見に行ったところ、ガス爆発で吹き飛ばされた覆工板の下敷きになって片足を失った。

搬送先の北野病院で父は気丈《きじょう》に笑って見せた。宙を舞った覆工板は一枚四百キログラムもあり、直撃を受けて即死した人も多かった。

「命が助かっただけでも儲けもんや」

「万博行かれへんようになってごめんな」

「お父ちゃん、なに言うてんねん。万博なんていつでも行けるがな」

「家も店もない。足もないのに行けるかいな」

「足がなんやねん。僕がお父ちゃんの車椅子押したるわ」

強く言うと、父が哀しそうな顔をした。しまった、と思い、言い方を変える。

「ほな、次の万博行こ。今度大阪でやるときは絶対やで。それまでに僕がテレビ出てお金稼ぐから。お父ちゃんに最高級の車椅子プレゼントしたる」

「おう。頼むわ」

翌年、父は佐藤ふとん店を再開したが、補償金だけでは足らず商工ローンを借りなければならなかった。

真新しい店で父は杖を突きながら精力的に働いた。運転ができなくなったので配達は母の仕事だ。だが、すでに万博は閉幕し、貸し布団の需要はなくなっていた。

爆発事故から二年後、沖縄がアメリカから返還されて日本中に沖縄ブームが起こった。そんなとき、父の幼なじみの電器屋が店に来てこんな話をしたのだ。この前、沖縄に土地を買ったんや、と。

「土地？　沖縄に？」

「そうや。これからは沖縄や。海洋博も決まったたし、本土から人が殺到する。別荘地として絶対に価値が出るから」

海洋博、と聞いて胸が高鳴った。海の上での博覧会か。一体どんなパビリオンができるのだろう。もしかしたら海中から太陽の塔が突き出しているのだろうか。

「海洋博なあ……。博覧会にはええ思い出がないんやけどな」

「この辺の人はみんなそうや。でも、沖縄の海は抜群に綺麗やで。青い海、青い空。一度、家族で行ってみたらええねん。……なあ。ヒデヨシ君も行ってみたいやろ？」

電器屋がいきなり向き直って笑いかけてくる。

「うん」

自分でもびっくりするほど大きな声で返事をすると、父と電器屋がどっと笑った。

しばらくして、父は沖縄の離島に土地を買った。一大リゾート地になるという計画を信じ、二東三文の荒れ地を高値で買わされたのだ。当時、日本中で騒がれた「原野商法」だった。

ガス爆発事故、原野商法。続けて被害者になった父は一発逆転を狙って投資に金をつぎ込んだ。だが、それもうまく行かず多額の借金を負って店を手放す羽目になったのだ。悪いことは続くもので、母に病気が見つかり、半年の闘病で呆気なく逝ってしまった。

気落ちした父を慰めようと、家の中で一人でボケツッコミを演じたが、もう父はくすりとも笑ってくれなかった。一日中テレビばかり観ているうちに、脳卒中を起こして寝たきりになった。

姉と二人で父を介護した。姉は高校を中退し、昼間は事務員、夜はキャバレー勤めをして家計を支えた。だが、すぐに無理がたたって身体を壊した。そして、会社を辞めてキャバレー勤めに専念することになった。

「お姉ちゃん。僕も高校やめて働く」

「高校だけは出とき。あんたはうちみたいに器用やないし。高校くらい出とかんと」

高校を出て老舗呉服店に就職した。着物の知識はまったくなかったが、話が面白いと言われて常連客にはかわいがってもらった。

——あんた、面白いわあ。吉本入ったらええのに。

着物を一枚売ればその分の手当が出たので給料は悪くはない。だが、父親の作った借金を払うとそれほど金は残らず、休みの日には赤帽のバイトをした。

やがて、彼女ができた。呉服店の隣の漆器屋で働く同い年の女の子だ。お金が貯まったら結婚しよう、と約束をした。

二十歳の頃だ。久しぶりの休みの日、父と一緒にテレビで演芸番組を観ていると、はじめて見る女性漫才コンビが登場した。二人は姉妹で、姉のチョーコは人目を引く華やかな美人で、妹のハナコはおっとりした素朴な容貌をしている。

——本当に「カサブランカ」チョーコは幸せでした！

——あんた、それキャンディーズや。

思わず耳を疑った。芸の世界では験《げん》を担《かつ》ぐ者が多い。「引退」をネタにするなど余程の自信がないとできないことだ。

——あのな、ハナコちゃん。運動会と違うねん。引退や、引退。

——引退？　ああ、わかった。長嶋やな。

美人がボケでおっとりしたほうがツッコミかと思っていたら、今度は逆だ。美人がツッコんでおっとりがボケた。

世間は空前のＭＡＮＺＡＩブームで、これまでとはまったく違う新しい漫才が若者に爆発的に流行している。だが「カサブランカ」の漫才は違った。二人の空気はやすし・きよしよりも古く、いとし・こいしの古典的な漫才に似ている。そう、一言で言えば「上品」なのだ。そして、鮮度が問われる時事ネタを積極的に取り入れ、ツッコミとボケがごく自然に入れ替わって飽きさせない。

懐かしい。昔、お父ちゃんと一緒に観てた漫才や。でも、懐かしいだけやない。棒立ちのしゃべくりやなくてコントの要素もある。このコンビ、すごいやないか！

その日以来、「カサブランカ」の虜になった。チョーコの美貌、ハナコの完璧な間《ま》を思い出しただけで、頭が沸騰したヤカンのようになる。もう、居ても立ってもいられない。やっぱり僕もお笑いをやりたい。芸人になりたい——。

仕事を辞めてＮＳＣに入りたい、と言うと姉は即座に否定した。

「あかん、あかん。阿呆なこと言いな。芸人なんてやめとき」

「なんでや？　僕が子供の頃からお笑い好きなんは姉ちゃんかて知ってるやろ？」

「知ってる。でも、ただ好きなんと芸人になりたいのは全然別や。姉ちゃんの働いてる店はなんば花月に近いから芸人さんもよう来はる。もちろん、テレビで観るような人もおるけど、ほとんどは名前も顔も知らん人や。そういう人らは仕事がないからバイトしてる。本業はほとんどバイトや」

姉は一気にまくしたてると、今にも泣き出しそうな顔をした。

「なあ、ヒデヨシ。せっかく堅気の会社に入ったんや。お願いやから、そのまま真面目に働いてや。お父ちゃんのこともあるし」

彼女にも相談したが大反対されて、芸人になるなら別れるとまで言われた。一人で葛藤し続けたが、介護が必要な父のことを思うと諦めるほかない。しょうもない夢を見るな、と自分に言い聞かせた。

二年後、父が亡くなった。就寝中に再び脳出血を起こし、朝、起こしに行ったときには冷たくなっていたのだった。


彼女と別れてNSCに入ったのは一九八三年のことだった。そこで同期のハルミと出会い、お互いが「カサブランカ」に憧れて入校したことがわかった。

「チョーコすごいよね。あんなに綺麗でツッコミが鋭くて」

「ああ。まさに大輪の花や。眼が離されへん。でも、ハナコもすごいで。チョーコをさらっと受け止めてる」

「チョーコは美人でオシャレな流行りの服着てるのに、コテコテに喋りまくれる。ハナコは素朴で安心感があるのに、ときどきズバッと切り込んでくる。二人ともそのギャップが魅力やと思う」

「そやな。あの二人の漫才聞いてたら懐かしく感じる。でも、古臭くない。そやから、若い人にもお年寄りにも好かれるんやろうな」

MANZAIブームで人気の出た若手芸人は、主に十代二十代の若者から圧倒的な支持を得てテレビ界を席巻していた。だが、「カサブランカ」は老若男女、どの世代からも人気がある。ファンには「チョーコ派」と「ハナコ派」がいて、特にチョーコのファンは親衛隊を結成して熱心に応援していた。

「カサブランカ」のようになりたい——。ヒデヨシとハルミはすっかり意気投合してコンビを組むことになった。コンビ名は「はんだごて」だ。目隠しして辞書を開いて、適当に指さした場所にあった単語だった。

下町育ちの自分と違って、ハルミはピアノで音大を目指していたお嬢様だった。顔立ちがチョーコに似ているのが嬉しいようで、いつもチョーコを真似た服を着てメイクをしていた。

コンビ結成と同時にはじめたのは、「カサブランカ」のコピーだ。息の合った姉妹コンビの絶妙の間を自分のものにしようと、何度も何度も練習をした。だが、NSCの同期の仲間たちからは露骨にバカにされた。

——他人の真似してどないするんや。プライドないんか。他の誰とも違う新しいことして笑わせる。それが本物の実力や。

ほっとけ。言いたいヤツには言わしといたらええねん。二人とも相手にしなかった。新しさだけを狙った一発芸になんの意味がある。「はんだごて」は王道を行くのだ。そして「カサブランカ」のようになるのだ、と。

＊

一月五日の夜、サービスステーションで真新しいカレンダーを見ながら、ヒデヨシはため息をついた。

年末から正月にかけて一時帰宅する入所者が多いので、仕事がすこし楽になる。だが、年が明けて三、四、五日と入所者が戻ってくる期間はしばらく大変だ。一時帰宅でリズムの狂った入所者に問題行動が多発するからだ。

その夜は普段の何倍も呼び出しブザーが鳴った。家に帰ろうとする入所者たちがひっきりなしに館内を徘徊《はいかい》する。ヒデヨシは一息つく間もなく、朝まで働き続けた。

夜勤が明け、久しぶりにミナミに出た。芸人を辞めてからずっと遠ざかっていた街だ。へとへとになった身体で早朝の町を彷徨《さまよ》う。時間を潰す必要があるから歩いているだけで、どこか行く当てがあるわけではない。道頓堀はもう大勢の外国人観光客が盛り上がっていて、写真を撮りまくっている。橋を渡る間、ほとんど日本語が聞こえなかった。

この街にあるのは悔恨と失敗の思い出だけだ。胸の奥底にずっと押し込めていた「はんだごて」の記憶がひくついている。まるで止まらないしゃっくりのようだ。

昔、心斎橋筋2丁目劇場があったビルは今では「Ｓｈｉｎｓａｉｂａｓｈｉ ＧＡＴＥ」という複合ビルになっている。思わずビルの前で立ち止まり、記憶のしゃっくりを呑み込んだ。そのまま引き返し再び道頓堀を越え、戎橋筋を歩いた。千日前のなんばグランド花月の前まで来て「カサブランカ」の看板を見た途端、ふいに足が止まった。しゃっくりが大きすぎて呑み込めそうにない。

　仕方なしに、眼に付いた喫茶店に入ってモーニングを食べた。夜勤明けの身体は鉛のように重く、トーストを食べ終わるといつの間にか眠ってしまった。気付いたときには、髙島屋の開店時間だった。

　わざわざミナミにやって来たのは、吾郎に頼まれた真珠の下見をしたかったからだ。

　──真珠のネックレスかあ。それやったら、難波の髙島屋で買えへん？　「ユニバース」時代に作った会員カードがまだあるし。

　開店と同時に意気込んで髙島屋に入った。実際に買うときは彩本人に選んでもらったほうがいいだろう。だから、今日は「立派なええやつ」の大体の値段を確認するだけだ。緊張しながら宝飾品売り場に来たのだが、キラキラ光るショーケースと姿勢のいい店員を見た途端、気後《きおく》れしてそのまま引き返してしまった。

　あまりにも場違いや。たとえ下見でも一人で来たのは間違いやった。今度はせめて姉ちゃんと一緒に来よか──。

　すっかり気落ちして出口へ向かうと、ミャクミャクグッズの特設コーナーができていた。これくらいなら緊張せずに買える。彩のために小さなぬいぐるみとマグカップを買って家に戻った。

「遅かったやんか。昼御飯は鍋焼きうどんでええ？」

「ええよ」

　姉が昆布出汁を張った土鍋をコンロに載せて火を点ける。手を洗って手伝おうとしたとき、インターホンが鳴った。見ると、彩だ。

「ごめん、連絡もせんといきなり来て」

走ってきたのか、頬が上気して髪が乱れている。表情は強張って、一目でただごとではないと知れた。

「どうしたんや？　仕事は？」

「今日まで休み。それより、ヒデちゃんに訊きたいことがあって」

とりあえず食卓の椅子に座らせ、一年中沸かしている麦茶を出してやる。彩はトートバッグをソファの横に置くと、一息で冷たい麦茶を飲み干し大きく息を吐いた。

「あたしのお母さんのこと。お母さんはヒデちゃんとコンビ組んでたとき、『カサブランカ』の後輩やってたんよね」

「そうや。チョーコやハナコにはようしてもろた」

「じゃあ、これ観て。『カサブランカ』の公式チャンネル」

彩がスマホを取り出し、動画を再生した。映ったのはチョーコだ。


――今回は川島理一郎氏の『孤独の飛翔』について反論したいと思います。うちは『H』の名誉のために話をします。『H』はうちと川島理一郎氏との関係をマスコミに売ったりしてません。


なんやこれは。ヒデヨシは眼を疑った。なんで今頃ハルミの話をしてるねん。

「昔、チョーコとリーチが付き合ってて、そのせいで硫酸事件が起こった、ていうのは聞いたことがあるねん。最近、そのことでリーチが暴露本出したいうのは知ってたけど、あんまりスキャンダルとか好きやないから、ネット記事とか無視しててん。……でも、チョーコがすっごいカッコいい反論した、っていうのを職場の人に聞いて興味が湧いて、チョーコのチャンネル観に行ってん。……ねえ、この『H』ってお母さんのこと？」

「いや、そんな、イニシャルだけやったらわからへんし……」

咄嗟《とっさ》にごまかそうとしたが、彩が遮ってバッグから本を取り出した。付箋が付いている。

「さっき『孤独の飛翔』を買うて電車の中で読んでん。硫酸事件の詳しいこと全然知らんかったから、いろいろ調べた。ねえ、あれにお母さんが関係してたん？」

彩は付箋の付いたページを開き、指で示した。

――チョーコは怒ってHを叱った。すると、Hはボクたちを逆恨みして、ボクたちが交際していると芸能記者にタレこんだのだ。

――チョーコが硫酸を掛けられる被害に遭ったのは、ボクのファンや彼女の親衛隊のせいじゃない。Hの責任だ。

彩はすっかり思い詰めた顔をしている。きっぱりと否定した。

「いや、違う。ハルミは関係ない。チョーコの言うとおりや。ハルミはマスコミに売ったりしてへん」

「ほんま？　じゃあ、なんで川島理一郎はこんな嘘を書いたん？」

「炎上狙いの売名行為や。それだけのことや。それより、ほらこれ。プレゼントや」

髙島屋で買ったミャクミャクのぬいぐるみとマグカップを手渡した。彩は一応は受け取ったものの、すぐにまた真剣な表情になった。

「ヒデちゃん、ごまかさんといて」

彩の追及にたじたじとなっていると、姉が割って入った。

「ごまかしてへんよ。彩ちゃん、よう考えてみ？　もし、ハルミちゃんがそんなことしたら会社がなんて言うと思う？　売れっ子コンビをマスコミに売って、なおかつ硫酸掛けられる原因まで作ったとしたら、上の人らが黙ってるわけないやろ？　『はんだごて』なんか速攻でクビやわ。ヒデが四十過ぎまで芸人続けられるわけがない」

彩は不審げな顔で姉の話を聞いていたが、やがてはっと得心したふうに眼を大きく見開いた。

「……ほんまや。もしかしたらヒデちゃんの言うとおりかも」

「そやそや。僕が契約解除にならんかったこと、それがリーチが嘘ついてる証拠や」

青ざめていた彩の頬にようやく血の気が射した。表情が緩んで、眼に穏やかな光が戻ってくる。ほっとして、自分も麦茶を注いで飲んだ。

「リーチなんかほっとき。それより、僕な、よう見たらミャクミャクかわいいような気がしてきたんや」

本当はまだすこしも良さがわからない。でも、もしかしたらいつかわかる日が来るかもしれないから、これくらいの嘘はいいだろう。

「ほんま？　じゃあ、もっと見て。慣れたらメチャメチャかわいなるから。……ありがとう、ヒデちゃん」

愛おしそうに彩はミャクミャクのぷっくりした腹を撫でた。その様子が五歳の頃にダブって見えた。

「彩ちゃんも鍋焼きうどん食べてくか?」

「えー、どうしよ。ビデオをデータ化してくれる店に持ってくつもりやってんけど……」

「明日でええやろ」

「じゃ、ご馳走になります」

手伝うわ、と言って立ち上がった彩が立ち止まった。振り向いてソファの横に置いたトートバッグを見る。それから、慌てて辺りを見回した。

「紙袋、見いひんかった?」

「紙袋? なんの?」

「ビデオを入れた紙袋。阪急百貨店のやつ。……靴、脱いだときに玄関に置きっぱなしにしたんかな」

彩は玄関を見に行ったが、すぐに戻ってきた。

「まさか、どっかに置き忘れてきたんかな。本屋か電車の中か……」

すぐに警察、駅、本屋など立ち寄り先に連絡したが、どこにもビデオの入った紙袋は届いていないということだった。

「あたし、阿呆や。リーチの本なんか買わへんかったらよかった」彩が唇を噛んで、顔を伏せた。

「大事なお母さんのビデオやのに……もっと早くにデータ化しとけばよかった」

吾郎がビデオ機器しか扱えないから、ずっとそのままにしておいたのだ。

「大丈夫、絶対見つかる。そんなに心配せんでもええから。明日か、明後日か。必ず届けてくれる人がいてるはずや」

今にも泣き出しそうな彩を姉と二人で懸命に慰めた。

だが、一週間経ってもビデオは見つからなかった。

彩はすっかり気落ちしている。

「あたしのうっかりでなくしたなんて、お祖父ちゃんに申し訳ないわ……」

自分を責める彩を見ていると不憫でたまらず、こちらも気の晴れない毎日だった。

二月に入ってやっと姉と休日が揃ったため、まずは二人で真珠のネックレスを見に行くことにした。

今、難波の駅前ロータリーは整備されて椅子とテーブルが並ぶ広場になっている。ここも外国人観光客ばっかりやな、と思いながら歩いていると、前から斉藤蘭子がやってきた。「新はんだごて」のマネージャーだった人だ。もう還暦近いはずだが細身のパンツスーツがよく似合っている。髪型は若い頃から変わらず、真ん中分けのワンレンだ。なんとなく気まずくて軽く会釈してやり過ごそうとしたが、はっと思いたった。

声を掛け、ぺこりと頭を下げた。

「斉藤さん、御無沙汰してます。『新はんだごて』ヒデヨシです」

しばらくためらってから、ああ、と斉藤がうなずいた。

「お久しぶり。元気にしてはる？」

「はい。今、介護施設で働いてます」

すこし近況報告をしてから、用件を切り出した。

「『はんだごて』のビデオって残ってませんか？　2丁目劇場のやつとか」

「ごめんなさい。そんな古いやつはたぶんないと思う」

「そうですか。でも、もしあったら教えて欲しいんです。相方やったハルミの娘が結婚することになって」

「ハルミの娘って……あの？」

ハルミが妊娠してコンビ解消、契約解除となったいきさつを思い出したのか、わずかに顔が曇った。

「さすがにないと思うわ。訊いてみなわからへんけど」

「チョーコ姐さんとハナコ姐さんはハルミが映ってるやつ、持ってはらへんでしょうか」

「訊いてみてくれませんか？　お願いします」

「まあ、訊くだけやったら訊いてみるけど……娘さんによろしく。おめでとうございます、と伝えておいて」

連絡先を渡して別れると、髙島屋へ向かった。店内は混雑していて、エレベーターをすこし待たなければならなかった。

「さっきの人がマネージャーさん？」

「そうや。『カサブランカ』も担当してはった」

「……あんた、辞めるとき、ちゃんと御礼言うたんか？」

「え？　そら挨拶したよ。今までお世話になりました、て」

「違う。そうやなくて……」

姉が言いかけたところでエレベーターが来て、大型キャリーケースを押した観光客が我先に扉前に押し寄せる。転びそうになった姉を支えて、エレベーターに乗り込んだ。

＊

新しいネタが酷評されて、ハルミと二人で落ち込んでいた。くすりとも笑いの起きないライブは地獄の中の地獄だった。

次こそ、と何本も台本を書いたがどれもボツになった。一日中、新しいネタのことばかり考えていて、交通誘導のバイトの最中、車に轢かれそうになったこともある。

どうやったらウケるのか、ということで頭がいっぱいになっていたとき、「カサブランカ」の新作を観た。

友人の結婚式に出席した際のドタバタを再現する、というネタで、漫才とコントの中間のような作品だった。

——ゴンドラ結構高いやん。怖いわ。……あ、動き出した。スモーク焚きすぎや。前、なんも見えへん。え？　もう下に着いたん？　ゴンドラから降りるん？　よっこいしょ、っと。あ、ドレス踏んだ。あかん、コケる、コケる。……でも、大丈夫。うちは元バレーボール部や。ほら、懐かしの回転レシーブの要領で一回転。はいっ！

チョーコが舞台でくるっと転がり、起き上がってポーズを決める。客席から拍手が湧いた。

——なんやこの花嫁。スモークの中から突然現れてポーズ決めたわ。プリンセス天功かいな。

ハナコの面倒臭そうなツッコミが絶妙で、客席からどっと笑いが起きた。

この「結婚式」は非常にウケた。演じるごとに洗練されていくのが、ずっとそばで観ているからこそわかる。ネタの差し替え、掛け合いの間、声の大きさ、仕草、表情。「カサブランカ」の

い様のない舞台だ。

ある日、舞台袖からハルミと二人で「結婚式」を観ていた。もう何度も観たネタだったが、これまでで一番の出来だった。すべてが完璧でどこにも直すところがない。完成された、としか言い様のない舞台だ。


客の爆笑を全身で感じながら、頭が痺れて鳥肌が立った。チョーコとハナコは熱狂の中心、ぐるぐると回転する大渦の中心にいる。二人が作り出す渦は老若男女すべての人を巻き込んで膨れ上がっていた。今にも爆発しそうだ。あのとき行けなかった万博の「お祭り広場」にいるような気がする。世界中の人々が集まって喜びを分かち合っているんや――。

やっぱり「カサブランカ」は天才や。漫才の女神様や。

最高の十分間はあっという間に過ぎた。舞台を終えた二人を迎えようと楽屋の前で待っている間、どうやってこの感激と賞賛を伝えればよいのかと途方に暮れた。一種、異常とも言える興奮状態は到底言葉では言い表せないような気がする。

戻ってきた二人を見て、思わず息を呑んだ。

チョーコもハナコも呆然とし、心ここにあらずといった態《てい》だ。二人の頬はライトの熱で上気しているのに、どこか青ざめて見える。

完璧に見えたが、なにか二人にしかわからないミスがあったのだろうか。でも、自分にはわからなかった。気にする必要はない。すこしでも励まそうと、明るく声を掛けた。

「チョーコ姐さん、ハナコ姐さん、お疲れ様です」

こちらに気付いた途端、二人はぎくりとして足を止めた。

「今日の、メチャクチャすごかったですね。今までで一番よかった。最高、完璧でした」

「……そう」

二人の顔がほんの一瞬強張った。戸惑っているような、なにかに怯えているような曖昧な表情だ。わけがわからず次の言葉に詰まっていると、ハルミが心配げに声を掛けた。

「お疲れ様でした。……あの、お部屋になにか冷たいもんでも持って行きましょか？」

途端に、チョーコもハナコも顔が切り替わった。チョーコは満開のバラのように艶《あで》やかに微笑み、ハナコは親しげに眼を細めた。

「今はええわ。ありがとう」

二人の表情から完全に翳《かげ》りは消えていた。その鮮やかさに感嘆した。これがプロの精神力なんや。僕らみたいな格下相手にもイメージを崩さへん。

「ネタがブラッシュアップされて、やるたびにおもろなっていきますね。……ネタ出しの秘訣ってあるんですか？」

いきなりチョーコに質問すると、驚いたハルミが袖を引っ張った。

「チョーコ姐さん、お疲れやのに、なに失礼な口きいてるんや」

すると、チョーコがにっこり笑った。

「ええよ、そんなん気にせんといて。うちはな、一日一個、ネタを作ってノートに書き留める習慣にしてるねん。一ヶ月に三十個、一年に三百六十五個作ったら、中に一個や二個は使えるネタがあるやろ」

「え？　毎日一個ですか？」

ハルミが唖然として眼を丸くした。

「そう。子供の頃からずっとやってる」

するとハナコがのんびりとした口調で詳しく説明してくれた。

「うちらのお父ちゃんは厳しかったからね。特にお姉ちゃんはほんの小さい頃から英才教育受けててん。漫才、漫談はもちろん、上方落語も講談も松竹新喜劇も新派も新劇も新国劇も、歌舞伎も文楽も一通り見せられたんよ」

凄まじい衝撃だった。「カサブランカ」には揺るぎない基礎と教養がある。自分たちのように口先だけの「王道」とは次元が違うのだ。

「子供の頃からか。さすがやなあ……」

それ以上言葉が出ない。小さい頃からお笑いが好きで、テレビに出たいと思っていた。だが、それだけだ。思っているだけでなんの努力もしてこなかった。

「親に無理矢理やらされてただけや」

さらりと謙遜するチョーコの眼に一瞬ぞくりとした。言葉に詰まっていると、ハルミが半歩、身を乗り出して思い切ったふうにチョーコに迫った。

「あの……あたし、いつか『カサブランカ』さんと同じ舞台に上がるのが夢なんです」

チョーコとハナコの顔にまたほんの一瞬翳りが射したような気がした。だが、すぐに二人とも微笑んだ。

「……そうか。待ってるわ」

じゃあ、と二人は行ってしまった。チョーコの後ろ姿を見ながら、頭がぼうっとして夢の中にいるようだった
「……待ってるわ、やて。チョーコ姐さん、優しいなあ」

なあ、と同意を求めようとハルミを見た。すると、ぼそりと呟いた。

「うん。でも……」

「でも、なんや？」

「姐さんら、これからどうしはるんやろ。こんな凄いもんをやってもうて」

「そら、もっと凄いもんやるに決まってるやろ」

もっと凄いもん。

どこがどんなふうにどれだけ凄いのか。具体的にはなにひとつわからなかったが、「カサブランカ」の進化は疑う余地がなかった。あの二人ならきっとやる。みなが憧れる眩しい遥かな高みへと、スキップでもするように軽々と上って行くだろう。そして、一番てっぺんからこう言うのだ。……ヒデヨシ、ハルミ、早よこっちへおいで。待ってるわ、と。

チョーコが自分に向かって手を伸ばすところを想像すると、武者震いのように背筋がぞくぞくした。

人気絶頂の「カサブランカ」の周りには、熱狂的なファンや、おこぼれに預かろうとする者が群がっていた。だが、チョーコはそんな連中を相手にせず、いつも「はんだごて」をかわいがった。食事に連れて行ったり、ブランド品や差し入れの高級洋酒などを気前よく与えたりした。ヒデヨシもハルミも金欠だったから、ありがたかった。

それでも日々の暮らしはギリギリだった。すこしでも割のいいバイトを、と言うハルミに「ユニバース」を紹介することにした。

「劇場から近いし、僕の姉貴が働いてるからなにかあったら相談してくれたらええ」

「あたし、ホステスなんかできるかなあ」

「人間観察やと思えばええねん。ネタを拾えるやろ」

「なるほど。そうやね」

家賃を浮かすため、長居公園の近くに2DKのアパートを借りて共同生活をはじめた。絶対に一線は越えないこと。越えたときにはコンビ解消、と約束した。周囲は絶対に無理だと笑ったが、ヒデヨシは約束を守ってハルミには指一本触れなかった。彼女と別れて以来、恋愛には積極的になれなかったし、ハルミはあくまでも相方で「カサブランカ」という共通の目標を目指す同志だったからだ。

お嬢様育ちのハルミとはまるで価値観が違い、日常生活での違和感も多かった。「はんだごて」としては激しくぶつかり合った。それでも二人の目標は一致していた。「カサブランカ」のようになりたい、と。

深夜、二人で長居公園でネタ合わせをしていて、ガラの悪い連中に絡まれたこともある。自分が殴られている間に、なんとかハルミを逃がした。その話をすると、チョーコに酷く叱られた。でも、叱られて二人とも嬉しくなってしまった。

だから、勘違いに気付くのが遅れた。

才能のない人間は素直に流行に乗ればよかったのだ。MANZAIブームで生まれた有象無象《うぞうむぞう》の芸人たちのように、くだらないプライドなど放り捨てて、まずはウケることだけを考えればよかった。だが、二人とも間違えた。「はんだごて」は「カサブランカ」のように王道の漫才で頂点を取るのだ。自分たちならできる、と。

ハルミは近くの大箱キャバレー「ユニバース」でバイトをしているとき、ハルミのファンだという客の中年男と親しくなった。劇場で大コケして落ち込んでいたときに男に慰められ、あっという間に深い仲になった。だが、男は既婚者だった。それを知ったチョーコは怒った。

「ハルミ、あんた、なに考えてるねん。相手には家庭があるんや。不倫なんかやめとき」

「違います。あたしはほんまにあの人のことが好きなんです。あの人もあたしのことをほんまに好き、て言うてくれます」

「阿呆か。そんなん男の常套句や。あんたは遊ばれてるだけ。奥さんにバレたら大変なことになる」

「姐さんかてリーチと付き合うのやめたほうがいいと思います」

「その話はやめとき」

「いいえ、言わしてもらいます。リーチは姐さんに偉そうにして、あたしは大嫌いです。あの人、あたしにも声掛けたんです。もちろん断りました」

「……え？」

チョーコが顔色を変えた。いつも冷静なチョーコがあれほど動揺するのをはじめて見た。

「あの男は最低です。遊ばれてるんはチョーコ姐さんも一緒です。リーチなんかと付き合うのはやめてください」


リーチの女関係のだらしなさは芸能記者の間で話題で、チョーコとの関係も疑われていた。なにがきっかけになったかはわからないが、二人の関係が漏れてチョーコは硫酸を掛けられた。自分が余計なことを言ったのが原因ではないかと責任を感じたハルミはチョーコに何度も謝りに行った。

「ハルミ。もうええから。うちのこと気にせんでええから」

「でも、姐さんに申し訳なくて……」

「いい加減、うちにひっつくのはやめえや。いつまで『カサブランカ』の真似してるん？　自分の漫才見つけん限り一生売れへん。うちと一緒の舞台？　笑わせんといて」

痛烈なチョーコのダメ出しにハルミは傷つき、それから変わった。ピアノを使った台本を考え、稽古に没頭した。

「チョーコ姐さんに認めてもらう。絶対に」

知り合いからキーボードを借りてきて何時間もピアノの練習をした。想像していたよりもずっとピアノが上手で、止めてしまったのがもったいないと思った。

そして、心斎橋筋2丁目劇場に出た。ハルミは「吉本新喜劇」のテーマソングを弾いて笑いを取った。「はんだごて」がウケた最初の、そして最後の舞台だった。

ハルミの訃報を知らせると、チョーコは絶句した。そして、約束させた。

「ハルミの家族にはこう言うんや。ハルミは悪い男に欺されて、妊娠して捨てられた。そんなときにチョーコに冷たくされて、引退に追い込まれた、て。それでこの件は幕引きや。他言無用。今後一切口にせんといて」

「ええんですか？」

「かまへん。絶縁した娘が不倫相手の子を産んで死んだ。それだけでも辛いのに、傷害事件のきっかけを作ったことで悩んでた、なんて知りたないやろ。うちを悪者にしとき」

「わかりました。約束します」

それきりチョーコとは話していなかった。

＊

斉藤蘭子から連絡があった。ビデオはなかった、と。

その夜、ヒデヨシは一睡もできなかった。悶々と寝返りを打ちながらひたすら考え、そして決心した。

翌日、仕事終わりにミナミに向かい、千日前の丸福珈琲店に入った。大阪で純喫茶と言えば必ず名の上がる老舗で、千日前の本店は松鶴師匠の行きつけだったことでも有名だ。最近は観光客もよく訪れる。

コーヒーとプリンを食べて閉店まで粘った。次の日はホットケーキを食べてやっぱり閉店まで粘った。そんなことが五日ほど続いた頃だった。

店に入ると、一番奥の席にチョーコがいた。渋い紬《つむぎ》の着物を着て、一人で台本を読んでいる。その周囲だけまるで空気が違った。足が震えてきたが、一つ深呼吸をして声を掛けた。

「お久しぶりです。『はんだごて』のヒデヨシです。ここに来たらお会いできると思て」

チョーコが顔を上げた。

「今日はお願いがあって来ました。今度、ハルミの娘……高瀬彩が結婚します。結婚式の披露宴では『はんだごて』のビデオを流すつもりでした。でも、それができへんようになって……」

「結婚式……？」

開いた台本の上で、深い薔薇色に染められたチョーコの指がぴくりと動いた。苛立っているようだった。

言葉に詰まった。言わなければならない。でも、それがどれだけ非常識なことかはわかっている。勇気を振り絞って口を開いた。

「そやから……当日、実際に僕がやろうと思うんです。ハルミのパートを姐さんにお願いできたらと思て」

「悪いけど、お断りや」

なんの感情も感じられない声だった。チョーコは再び台本に眼を落とした。

周囲の客がみなこちらをうかがっているのがわかる。チョーコに声を掛けた身の程知らずの阿呆がいる、と。

「ハルミは姐さんに憧れて芸人になりました。ハルミのほんまの夢は……一度でええから姐さんと同じ舞台に立つこと……もっと言うたら姐さんの相方をつとめることやったんです」

「聞こえへんかったん？　お断り、言うたやろ」

チョーコは顔も上げない。そのまま台本を読んでいる。

「お願いします」

もう一度頭を下げた。すると、チョーコは台本を閉じた。そして、ヒデヨシの顔をじっと見つめた。ゆっくりと低い声で言う。

「あんた、うちとの約束忘れたん？」

思わず息を呑んだ。でも、ここで引き下がるわけにはいかない。

「わかってます。そして、もう一度だけ姐さんに甘えさせてもらおうと思てます」

すると、チョーコがはっ、と大きく嘲るように笑った。

「いい加減にし。夢叶えるとか、たかが結婚式で大騒ぎして阿呆ちゃうん」

「たかが、やないです。姐さんはハルミの夢で、彩の夢でもあるんです。彩は結婚式でビデオ流して、ビデオの中からハルミに自分を見てもらうつもりやったんです」

「同じ夢見て仲のええ親子やね」

「それだけやないんです。僕の幼稚で身勝手な夢でもあるんです。……このままやと『はんだごて』いうコンビが存在した、という事実すら消えてまう。『はんだごて』いうコンビがおったことをみんなに知ってもらいたいんです」

「あんたの自己満足にうちを利用する気？」

「そうです。それでも僕は『はんだごて』を知ってほしい。僕らの芸を観てほしいんです」

チョーコは台本を閉じた。そのまま動かない。

「今、姐さんのギャラがどれくらいか知らんけど、いくらでも払います。死ぬまで働いて必ず払います。お願いします」

深く頭を下げた。

「……しょうもな」

チョーコは立ち上がると台本をバッグに突っ込んだ。そして、財布から一万円札を取り出し、テーブルの上に放った。

「明日、その子を連れといで」

衣擦れの音をさせてチョーコが去っていった。

ひらひら落ちる一万円札を摑んで、へたへたと床に座り込んだ。しばらく呆然としている。今のはどういう意味や？　……いや、考えても無駄や。チョーコの考えてることが僕なんかにわかるわけない。

隣の席で聞き耳を立てていた中年男二人が嬉しそうに声を上げた。

「チョーコ、さすがやな。一万円札ヒラヒラやて。クサいことするけどメッチャカッコええがな」

「怖かったなー。いやー、やっぱチョーコやなあ。ええわー」

床の上で見世物になりながら、握りしめたままの一万円札を見た。のろのろと椅子に這い上がり、ウェイトレスを呼ぶ。

「カレーライスと玉子サンド。食後にホットケーキとコーヒー」

しばらく考えて付け加えた。

「プリンも」

明日、どう転ぶか。やけ食いや。椅子に深くもたれて大きなため息をついた。


翌日、彩と二人で丸福珈琲店でチョーコを待った。

彩は落ち着かない様子で、髪を触ったり入口に何度も眼を遣ったりしながら水とコーヒーを交互に飲んでいる。

「ここのコーヒー濃いやろ。なんか甘いもんでも食べるか? プリンとホットケーキはおすすめやで」

「ありがと、今はええわ。……ねえ、やっぱり諦めたほうがええんと違う? 後輩の娘ってだけで厚かましい頼みして。チョーコさんに申し訳ないよ。忙しい人やのに」

「今さら言うてもしゃあない。姐さんの気持ち次第やから」

「あー、心臓ドキドキする……」

すこし引きつった表情で、トートバッグに付けたミャクミャクをぎゅっと握りしめる。

「はは、ミャクミャクさんもええ迷惑やな」

「これはお守り。ヒデちゃんがくれたから」

嬉しすぎて咄嗟に上手い返しができない。笑ってごまかして濃いコーヒーを啜ると、入口のドアが開いた。一瞬で彩の顔に緊張が走る。

銀鼠《ぎんねず》の無地の着物にコバルトブルーの帯を締めたチョーコが入ってきた。襟、帯揚げ、帯締めは真っ白で、鮮やかに際立つ姿に店内の人の眼が釘付けになる。観光客らしい若い女性グループが一瞬わっと声を上げ、すぐに首をすくめて静かになった。

チョーコは席に着くなり注文も待たずに話しはじめた。

「時間ないねん。この後、まだ仕事あるからさっさと済ませるわ。2丁目劇場でやった、新喜劇のテーマをピアノで弾くやつやな。蘭子から聞いてる。えらいウケたそうやな。……で、あんた、ピアノは弾けるん?」

いきなり話しかけられて彩は戸惑ったようで、すこしつっかえながら返事をした。

「あ、はい。趣味程度ですが」

チョーコの前にコーヒーが運ばれてきた。ミルクを入れて、一口飲んでさらに話し続けた。

「そう。じゃ、当日、あんたが後ろでピアノ弾いて」

「……あの、ということは、引き受けてくれはるんですか」

恐る恐る訊ねると、阿呆か、という眼で見られた。

「引き受けるから段取り決めてるんやろ。で、あんたは台本書き起こして、うちに送って。それで、うちはしばらく舞台があるから時間は取られへん。稽古は前日の夜に一回だけ」

「え、一回だけですか」

「うちを誰やと思てるん。天下のカサブランカ・チョーコやで。一回で合わせてみせるわ」

ヒデヨシも彩も息を呑んだ。チョーコは正面から彩の眼を見ると、静かで怖ろしく深い海の底の流れのような声で言った。

「カサブランカ・チョーコはあんたのお母さんの夢やった。その夢をあんたが叶えるんや」

甘く枯れた花の香りを残し、チョーコはあっという間に行ってしまった。

カサブランカ・チョーコは夢。圧倒的な夢や。

眼がくらむような陶酔と同時に底無しの悔しさを感じる。諦めきれない自分が惨めだった。このまま一生悔やみ続けることしかできないのだろうか。

――今、やめたら絶対後悔する。ハルミ。なあ、引退なんて言うなや。

――でも、子供もできたし、ええ機会や。あたしはチョーコ姐さんみたいにはなられへん。

――そんなことない。ほんなら今は活動休止ということで、子供の手が離れたら再開しよ。僕、待ってるから。

ハルミは返事をせず、うつむいた。それから、泣き出しそうな声で呟いた。

――なあ、あのときの姐さんらの舞台憶えてる？　結婚式のやつ。あれ、最高やったやろ？

――ああ、あれか。たしかに最高で完璧な十分間やったな。僕らもいつかああいうのをやるんや。

ハルミが顔を上げた。額も頬も真っ白で、血の気を失った唇が震えている。大きく見開かれた黒い眼が底無し井戸のようだ。長い間、なにも言わずにこちらを見ていたが、やがて力なく首を横に振って、笑った。

――ごめん。ヒデヨシ。あたしはもうええわ。ヒデヨシはあたしのぶんまで頑張って、夢叶えて。応援してるから。

結婚式の準備を手伝ううちに、あっという間に三月になった。

万博開幕を翌月に控えて、大阪の町は浮き立ってどこもかしこも騒がしかった。街全体が闇鍋のような、胡散臭さと高揚感に包まれている。

結婚式前日、一度だけのリハーサルをした。チョーコは完璧に台本を憶えてきていて、合わせた後にヒデヨシと彩にあれこれ指示を出すと、あっという間に帰って行った。

当日、弥生《やよい》の空はよく晴れた。会場は難波駅直結のホテルで、借り物の礼服を着たヒデヨシは朝から緊張してずっと居心地が悪かった。

彩の相手は四十前の穏やかな男で、決して男前ではなかったが落ち着いて安心感のある風貌だった。

式はホテル内のチャペルで行われた。彩は車椅子の吾郎と一緒にバージンロードを歩いた。吾郎はもう最初から眼を赤くしていて、車椅子を押していると釣られて涙が出そうになった。

「なあ、ヒデヨシ君。俺はもうどっから見ても役立たずの錐や。文句なしの閑古錐やな」

彩を新郎に渡し、席に戻った吾郎が呟く。珍しく完璧な大阪弁だった。

「そうですね。吾郎さんに比べたら僕なんかまだまだですわ」

「君もそのうちな」

「……この後の披露宴でちょっとした余興をやります。あとでなにもかも説明しますから、先入観なしで楽しんでください」

「楽しみにしてる」

式が滞《とどこお》りなく終わり、披露宴開始までもうすこし、というところでブライダル担当者から呼ばれた。姉に吾郎を任せて控室に向かうと、予想外の人物が寛いでいた。

「ヒデヨシ君。久しぶり。ちょっとだけ前座……というか紹介役をやらせてもらうわ」

「え、え、ハナコ姐さんが……ええんですか」

チョーコの隣にハナコが座ってお茶を飲んでいた。二人は絶縁状態だと聞いている。本当にいいのだろうか。

「ハルミの娘さんやろ？　特別サービスや」

ハナコがにっこり笑った。昔と変わらない笑顔だった。

「ありがとうございます。彩も喜びます」

ハナコに訊かれるまま近況を説明していると、チョーコが化粧直しに立った。すると、ニコニコしていたハナコがふいに真剣な表情になった。

「お姉ちゃんから連絡貰《もろ》たんは何十年ぶりやろ。突然電話掛かってきてびっくりしたわ。まさか、あの人がうちに頼み事するなんて。……そやから、今回のこと、ヒデヨシ君に感謝してる。ええきっかけ作ってくれてありがとう」

「いえ、わざわざ来てくれはって御礼言うんはこっちのほうです」

「ううん。ほんまに感謝してる。お姉ちゃんとはもう一生仲直りはできへんと思てたから」

「一生って……。あの、絶縁いうのはほんまやったんですか」

「絶縁してたわけやない。ただ、いろいろ、いろいろとあったんや……」

そこでハナコが口を閉ざした。すこしの間、なにか言い淀んでいるようだった。

「……ねえ、ヒデヨシ君。大昔、うちらが結婚式のネタやったん憶えてる？」

「もちろん。あれ、メチャクチャ面白くて、完成度も高くて。『はんだごて』の目標でした。特に劇場でやったとき、あれ完璧でした。ほんま凄かった。鳥肌立ちました」

あのときの熱狂が一瞬で甦る。あれはみなを呑み込む圧倒的な渦で、その中心に「カサブランカ」が君臨していた。あれはもはや芸を超えていた。世界中の祝福を司《つかさど》る女神の降臨だった。

万博のお祭り広場。あのとき行けなかった場所。自分には手の届かなかった場所だ。

ハナコはポットから二杯目の紅茶を注ぎ、ミルクと砂糖を入れて三周ほど勢いよく混ぜた。そして、小さなため息をついた。

「最高の十分間やった。でもね、終わった瞬間、呆然とした。恐る恐るお姉ちゃんの顔を見たら、やっぱり呆然としてた。あのとき、うちらはてっぺんと奈落を同時に味わってん」

「どういうことですか？」

「あのときね、悟ってんよ。……もうこれ以上のものはできへん。この先どれだけやっても、たとえ一生漫才をやったとしても、今やった以上のものを作り出すことはできへんのや、って」

「でも……そんな……」

「納得できへん顔してるね。でも、うちらはそう感じた。それは自分たちではどうしようもないことやってん。そして、あの後、すこしずつ二人で漫才する機会が減っていって……お姉ちゃんは女優、あたしはタレント。そんなふうに道が分かれた」

「でも、解散はしてはらへん。またいつかは二人で漫才しようと思てるからやないですか」

「さあ、どやろね。でも、解散する気はないねん。たとえ絶縁状態でも、うちらは『カサブランカ』や。姉妹であると同時に、一緒にあの舞台を経験した同志やねん」

ハナコの目尻のお多福のような皺が誇らしげに波打つ。最高の十分間の意味にハルミは気付いたが自分は気付かなかった。だが、気付いたハルミも気付かなかった自分も、どちらもてっぺんを知ることはできなかった。その代わり、奈落を知ることもなかった。

「でも、姐さんらはそれぞれチョーコ、ハナコとして芸能界で生き残った。それがどんなに凄いことかはようわかります。そして、何十年も前に辞めた後輩の娘のために来てくれはるんやから……」

そのとき、はっと気付いた。もしかしたら、姉が言わんとしていたのはこのことだろうか。

「……あの、今さらこんなこと言うのもなんですが、もしかしたら僕が吉本に残れてたんは姐さんらのおかげですか」

ハナコは黙って紅茶を飲んだ。

「二十年やっても売れへん芸人と契約し続けてくれるほど会社は優しない。ほんまは姐さんらが口添えしてくれはったんと違いますか？」

「さあ、どやろねえ」

澄ました顔でハナコがホテル特製のクッキーに手を伸ばした。

「チョーコ姐さんに訊いても、きっとほんまのことは言いはらへんと思うんです。ハナコ姐さん、お願いします」

「まるでうちは口が軽いみたいに」クッキーを頬張りながら苦笑する。「お姉ちゃんが頭下げて頼んだんや。……気の済むまでやらせてやってくれ。『はんだごて』の名前を消したないんや、って。それ聞いて、蘭子ちゃんが頑張ってくれたんや」

チョーコはチャンスをくれた。なのに、自分は結果を出せなかった。実力がなかったからだ。

姉は知っていた。きっと周りの者も気付いていただろう。知らなかったのは自分だけだ。

「……あの、結局あかんかった僕にチョーコ姐さんの相方が務まるんでしょうか」

「今さらゴチャゴチャ言いな。今日出るのは『カサブランカ』やない。『はんだごて』や。あんたとハルミの舞台や。違うか？」

「……はい、はい」

「阿呆やな。なに泣いてるん。今日はめでたい日やろ。景気の悪い顔したらあかん」

顔を上げられず、ひたすらうなずいた。ポケットを探ったが借り物の礼服なのでハンカチは入っていない。胸元のポケットチーフを使おうとしたら、ハナコからハンカチが差し出された。大判で使いやすそうな花柄のタオルハンカチだった。


披露宴は賑やかに進んだ。新郎の父親がお笑い好きということもあって、ケーキ入刀、キャンドルサービス、余興にカラオケが披露されるコテコテの「昭和っぽいノリ」だった。

ふいに音楽が止んだ。

「皆様、ご歓談中に失礼いたします」

どこかで聞いた声だ、とみなが顔を上げた。

「はじめまして。カサブランカ・ハナコです。……その昔、漫才はめでたさを祝う芸でした。三《み》河萬歳《かわまんざい》、越前《えちぜん》萬歳などなど日本全国で祝いのために演じられてきたんです」

ハナコや、本物や、とみなが驚いたが、すぐに静かになって聞き入った。

「こんなええ言葉があります。花開く万国《ばんこく》の春。たった一輪の花が開くことで、世界中に春が来ることを知らせる、いう意味です。お二人の門出にぴったりの言葉やと思いませんか？」

マイクを握ったハナコが入口をさっと示した。

「あの伝説のコンビ『はんだごて』が甦る。一度限りの復活ステージです」

会場の照明が暗くなり、高砂《たかさご》の横にスポットが当たった。ピアノの前に座っているのはお色直しの真っ赤なドレスを着た彩だ。胸元には真珠のネックレスが輝いている。

「カサブランカ・ダンディ」のイントロが流れると、ヒデヨシはチョーコと小走りで入場した。

チョーコの登場に会場がどよめく。

「鳴かぬなら鳴かせてみせよう、ホトトギス！　大阪城を建てた人！『はんだごて』ヒデヨシでーす」

「蝶よ花よと育てられ。ボギーも真っ青いい女！　あたしの瞳に乾杯して～！　今日だけ『はんだごて』チョーコでーす」

会場を見渡す。吾郎の顔がわずかに強張っていた。

最後まで喋りきれるやろうか。緊張して間を外して滑ったりせえへんやろうか。そう思うと、急に足が震えて喉が詰まってしまった。声が出ない。

「ちょっとちょっとちょっとちょっとちょっとー。勘弁してえな。あんた、ボケるの早すぎ。うち、どないしたらええねん」

チョーコにアドリブで叱られた。客はなにも知らずどっと笑った。

祝祭の渦が会場を呑み込んでいく。

ハルミ、見てるか。僕、すごいやろ。あのチョーコの相方や。なあ、笑《わろ》てくれ。空の上から爆笑してくれ。

ほら、ピアノ弾いてるんは彩や。聞こえるか？　ほら、ハルミ、見てみい。吾郎さんが笑てる。

大笑いしてる。ほら、見えるか、ハルミ。天国から僕らが見えるか？

喜びも哀しみも、怒りも赦《ゆる》しも、ありとあらゆるものを巻き込んで、どんどん渦が大きくなっていく。

今、中心にいてるのは「はんだごて」や。「はんだごて」ヒデヨシとハルミがみんなをバンバン笑わせてるんや。

渦の中心を突き抜けて空が見えた。

生まれたての柔らかで包み込むような光があたりに満ちていく。春霞の空はすべての人の荷物をすこしだけ肩代わりして、そっと微笑んでいた。

「花開く万国の春。『はんだごて』さん、ありがとうございました」

ハナコが締めると、会場に拍手が鳴り響いた。その音が次第に遠くなって、眼の前が滲んで揺れた。

もう悔いはない。

花開く万国の春や。ここだけやない。世界中にめでたい春が来るんや。

初出誌　「オール讀物」

松虫通のファミリア　二〇二二年五月号
（掲載時「ファミリアのワンピース」より改題）
道具屋筋の旅立ち　二〇二三年二月号
アモーレ相合橋　二〇二三年六月号
道頓堀ーズ・エンジェル　二〇二三年十一月号
黒門市場のタコ　二〇二四年五月号
ミナミの春、万国の春　書き下ろし

遠田潤子（とおだ・じゅんこ）

一九六六（昭和四一）年、大阪府生まれ。関西大学文学部独逸文学科卒業。二〇〇九（平成二一）年、『月桃夜』で日本ファンタジーノベル大賞を受賞し、デビュー。『雪の鉄樹』が「本の雑誌が選ぶ二〇一六年度文庫ベスト10」第一位に、『オブリヴィオン』が「本の雑誌が選ぶ二〇一七年度ベスト10」第一位に輝く。『冬雷』で第一回未来屋小説大賞を受賞、二〇二〇年『銀花の蔵』で直木賞候補に。他の著書に『ドライブインまほろば』『廃墟の白墨』『人でなしの櫻』『イオカステの揺籃』などがある。

ミナミの春《はる》

二〇二五年三月十日　第一刷発行

著者　遠田《とおだ》潤子《じゅんこ》

発行者　花田朋子

発行所　株式会社 文藝春秋

〒一〇二—八〇〇八
東京都千代田区紀尾井町三—二三
電話　〇三・三二六五・一二一一（代表）

印刷所　TOPPANクロレ

製本所　若林製本

組版　LUSH

ISBN978-4-16-391955-3